KB095196

늦봄의 달
낮으로

늦봄의 달
낮3

신지연 지음

좋은땅

목차

용서하기 어려운 나의 미성숙을 참고 견뎌 준 그대에게,
언젠가 쓰일, 나의 가장 좋은 글을 보내며.

나쁜 작가, 나쁜 독자

"당신은 언제 어느 날인가 분명, 내 글을 통해 위로받고 격려받으며 안팎으로 커다란 변화를 겪게 될 겁니다."

진태는 그에게 한발 더 다가섰다.

"늦었지만, 여동생분의 가야금도 변상하겠습니다. 그리고 여동생분만 괜찮다면, 제가 아는 지인 중에 공연 기획자가 있는데 소개시켜 드리겠…"

정호는 진태의 멱살을 움켜잡았다. 진태는 말을 끝맺지 못하고, 컥 하고 마른 숨을 내뱉었다. 그는 정호의 손을 떼어 내려 했지만 쉽지가 않았다. 확연한 완력 차이. 진태는 와이셔츠의 첫 단추가 뜯어지는 것을 느꼈다. 신경 써서 골라 맸던 나비넥타이는 형태가 틀어지다 못해 우그러졌고 두 다리는 공중에 높이 떠올랐다.

"네 인생이나 잘 챙겨!"

때 아닌 소란에, 카운터에 서 있던 여종업원이 황급히 달려왔다. 20대 초반 여성이 어찌 힘만으로 두 사내를 제압할 수 있을까. 그녀는 얼마 되지 않아 테이블과 같이 떠밀려 옆으로 고꾸라지고 말았다. 테이블 위의 지폐 더미가 바닥에 흩어졌다. 정호는 진태의 몸을 소파에 패대기쳤다. 의자에 내다 꽂힌 진태가 미처 몸을 일으키기도 전에 정호는 그의 머리통을 냅다 걷어찼다. 저항도 못 하고 얻어맞기를 수 분째. 진태는 부어터진 눈으로 그를 올려다보았다. 여전히 노기가 서려 있는 그의 두 눈. 진태는 가슴팍에 달아 둔 배지를 떼어 내었다. 그리고 그 배지를 정호의 손에 쥐여 주었다. 정호가 이를 갈며 배지를 집어던지자 진태는 도로 배지를 주워 와, 그의 손에 쥐여 주었다. 때 묻은 배지는 점차 빛을 잃어 갔다.

*

오늘같이 행복한 날이 또 있을까?

진태는 민트색 나비넥타이를 착용했다. 가죽 백팩을 맸으며 가방 앞섶엔 파랑새의 배지를 달았다. 그는 현관 앞 거울을 통해 자신의 모습을 한번 휘, 둘러보았다. 10년은 젊어 보여. 20대 중반이라고 해도 다들 믿을 것 같아! 진태는 약속된 장소로 향했다. 번화가에 위치한 대형 서점. 자신이 이렇게 꾸미고서 서점을 찾을 때는, 딱 두 가지 경우뿐이었다. 첫째, 좋아하는 작가의 출판 사인회. 둘째, 자신의 출판 사인회. 오늘의 경우는 후자였다. 진태는 약속 시간보다 1시간 빨리 도착했다. 그는 파랑새의 배지를 가방에서 떼어, 가슴팍에 달았다. 조명의 빛을 튕겨 내는 것뿐이었는데, 배지는 꼭 저 혼자 빛을 내는 것처럼 번쩍거렸다.

*

오늘같이 불쾌한 날이 또 있을까?

진태는 주먹을 꽉 쥐었다. 사인회가 끝난 지는, 벌써 2시간이 훌쩍 지나 있었지만 낯선 사내로부터 받은 충격은 쉬이 가라앉질 않고 있었다.

"토마토 에이드 한 잔 주십시오!"

진태는 멀리 떨어진 여종업원에게 큰 소리로 외쳤다. 평상시 자신이라면 절대 하지 않을 법한 행동이었지만, 도무지 평정을 찾을 수가 없었다. 사내는 여느 사람들과 같이 책을 사 와, 맨 앞장에 사인을 요구했다. 그때까지는 별다른 점을 느끼지 못했다. 주최 측에서 제공한 일반 검정색 유성펜이 아닌, 자신이 직접 가져온 황금색 유성펜으로 사인을 요구했다는 점이 조금 달랐을 뿐. 우중충한 색감의 상의, 정돈되지 않은 머리카락 등 사내는 현실을 등한시하며 내적 성장에 불철주야 매진하는 열혈 독서가의 전형이었다. 딱히 눈에 띄는 점은 없었다.

사인회 때문에 갖춰 입은 이 차림새가 아니었으면
나도 저 남자와 비슷한 인상을 줬을 거야.

진태는 저번 주 카키색 파카를 입고 해당 대형 서점을 찾은 자신을 떠올렸다. 우스꽝스러운 밤색 털모자까지 눌러쓰고 온 탓에, 점원은 책의 바코드를 찍는 것도 잊고 자신의 머리를 뚫어지게 쳐다봤었다. 점원이 자신을 못 알아보는 것도 당연했다. 오늘의 자신은 완벽한 파랑새였다. 행사 진행 요원들은 틈틈이 그에게로 와, 이런저런 쓸데없는 말을 붙였다. 모두가 웃는 얼굴들. 이곳에서의 1시간은, 평소 느끼는 1시간의 반토막도 되지 않았다. 파랑새는 한국문학계에 한 획을 그은 K 작가를 은사로 두고, 동문수학한 신예 작가들의 모임이었다. 장르와 주제 의식, 문체, 작가적 소명을 달리한 아홉 명의 작가들이 한데 모여 만든 친목 단체. 멤버들끼리는 구인회라며 너스레를 떨기도 했지만 실상은, 가끔 만나서 서로의 안부를 묻거나 막힌 글감에 대해 엄살을 피우는 게 대부분이었다. 파랑새들은 화제의 신간이 나오면 문평회를 빙자하여 해당 작가를 씹거나, 필력이 조악한 신출내기 작가들을 냉혹하게 도륙하곤

했다. 신간 도서를 살펴보러 나갈 때, 이들은 종종 사냥을 나간다고 표현했다. 분석이 끝난 책은 적장의 머리마냥, 또는 목 잘린 수사슴의 머리마냥 응접실 가장 높은 곳에 내어 걸렸다. 사슴의 뿔이 크고 우람할수록 이들의 만족감은 더욱 커졌다. 그것은 실로 고상한 취미였다. 될성부른 나무의 첫 싹을 짓밟는 것은 더없는 쾌감이니까. 또한 시기와 질투만큼 아름다운 장신구도 없었으니까. 그러한 의미로 파랑새들은 누구보다 빛이 났다. 위와 같은 모든 살인은 지성이란 이름으로 행해졌다. 반면 세간의 평가와 시선은 이와 온도차가 있었다. 평에 의하면 '파랑새'들은 기성작가들을 존중하고, 그들을 위협하지 않으면서도 본디 타고난 개성을 틔워 낼 줄 아는 현명한 젊은이들이었다. 이들은 한국문학계의 희망이자 미래라 공공연히 추켜세워졌다. 파랑새 중 누구 하나 나서서 부인하는 이가 없었다는 게, 이들의 공식적인 그리고 공통된 입장이었다. 침묵은 때론 그 자체만으로도 답이 되었다. 파랑새들은 암묵적인 동의를 통해 자신들의 입지를 더욱 공고히 했다.

"성함이 어떻게 되시나요?"

감사 인사를 적기 위한 가벼운 질문. 보통의 사람이라면 좋아하는 작가에게 이름을 가르쳐 준다는 기쁨에 수줍게 웃었을 것이다. 반면, 그는 퉁명스러운 목소리로 쏘아붙인 게 전부였다.

"이름은 안 적어 주셔도 됩니다. 그 대신, 제가 가져온 책의 앞장에 한 번만 더 사인을 해 주시면 안 되겠습니까?"

　남자는 가방에서 책 한 권을 꺼냈다. 그것은 진태의 첫 번째 소설이었다. 진태는 책의 맨 뒤 페이지를 살피다가 멈칫하였다. 초판 1쇄 발행본. 이건 2천 부밖에 안 찍었던 건데…? 진태는 책의 상태를 꼼꼼히 살폈다. 6쇄부터는 양장본으로 디자인이 바뀌어서 출판됐지만, 1쇄부터 5쇄까지는 얇은 코팅지였다. 때문에 북엔드를 사용하지 않고 대수롭지 않게 기울여 보관한다면, 책은 곧 형이 휘고 틀어지게끔 되어 있었다. 하지만 그가 건넨 책은 신간 도서와 별반 차이가 없을 정도로 상태가 양호했다. 책등은 빳빳했고, 안쪽 종이 역시 빛바랜 얼룩 하나 찾아볼 수 없었다. 읽은 흔적이 살짝 있긴 하지만, 소중히 사랑받는 여성의 몸처럼, 책 사이가 크게 벌어져 있진 않았다. 진태는 자신도 모르게 자세를 고쳐 앉았다. 사내는 아까와 다를 바 없는 얼굴로 그를 재촉했다.

"사인 부탁합니다."

　진태는 그가 가져온 황금색 사인펜을 시원스럽게 휘둘렀다.

"그러지 말고, 성함을 말씀해 주세요, 두 책에 모두 적어 드리겠습니다."

사내는 피식 웃었다. 진태는 순간 움찔하였지만 크게 개의치 않았다. 진태는 이러한 사람들을 많이 알고 있었다. 오랫동안 독서에 열중하는 탓에 소통하는 법을 잊어버린 이들. 무엇이든 깊게만 파다 보면 땅 위에 사람들과 자연히 멀어지게 되어 있었다. 경사가 완만하게 느껴질 정도로 넓게 파지 않으면 그 깊은 구덩이에 갇혀, 스스로도 올라오는 것이 불가능해지고 마는 것이다. 소통이 불가능한 깊이감은 고립을 의미했다. 그는 그런 사람인 게 분명했다. 진태는 사내를 따뜻한 눈으로 바라보았다. 저 경멸에 찬 듯한 웃음은 그 나름대로 부끄러워하는 반응일 거야. 진태의 생각이 어쩌든, 사내는 실소 끝에 대꾸했다.

"이럴 줄 알았으면 몇 권 더 가져올 걸 그랬네요."

사내의 말에 진태는 적잖이 놀랐지만 내색을 하지 않고, 그를 따라 빙긋 웃어 보였다. 내가 출판한 책을 전부 갖고 있는 모양이지? 진태의 웃는 얼굴은, 이어진 그의 뒷말에 의해 산산이 깨부숴졌다.

"웃돈을 붙여 되팔 거니까, 이름은 됐습니다."

진행 요원들을 비롯한, 순서를 기다리고 있던 독자들이 순간 술렁했다. 저 남자가 지금 뭐라고 했어? 진태는 옆에 선 진행 요원 쪽으로 고개를 돌렸다. 그들 역시 어떻게 반응해야 할지 몰라 이상한 표정을 짓고 있었다.

종업원이 쟁반에서 잔을 내려놓음과 동시에, 진태는 토마토 에이드를 잔째로 들어 벌컥벌컥 들이켰다. 탄산 때문에 목이 따가웠지만 지금의 갈증이 가신다면야. 여종업원은 깜짝 놀라 그 자리에 우뚝 서 있었다. 진태는 얼음을 소리 내서 씹었다. 그리고 빈 잔을 그대로 되돌려주었다. 여종업원은 빈 잔과 진태의 얼굴을 번갈아 바라보다가 카운터로 되돌아갔다. 진태는 유리창으로 시선을 옮겼다.

"뭐라고 하셨죠?"

진태는 자신의 귀를 의심하며 황금색 펜을 탁자 위에 내려놨다. 뭔가 의미 전달이 잘못됐는가 보다. 진태는 그에게 변명할 수 있는, 아니 해명할 수 있는 기회를 주었다. 하지만 남자는 책을 가방에 넣는 데만 열중하였다.

"웃돈 뭐라고 하지 않으셨습니까?"

그는 성가시다는 투로 대꾸했다.

"전 이딴 책 안 읽어요."

진태가 뭐라 말하려는 순간, 그는 등을 돌려 자리를 떠나 버렸다. 진태는 그의 등을 멍하니 응시하였다. 다음 대기자는, 머뭇거리기만 할 뿐 다가오질 못했다. 눈치만 보는 진행 요원들. 진태는 작아지는 그의 뒷모습을 바라보다가 자리에서 벌떡 일어났다. 그리고 그를 향해 달려갔다. 당황한 진행 요원들은 그의 꽁무니를 쫓았다.

"잠깐만요."

진태의 불러 세움에 남자는 걸음을 멈췄다.

"이딴 책이라는 게 도대체 어떤 책입니까?"

진태는 주변 시선을 생각하고, 자세를 바로 했다. 그리고 말투를 고쳐 다시 질문했다.

"언짢으셨다면 죄송합니다, 이해가 되질 않아서요. 괜찮으시다면 말씀하신 의미를 자세히 설명해 주실 순 없겠습니까?"

남자는 진태를 위아래로 훑어보았다. 그것은 아주 상스러운 눈빛이었다.

"팬들이 하염없이 기다리고 있질 않습니까. 예쁘게 앉아서 사인이나 마저 하세요."

진태가 뭐라 대꾸를 하려는 순간, 진행 요원이 팔을 붙잡았다.

"김 작가님, 사인회가 지연되고 있습니다."

진태는 주먹을 꽉 쥐고 등을 돌렸다. 그는 자신의 책을 읽어 본 적도 없는 사내일 게 분명했다. 아니, 읽어 본 적 있다 해도, 책 한 권을 집필하는 데 얼마만큼의 노력이 필요한지 모르는 자인 게 분명했다. 문장 하나를 쓰고 다듬어 마침표를 바로 찍을 때까지 얼마나 많은 밤을 지새우고, 얼마나 많은 곡기를 걸러야만 하는지 그자는 조금도 알지 못했다. 아니, 관심도 없어 보였다. 네가 웃돈을 주고 팔려는 '이딴 책'이 바로 내 3주치 수명이야. 회장으로 되돌아가던 그는 걸음을 멈췄다. 현수막에 큼지막하게 적힌 '김진태 작가 신간 출판 기념'이란 글자가 눈에 바로 새겨졌던 것이다.

빌어먹을.

진태는 사내에게 되돌아갔다.

"사인회는 2시간 뒤에 끝납니다. 서점 앞 카페, 에디스 세실에서 뵙고 싶은데요."

진태의 권유에 남자는 팔짱을 끼었다. 진태는 명함을 꺼냈다.

"제 번호입니다. 선약이 있으시면, 꼭 오늘이 아니어도 괜찮습니다."

남자는 한숨을 쉰 뒤, 마지못해서 명함을 받아들었다.

"2시간 뒤, 에디스 세실."

진태는 눈인사를 하고 자리로 되돌아갔다. 사내가 카페에 나타난 건 2시간하고도 40분이 지난 후였다. 까닭 없이 자신의 테이블을 숱하게 얼쩡거리는 여종업원 탓에, 진태는 토마토 에이드를 석 잔이나 마신 상태였다. 남자는 안내를 받아, 진태가 앉은 자리로 걸어왔다. 두 사람은 인사를 주고받은 뒤 침묵을 지켰다. 진태는 참지 못하고 말을 꺼냈다.

"성함, 여쭤봐도 되겠습니까?"

남자는 퉁명스럽게 대답했다.

"정호. 최정호."

진태는 뒷말을 이어 달라 눈짓을 해 보였다. 직업이라든가, 나이라든가. 하다못해 자신을 정의 내릴 만한 단어들을 몇 가지 선별해주길 은근히 강요한 것이다. 정호는 그의 의중을 깨닫고, 떨떠름한어투로 대꾸했다.

"36세, 무직. 미혼. 서울 거주. 소설은 읽지 않습니다."

*

오늘같이 행복한 날이 또 있을까?

정호는 운동화를 벗었다. 헐레벌떡 뛰어온 탓에 얼굴은 벌겋게상기되고 숨은 턱까지 찼다.

"오빠. 아직 새벽 5시 반인데…?"

동생이 젖은 얼굴로 화장실에서 걸어 나오고 있었다. 정호는 여동생의 말에, 양말을 벗던 것을 멈추고 벽에 걸린 시계를 힐끔 바라보았다. 평소보다 1시간 정도 빠른 귀가. 마음이 들떠, 시간도모르고 일했는가 보다. 아니면, 몇 집을 빠트렸었나. 정호는 양말을 마저 벗었다. 아냐, 우유 개수는 딱 맞았어. 빼놓은 집은 없어.

"왜 벌써 일어났어, 마저 자지 않고…."

동생은 제 방문을 조금 열어 두곤 화장대로 가서 앉았다. 그리고 열려진 그 방문만큼 자그마한 소리로 속삭였다.

"할아버지 아직 주무시니까 조용."

동생은 손바닥에 덜은 로션을 얼굴에 찍어 바르며 소곤거렸다.

"여름이라 그런지 밤이 짧아. 피곤한데도 제대로 잘 수가 없네."

정호는 베란다 밖을 살피었다. 도시는 푸르스름한 기운에 잠겨 있었다.

"아직 멀었어. 더 자."

여동생은 좋은 향기를 뒤집어쓰곤 방 밖으로 걸어 나왔다.

"일어나 버렸는데, 어떻게 도로 자. 아욱국 끓일 테니까 씻으세요."

정호는 순순히 화장실로 발을 옮겼다.

"정희야, 아욱국 말고 카레 먹고 싶은데."

여동생은 앞치마를 두르며 대답했다.

"할아버지가 어제 아욱국 잡수고 싶다 하셨어. 카레는 저녁에 해 줄게요."

정희는 냉동고에서 마른 새우를 꺼냈다.

"아, 맞다. 씻은 후에 오빠 방 청소 좀 해요. 책이 너무 많아서 들어가지도 못하겠어. 다 본 건 다락으로 올리고, 늘어놓은 책들 새로 꽂고 그렇게 해요. 발도 못 뻗고 자겠더라."

정희는 아욱을 다듬으며 중얼거렸다.

"전공서나 기술서도 아니고 전부 소설책뿐이잖아. 다 읽은 건 헌책방에 좀 내다 팔고 그랬으면 좋겠는데…."

정호는 화장실에서 고개만 빼꼼 내밀었다.

"혼난다."

정희는 냄비에 물을 채우며 대답했다.

"오빠 나가고 없을 때 사람 불러다가, 다 팔아 버릴꺼야. 그리고 그 돈으로 나 가야금 케이스랑 연주용 한복 새로 사야지."

정희는 베, 하고 혀를 내밀었다.

"혼나. 진짜."

정호는 눈을 끔뻑거리다가 되물었다.

"근데, 케이스랑 한복은 갑자기 왜? 해졌어? 새 걸로 바꿔 줘?"

정희는 고개를 저었다.

"겁주려고 한 말이잖아, 그러니까 평소에 청소 좀 깨끗이 하라구요."

도마 위에서 마늘이 춤을 추었다.

"그러고 보니 오늘 그 책 온다고 하지 않았어요?"

정희는 고개를 갸웃거렸다.

"뭐더라. 절판돼서 더 이상 못 구한다던 책 하나 있었잖아."

정호는 큰 소리로 대답했다.

"오전 9시쯤 온대! 중고에다가 번역이 안 됐긴 하지만 뭐 어때!"

정호는 화장실 밖으로 머리를 반쯤 내밀었다. 머리에는 거품이 잔뜩 묻어 있었다.

"작가 사인도 되어 있대! 검열 제대로 안 해서 오탈자도 다섯 곳 그대로 남아 있는 초판본이고… 최고지?"

정희는 검지손가락을 입에 가져다 대고 주의를 주었다. 정호는 입이 귀에 걸려선 크게 외쳤다.

"하마터면 작가한테 책 한 권만 보내 달라고 메일 쓸 뻔했어!"

방안에서 노인의 기침 소리가 들려왔다. 정호는 힉, 소리를 내며 화장실로 숨어 버렸다. 머리가 희끗희끗한 노인이 방 밖으로 걸어 나왔다.

"누구네 집 바보가 꼭두새벽부터 이렇게 시끄러워? 뭣 하는 놈이야, 혼쭐을 내 줘야지 아주 못 쓰것다."

정희는 웃으며 대답했다.

"목욕하는 놈이요."

그러자 욕실 안에서 작은 소리가 새어 나왔다.

"요리하는 놈이요."

*

"예, 반갑습니다. 아까 하신 말씀, 설명 부탁드려도 될까요. '이딴 책'이라는 건 어떤 의미입니까?"

정호는 간결하게 말했다.

"뭐긴 뭐요. 쓰잘데기 없는 시간 낭비를 말하는 거지."

괜히 만나자고 했나, 정작 지금 이 순간이 쓰잘데기 없는 시간 낭비인 거 아냐? 진태의 생각을 읽었는지 정호는 비릿하게 웃었다.

"당신은 좋은 작가가 아냐."

경어마저 생략된 비난.

"좋은 작가는 무엇이라고 생각하시는데요?"

진태의 질문에 정호는 흔들림 없는 눈으로 그를 응시했다.

"김진태 씨. 당신은 어떤 글이 좋은 글이라고 생각해?"

정호는 웃음 같지도 않은 웃음을 지어 보였다.

"어떤 책이 좋은 책이라 생각하지?"

정호는 소파에 푹 기대어 앉았다. 그의 여유로움에 진태는 부아가 치밀어 올랐다.

"당신 스스로 느끼기에 자신이 좋은 글을 쓰고 있다고 생각해? 당신 책이 하루의 40분을 잡아먹어도 될 만한 가치가 있다고 생각하느냐고."

진태는 손가락끼리 깍지를 꼈다. 그리고 대답했다.

"독자마다 다르게 느끼겠지요. 대화에서 중요한 것은 청자의 관점입니다. 조롱의 말을 하더라도, 듣는 이에 따라서, 그 말이 조롱이 아니게도 되지요. 제 글에 공감하며 읽는 독자도 있을 테고, 아닌 독자도 있을 겁니다. 당신의 경우는 후자인 것 같네요. 물론 읽었다는 전제하에서요."

진태는 이어 말했다.

"전자의 경우는 제 책에서 40분 그 이상의 가치를 발견할 겁니다."

진태의 대답에 정호는 되물었다.

"받아들이는 사람의 견해가 중요한 거니까 살인, 방화, 강간, 매춘, 치정과 같은 불쾌한 소재를 추접스럽게 남용하고, 전하고자 하는 일말의 메시지도 없이 아무렇게나 막 써도 된다는 소리야?"

정호는 큰 소리로 웃었다.

"읽는, 받아들이는 사람의 문제인 거니까 단 하루치의 고뇌도 담겨 있지 않은 글을 자랑스레 꺼내 놓고 이 안에서 뭔가를 찾아내라, 숙제를 내주듯 독자에게 떠넘기면 되는 거라고. 책값을 지불한 것으로도 부족해, 없는 깊이감을 독자들이 따로 만들어 줘야 하나? 독자가 무슨 호구요?"

진태는 눈썹을 치켜떴다.

"그 어떤 작가도, 생각 없이 글을 쓰지 않습니다. 글이라는 것은 타인의 사고입니다. 글 자체가 바로 고뇌인 것입니다. 앞서 말씀하신 대로 자극적인 소재를 차용했다 하더라도 그것은 해당 작가의 의도적인 연출이고, 바로 그러한 시도들이 고뇌의 산물인 것입니다. 난잡하고 세속적인 소재를 사용했다고 해서 해당 소설 역시 질이 낮다고 말씀하시는 건 아니겠지요? 또한 같은 대상을 보아도, 아는 만큼 보이기 마련입니다. 지적 수준이 높은 독자가 같은 글에서 더욱 많은 상징성을 찾아내는 것은 당연한 일이라고 생각되어지는데요. 정호 씨가 책을 통해 아무런 메시지를 느끼지 못한 것은, 본인의 무지 탓이 아닐까요."

정호는 팔짱을 끼었다.

"그 상징성을 작가가 의도해서 집어넣었느냐, 아니면 생각지도 못한 부분을 독자가 멋대로 의미를 부여해 만들어 낸 것이냐가 중요한 것 아닌가. 인생의 40분을 잃어버렸다는 것 외엔 달라진 점이 아무것도 없고 난 그 양심도 없는 놈들 때문에 청춘의 대부분을 허투루 탕진해 버리고 말았어. 헛소리를 내싸지른 그놈들이야 돈과 명예를 갖게 되었다지만 시간만 낭비한 나는 도대체 어쩌란 말이야? 당신 글이 그렇지 않다고 단언할 수 있어? 내 돈 만 원과 소중한 40분을 충분히 보상해 줄 수 있느냐고. 아니면 그마저도 독자인 내 몫이라고 둘러댈 텐가? 네 책을 고른 내가 잘못인 거야?"

정호의 조롱에 진태는 몸을 떨었다. 정호는 유쾌하게 말을 이었다.

"듣는 이의 견해가 중요하다면서. 빈정거림으로 듣든지, 말든지. 당신 문제니까 소화시키는 건 댁이 알아서 잘해 봐."

진태는 어금니를 깨물었다.

"소설이 꼭 사람의 선한 의지를 고취시키기 위해서만 존재하는 것은 아닙니다. 독자의 의식과 사고를 확장시키고 삶의 질을 향상시킨다면 더없이 좋겠지만, 반드시 그래야 할 의무는 없어요. 뭔가를 가르치기 위한 소설, 고매한 사상. 좋아요. 좋습니다. 하지만 흥미 유발, 관심사의 확대, 공감으로 인한 심리적 치유 등 소설에는 여러 가지 목적이 있을 수 있어요. 아무런 의도 없이 쓰여진 소설 역시 존중받아야 합니다. 의도 없이 쓰여졌다고 해서, 독자에게 울림이 없을 거라는 판단은 경솔하기 짝이 없어요. 배움, 성찰 그 이상의 것들도 세상에는 많이 있습니다."

정호는 고개를 저었다.

"간략하게 말해서 읽기 전과 달라졌다, 달라지지 않았다로 나눠
진다는 거잖아. 배설 글로는 아무것도 변하지 않는다고."

정호는 물을 한 모금 마셨다.

"아무런 주제 의식 없이 쓰여진 글이 독자로 하여금 우연찮게 변
화를 불러일으킬 수도 있지만 그건 작가의 탐욕, 또는 요행이 아닌
가. '일단 쓰긴 막 썼는데 누군가에겐 큰 의미가 될지도 몰라. 내 글
을 읽고 변화했다면 다행이고, 아니면 말고… 그치만 일단 읽어 준
건 고맙네요!' 뭐 이따위 소리 아냐."

진태는 고개를 저었다.

"강요하지 마세요. 잠들지 못하는 아이들을 위한 그림동화, 명절
날 고속도로에서 읽는 연애소설, 휴가철 모래사장에서 읽는 공포
소설… 저마다의 가치가 있습니다. 별다른 의미 없이 쓰여진 한 구
절이 누군가에겐 평생 가슴에 남는 가시가 될 수도 있고요."

정호는 웃었다.

"예를 들면?"

진태는 대답했다.

"저의 경우, 오르텅스 블루의 〈사막〉이 그 가시입니다. 물론 그 시인이 노력 없이 썼다는 의미는 아닙니다. 단지 한 문장이 마음에 걸려, 처음 들은 그날부터 지금까지 종종 잠을 설치기도 해요."

진태는 오른쪽 관자놀이를 문질렀다.

"그리고 매번 소설 속에 메시지를 담는다면 그마저도 정형화가 돼서, 독자로 하여금 환멸감을 느끼게 만들 수도 있어요. 그저 고루하게만 느껴지는 거죠. 이 작가는 항상 뭔가를 가르치려 든다, 뭔가를 치열하게 말하려고 한다, 꼰대 같다, 기타 등등… 소통하고자 노력하고, 화두를 던지려는 시도를 단순히 피곤하게만 느끼는 독자들도 분명 있을 겁니다. 독자들이 책장을 넘기기 전 항상 마음의 준비를 하고 읽어야 한다면 그건 과연 좋은 글일까요? 다시 물어보죠, 모두가 쉽게 읽을 수 있는 글이 나쁜 글입니까? 젠체하는 소설, 난해하고 심각한 소설이 좋은 소설입니까?"

진태는 테이블 앞쪽으로 몸을 당겨 앉았다.

"글은 기본적으로 재밌어야 하는 것 아닙니까? 독자가 스트레스를 받는다면…"

정호는 진태의 말을 잘랐다.

"메시지를 담고, 재밌게 쓰면 되는 거 아냐. 어디까지나 작가의 역량 문제 아닌가."

진태는 입을 다물었다.

"네 글은 재밌지도 않고, 전하고자 하는 메시지도… 글쎄."

정호는 혀를 찼다.

"순 개똥철학이야."

*

"방 청소 좀 하라니깐."

정희는, 오빠 방에 들어와서 주섬주섬 주변을 치우기 시작했다.

"책장에 꽂혀 있는 책들 다 빼서 노끈으로 묶고, 바닥에 쌓여 있는 책들 새로 꽂을게요. 괜찮지?"

거실에서 수박을 먹던 정호가 부리나케 달려왔다.

"맨 윗줄은 안 돼."

정호는 정희가 꺼낸 책들을 도로 꽂아 넣었다. 정희는 들고 있던 책을 내려다보았다.

"맨 윗줄은 전부 같은 작가 책이네. 이 사람 누구야, 김진태?"

정호는 책장을 메꿔 나갔다.

"정말 재밌어. 깊이도 있고. 오빠가 제일 좋아하는 작가야."

정희는 발돋움을 했다.

"추천해 줘. 괜찮은 작품으로…."

정호는 어깨를 으쓱했다.

"추천이랄 것도 없어. 다 좋거든."

*

"여러 가지 작가가 있어. 당신의 경우는 구불이야."

진태는 반문했다.

"구불?"

정호는 고개를 끄덕였다.

"구불口佛. 입으로만 부처."

진태는 혀를 찼다.

"많은 작가들이 자신의 글과는 다른 모습으로 살아갑니다. 이야기에 집중하지 못하고 쓸데없는 것을 추측하고 넘겨짚느라 인생을 허비하는 모습이 안타까울 정도네요."

정호는 심드렁하게 대답했다.

"《삶, 앎, 사람》 87페이지. 사람의 반은 마귀, 그리고 나머지 반은 짐승이었다. 착취하고 이용하는 마귀와, 그러한 사실도 깨닫지 못하는 피지배계층 짐승. 이 무지와 탐욕의 대향연에 질려 버린 나는, 항상 월플라워를 자처할 수밖에 없었다. 《녹차케이크》 5페이지. 문밖을 나가면 모두가 모두에게 있어서 악당. 그렇다고 두려움에 나를 감금하면, 나는 나에게 있어서 또한 악당. 《돈에 돈 돈豚》 19페이지. 그들에게 있어 사람은, 노동력 외의 아무런 값어치도 없어 보였다. 나는 그들이 밤새 유태인 수용소 비스무리한 것을 지어, 다음 날 아침 출근한 나를, 비누로 만들어 버리는 악몽에 시달려야 했다. 꿈속에서의 나는, 장미 향이 첨가된 분홍색 비누였다. 그마저도 거품이 잘 나지 않아 괄시받기 일쑤였다. 소설 틈틈이 이딴 문장이나 집어넣을 정도로 사람과 세상에 대해서 혐오감을 느끼면서, 저번에 너 월간지 인터뷰할 때 뭐라고 했었어? 아름다운 세상 운운. 사람의 본디 고운 천성 운운. 네가 제일 역겹다고."

정호는 그의 말은 듣지도 않고 이어 말했다.

"그리고, 자신의 말에 대한 책임 정도는 지는 게, 사람으로서 최소한의 도리 아닌가? 아니면 작가 놈들은 사람의 범주에 포함되지 않는 건가?"

진태는 고개를 저었다.

"요지를 분명히 해 주세요. 이해가 안 되는데요."

정호는 혀를 찼다.

"도둑질은 해선 안 된다는 주제로 글을 썼으면, 다른 범죄를 전부 저지르더라도 최소한 도둑질만큼은 하지 말아야 될 것 아냐. 근데 어째 하는 꼴들이 정반대라고. 일단 사고부터 치고, 그에 대한 합리화를 글을 통해 하는 말종도 허다하고."

정호는 탁자 쪽으로 바싹 몸을 당겨 앉았다.

"작가에게선 직업윤리라는 걸 찾아볼 수가 없어. 오히려 작가라는 점이 면책특권이야. 술주정뱅이 동네 건달이 있다 치자. 보통의 경우라면 손가락질받고도 남겠지만, '그 사람, 작가래. 어디어디에 글 기고한다고 하더라고.' 한마디면 상대방 반응이 어떻게 달라져?"

정호는 상의 안주머니에서 담배를 한 개비 꺼내 물었다.

"일 년에 열두 번 연인을 갈아 치워도, 체제에 얽매이지 않는 자유로운 영혼으로 포장되고 약을 빨든, 뭐를 하든. '작가' 한마디면 전부 설명이 되니…."

진태는 고개를 저었다.

"글쎄요."

진태는 퉁명스럽게 이어 말했다.

"예능 계통 직업군이 다른 직업군에 비해 상대적으로, 사회에 통용되는 상식에 있어 관대한 룰을 적용받는다는 건 인정합니다. 하지만 글과 작가를 분리해서 보는 독자들도 많이 있습니다. 아무리 빼어난 작품을 썼어도, 이름 석 자에 친일 딱지가 붙은 작가가 얼마나 많습니까?"

진태는 눈살을 찌푸린 채 이어 말했다.

"그리고 어째서 이렇게 작가에게만 엄격한 잣대를 적용하는 거죠? 정조 관념을 우습게 아는 예술가가 세상에 몇이며, 모차르트는 분뇨에 집착하기도 했어요. 반 고흐의 〈해바라기〉는 황시증 탓이라는 이야기도 있습니다. 창조물과 창조자의 고결함이 일치하지 않았다고, 또 그로 인해 실망감 갖게 됐다고, 모든 예술가들을 질책해 보시죠. 위선과 허위를 설파한 수많은 사상가들은요? 제약 회사와 결탁하거나 권력 앞에 무릎 꿇고 끔찍한 전쟁 무기들을 만들어 삶의 질을 저해한 과학자들은요? 이들에게 직업윤리를 어겼다고,

애초 도덕성이 필요 없는 직종이라고 힐난하고 매도해 보세요."

정호는 혀를 찼다.

"자신의 입장을 변호하고, 이렇게 대놓고 사기 칠 수 있는 직업은 작가밖에 없어. 사기 정도로 끝나면 감사하지. 타인의 사고, 사상, 삶의 목적까지 뒤바꿀 수 있는 직업이잖아, 작가는…. 그렇다고 네놈들이 그에 버금가는 책임감이 있느냐, 따지고 보면 또 그것도 아니란 말이지. 책임감은커녕 일반 독자들보다 미성숙하고 야만적인 놈들이 태반…"

진태는 말을 잘랐다.

"내 글은, 내 사고의 흐름은, 그 어떤 이유에서도 비난받을 이유가 없습니다. 내가 강간과 살인을 권장하고, 폭력과 갈등을 조장하는 글을 썼다 하더라도 사람의 사고는 자유로워야 합니다. 글은 사고의 산물이고 때문에 글은 자유로워야 해요. 나는 무슨 이야기든 쓸 수 있고, 이야기와 별개로 내가 원하는 삶을 살 권리 또한 있습니다. 설령 내 삶의 결정들이 당신을 실망시켰다 하더라도 나는 당당히 잘못된 선택지를 고를 권리가…"

이번에는 정호가 진태의 말을 잘랐다.

"작가는 종교인이나 교사와 다를 바 없다고. 그렇지만 거짓 공약을 남발한 정치인이나 부정을 저지른 종교인이 세간의 몰매를 맞고 사회로부터 매장을 당하는 것에 비해, 작가들은 그게 없잖아. 작품과 작가는 별개로 봐야 한다면서, 기똥찬 글 하나 갈겨 놓으면 무조건적인 비난만큼은 피할 수 있지. 작품과 작가를 따로 놓고 봐야 한다고? 글은 사고의 집결체라면서. 형편없는 인간이 쓴 달콤한 글 따위, 가식과 거짓 외의 무슨 의미가 있어. 따로 놓고 달리 평가해야 한다는 말 자체가 이미 형평성에 어긋나. 너희에겐 의무가 뒤따르질 않아. 성장소설의 경우, 언행 불일치의 거짓된 삶을 살면서 이상론, 일반론만을 떠들고 역사소설의 경우 고증을 철저하게 하지 않아서 후손들에게 불명예를 떠안기는 경우가…"

진태는 그의 뒷말을 듣지 않고 언성을 높였다.

"그래도 그렇죠, 결함이 있다고 해서 한 사람의 업적 자체를 무시해 버리는 게, 말이 되는 소립니까?"

정호는 대답했다.

"그러니까 여물만큼 여물거나, 그게 안 되면 감당할 수 있는 글만 쓰라는 거지. 샐린저처럼 평생 은둔하는 쪽을 택하던가. 읽혀지는 걸 포기한다면, 네 말처럼 그 어떤 글을 써도 상관없어. 일기처럼 말야."

진태는 발끈했다.

"털어서 먼지 안 나오는 사람 없어요. 그리고 소설이 무슨 뜻인지 모릅니까? 허구에서 리얼리티를 찾다니 이 무슨 모순!"

정호는 그를 노려보다가 대답했다.

"뱉어 놓은 글만큼의 격은 갖춰 놓는 게, 독자에게 있어 최소한의 예의인 거야. 난 지금 그런 이야길 하고 있는 거야."

정호는 이어 말했다.

"기억해 내, 우린 초면이 아냐."

*

"오빠!"

정호는 4번 방 앞에 앉아 있다가, 화들짝 놀라 자리에서 일어섰다.

"사장님이 오빠 여기 있을 거라구 해서….."

정희는 정호 곁에 가서 섰다.

"왜 여기서 대기해? 특실도 아니잖어."

정호는 머리를 긁적였다.

"파랑새들이 오늘 여기서 모임을 하나 봐."

정희는 발을 쫑긋거렸다.

"오빠가 이 방 손님들한테, 사비로 서비스 넣어 주고 그랬다고 사장님이 말씀하시던데… 그래서 그랬구나."

정호는 말끝을 흐렸다.

"그냥 광어회, 새우튀김 같은 거 조금….."

정희는 옆구리를 찔렀다.

"그 사람들이 알아주는 것도 아닌데, 왜 그래."

정호는 머쓱하게 웃었다.

"좋아하는 작가고 하니까…"

정호는 말미에 눈을 흘겼다.

"근데, 넌 집에 안 가고 오빠 일하는 델 왜 와."

정희는 정호의 어깨에 기댔다.

"연습실 들렀다가 집에 가는데 쓸쓸해서, 같이 귀가하려구. 그리고 여기 오면 사장님이 나 예쁘다고 회 한 접시씩 주시니까 좋아!"

정호는 정희의 머리를 쥐어박았다. 정희는 입술을 비죽이곤 카운터로 도망가 버렸다. 정호는 4번 방 앞을 한참 기웃거리다가 카운터로 발길을 돌렸다.

*

진태는 고개를 저었다.

"아뇨, 전 이렇게 무례한 사람 본 일이 없는데요. 그리고 본인이 직접 글을 써 보시죠. 작가 하시면 아주 잘하실 것 같은데."

진태의 빈정거림에 정호는 고개를 끄덕였다.

"안 그래도, 한 번밖에 읽을 수 없는 책, 열심히 집필하고 있어. 너와는 다르게."

진태가 눈을 둥그렇게 뜨자 정호는 혀를 찼다.

"인생."

정호는 팔짱을 끼며 이어 말했다.

"문장 다듬듯 네 인격도 한번 다듬어 보지 그래. 책 안에서만 뻐기지 말고."

진태는 이를 갈았다.

"작가가 글 안에서 자기만족적인 필체로, 자기과시적인 글을 쓰는 것이 나쁜 겁니까?"

정호는 고개를 끄덕였다.

"충분히 부끄러운 일 아닌가. 숱한 고전들, 몇 세대에 걸쳐 사랑받은 작품들은 어때? 타인의 시간을 빼앗아 간다는 의미에서, 집필 시 책임감을 가져야 한다는 발상은 어찌 보면 당연한 것 아닌가? 사람에게 있어서 가장 중요한 것은 건강이고 그리고 그 건강이 의미하는 바는 바로 시간이잖아. 죽음까지 미친 듯이 내달리고 있는데 그 값진 시간을, 잉여인간의 자기 위로 글에 빼앗긴다면 그만큼 열받는 일이 또 어딨겠어. 넌 도대체 무슨 권리로 나한테 그런 짓을 하는 건데?"

진태는 수치감에 얼굴을 붉혔다.

"내 책이 그렇게 마음에 안 든다면, 그걸 웃돈을 주고 되파는 행위도 문제 있는 것 아닙니까?"

정호는 낄낄거렸다.

"쓰레기 갖다가 시멘트도 만드는데, 네 책으로도 뭔가 좀 의미 있는 일을 해야지."

정호는 눈을 잠시 감았다가 떴다.

"나는 초판본을 비롯한 희귀 서적들을 행복한 장님들에게 보내고 있어."

*

정희는 들고 있던 접시를 떨어뜨리며 비명을 질렀다. 종업원들
은 모두 정희 쪽을 바라보았다. 정희는 팔로 가슴을 감싸고 있었
다. 바닥에 어지럽게 나뒹구는 물컵들. 젖은 카펫. 정호는 카트에
대형 초밥 그릇을 옮기던 것을 그만두고 여동생에게 달려갔다. 일
좀 도와주겠다고 수선을 피우더니 기어코 사고를 쳤구나!

"오빠, 이 아저씨가 갑자기⋯."

정희는 울먹였다. 정호는 자리에 우뚝 멈춰 섰다. 여동생이 가리
키는 사내는, 여성 인권 향상을 위해 쓴소리를 아끼지 않는⋯.

"황 작가님. 안 가시고 뭐 하시는 거예요."

복도에서의 소란을 듣고 4번 방에서 사람 여럿이 걸어 나오고 있
었다. 정호는 손에서 땀이 났다. 황 작가는 구두를 우겨 신은 채 비
틀비틀 로비로 걸어 나갔다. 정호는 그의 어깨를 잡아챘다.

"황 작가님, 잠시만요. 제 동생에게 사과를⋯"

황 작가는 정호의 손을 거칠게 쳐냈다.

"이 새끼가…."

그의 욕설에 종업원들이 몰려들었다. 공손한 태도를 잃지 않은 정호와 다르게 그들 모두는 도끼눈이었다.

"CCTV 확인해."

점장이 황 작가의 앞을 가로막았다. 황 작가는 가장 가까이 서 있는 정호의 가슴팍을 세게 밀쳤다.

"너 내가 누군 줄 알어?"

정호는 그를 알고 있었다. 종업원 모두는 황 작가를 몰랐지만, 정호만큼은 그를 알고 있었다.

"저 계집이 앞에서 얼쩡거리고 안 비키니까. 밀친 것뿐이야."

황 작가의 말에 모두가 정희를 바라보았다. 정희는 눈물이 그렁 그렁해선 고개를 저었다. 정호는 동생을 추궁했다.

"어떻게 된 거야. 똑바로 말해."

정희는 어깨를 떨며 대답했다.

"물컵들을 옮기는데, 손님께서 앞을 막고 안 비켜 주셔서… 비켜 달라고 부탁드렸는데 갑자기 막… 막 가슴을…"

파랑새 하나가 정희의 말을 잘랐다.

"황 작가님이 취하셔서 실수하신 모양이네요. 아니면 그냥 밀치 신 걸 수도 있고."

페미니스트로 유명한 박 작가였다.

"복도에서 손님하고 마주치면, 종업원은 뒤로 물러섰다가 순서 대로 빠져나가는 게 맞는 것 아닌가."

그녀는 정희를 위아래로 훑어보았다.

"그리고 왜 이렇게 소란을 피우는지, 참… 누가 보면 겁탈이라도 당한 줄 알겠어요."

정희와 가까이 지내던 여종업원 하나가 발끈해서, 언성을 높였다.

"무슨 말을 그렇게 해요?"

파랑새들은 번갈아 가며 입을 놀렸다. 안 그래도 시키지도 않은 음식을 자꾸 넣어 주는 게 신경 쓰였는데 나중에 계산을 따로 해야 하는 것 아니냐느니, 뭔 일 생겼다고 종업원들이 둘러싸는 게 아주 위협적이라느니… 정호는 더 이상 참지 못하고 큰 소리로 말했다.

"불친절해서 정말 죄송합니다! 하지만 클레임을 거시기 이전에 제 동생에게 먼저 사과부터 하셔야 하는 것 아닙니까?"

정희는 벽에 기대서서 덜덜 떨고 있었다.

"황 작가님께서, 오늘 좀 과음을 하셨습니다. 먼저 돌아가시겠다고 나오시던 길이었고…."

진태는 황 작가와 정호 사이에 끼어들어 두 사람을 멀리 떨어뜨려 놓았다. 진태는 지갑에서 수표 한 장과 만 원권 여러 장을 꺼내 정호의 손에 쥐여 주었다.

"가게도 소란 피워 좋을 것 없잖습니까."

정호가 눈을 부릅뜨며 한마디 하려는 찰나였다. 우지끈, 나무 부러지는 소리가 로비에 크게 울렸다. 황 작가가 카운터 옆에 세워진 검은색 물체를 걷어차고 있었다. 케이스에 넣어진 정희의 가야금이었다.

"거슬리게…."

그는 술에 뭉그러진 어투로 구시렁댔다. 정호는 주먹을 쥐었다. 그때였다. 연락을 받은 사장이 달려와 고개 숙여 사과했다. 종업원들은 뭐라 이야기를 꺼내려다 그만두고 제 위치로 되돌아갔다. 점장은 정호의 어깨를 툭툭 쳤다. 그리고 정희를 직원 휴게실로 데려갔다. 정희는 자꾸만 뒤를 돌아보았다. 정호는 어금니를 꽉 깨물었다. 그는 진태의 팔을 거칠게 잡아당겨 돈을 도로 돌려주었다. 진태는 정호의 얼굴을 빤히 쳐다보다가, 손에 들린 돈을 정호의 앞치마에 구겨 넣었다. 그리고 4번 방의 문을 닫았다. 정호는 닫혀진 문을 한참 동안 바라보고 있었다.

*

진태는 반문했다.

"행복한 장님들?"

정호는 낮게 한숨을 내쉬었다.

"그래. 작가를 만나 보지 못해서, 글을 그저 글로만 읽을 수 있는 행복한 장님들."

정호는 가방을 뒤적이며 이어 말했다.

"방금 전 그 책 두 권도, 해외에 있어서, 출판 사인회에 참석하지 못한 여자에게 택배로 보냈어. 당신의 오랜 팬이래. 그 여자 역시 나처럼, 당신 소설 전권을 갖고 있다고 했어."

정호는 지갑에서 택배 영수증을 꺼내 보였다.

"여자는 격양된 목소리로 물었어. '김 작가님 실제로 뵈니까 어떻던가요? 생김새는 저도 프로필 사진 봐서 알고 있지만 어떤 분위기를 풍기시는 분일지 궁금해요.' 어쩌구저쩌구…."

정호는 배를 잡고 웃었다.

"어떤 사람이라고 말했습니까?"

진태는 자신과 자신의 글과, 자신의 독자를 기만하는 이 사내에게, 공포에 가까운 분노를 느꼈다.

"당신이 누차 말한 대로 불쾌하기 짝이 없는 남자라고 말했나요?"

정호는 아무 말 없이 진태를 바라보았다. 한참 동안 침묵을 지키던 그는 느릿느릿한 어조로 대답했다.

"아주 이성적이고, 합리적인 데다가 공손한 남자였다고 말했어."

진태의 동공이 흔들렸다.

"눈 쌓인 들판 같은 느낌을 주는, 본인 소설에서 막 튀어나온 인물 그 자체였다고… 그렇게 말했어."

정호는 쓴웃음을 지어 보였다.

"여자는 기뻐했어. 정말로 기뻐했어."

그는 두통이 일어나는지 머리를 짚었다.

"네 위선들은 서재에 제대로 꽂혀 있어, 버리지도 못했어. 너무 좋아해서."

의외의 말에 진태는 눈만 껌뻑거렸다. 정호는 진태를 노려보았다.

"11월 19일, 오후 11시 35분. 다섯 명의 파랑새."

진태의 눈이 커졌다.

"걷어찬 건 여동생의 가야금이었어."

정호는 말을 마치곤, 지갑에서 수표 한 장과 만 원권 여러 장을 꺼내 진태의 앞에 툭 집어 던졌다. 그는 자리에서 일어섰다.

*

"가야금, 오빠가 새 걸로 사 줄게."

정희는 한참 후에나 말을 꺼냈다.

"아까, 오빠한테 돈 준 작가, 있잖아."

정희는 케이스의 끈을 매만졌다.

"오빠가 가장 좋아한다던 작가였지?"

정호는 눈길을 피했다.

아, 오늘같이 불쾌한 날이 또 있을까?

*

정호는 진태가 손에 쥐여 준 배지를 도로 집어 던졌다. 그는 가게 문을 박차고 나갔다. 여종업원은 동료의 부축을 받아 자리에서 일어섰다. 가게는 엉망이었다. 유리잔이 깨지고, 테이블의 한쪽 끝은 쪼개져 있었다.

"죄송합니다, 변상하겠습니다."

여종업원은 머뭇거리다가 고개를 저었다.

"오늘 월급날이에요. 알아서 해결할게요."

진태는 찢어진 입술로 반문했다. 여종업원은 얼굴을 붉혔다.

"저도 김 작가님 글 굉장히 좋아하거든요. 근데 오늘은 일해서, 바로 요 앞에서 행사하는데도 못 갔어요."

여종업원은 카운터로 뛰어가 가방을 들고 왔다. 그리고 진태의 책을 꺼냈다.

"아까부터 계속 말 걸고 싶었는데, 기분이 안 좋아 보이셔서 도무지… 그리고 변상하시면, 김 작가님 신문에 나오실 거예요. 그러니까 제 선에서 해결할게요, 오늘 우리는 아무 일도 없었어요. 제가 잔을 옮기다가 바보처럼 테이블과 함께 넘어진 것뿐이에요."

종업원은 배시시 웃었다.

"대신 사인 좀 해 주세요."

종업원은 앗, 하고 손뼉을 쳤다.

"일단 상처부터 치료하고 이런 부탁드렸어야 했는데…."

여종업원은 구급약을 가져오기 위해 카운터로 뛰어갔다. 진태는 유리창에 비친 자신의 모습을 물끄러미 바라보았다. 부어터진 얼굴. 형편없는 행색. 까치집. 종업원은 의약품을 가져와 가까이에 앉았다. 그녀의 동료는 바닥에 흩어진 지폐들을 주워 테이블 위에 올려놓았다. 진태는 책에 사인을 한 뒤 잠시 머뭇거렸다. 이름을 물어야 하는데, 앞선 악몽이 떠올라 입을 뗄 수가….

"이름도 적어 주세요."

종업원은 반창고를 꺼내던 것을 멈추고, 또박또박 제 이름을 말했다. 진태는 어색하게 웃곤 이름을 적어 넣었다. 종업원은 묻지도 않은 말을 꺼냈다.

"작가님은 모르시겠지만 저 작가님 얼마 전에 뵈었어요. 명동에서 누구 기다리시는 것 같던데…."

진태는 코에 끼워 둔 휴지를 빼내며 되물었다.

"난 줄 어떻게 알았어요?"

종업원은 씨익 웃었다.

"프로필 사진… 그리고 저 불면증 있어서 매일 밤 작가님 책 읽고 또 읽어요. 그러다 졸면 소설 내용으로 꿈꾸고, 거기서 작가님도 뵙고… 그래서 한눈에 알아봤어요. 심장이 다 쿵쾅거려서 혼났어요."

종업원은 수줍게 웃었다, 그리곤 배지를 찾기 위해 구석구석을 살펴보기 시작했다. 의자들을 한쪽으로 밀고, 무릎으로 엉금엉금

기어다니기를 십여 분. 기어코 배지를 찾아낸 그녀는, 배지를 제 옷에 문질러 광을 낸 뒤, 진태의 손에 쥐여 주었다. 진태는 그것을 도로 여자에게 건넸다. 여자는 배지를 내려다보았다.

"아까 대화 내용… 들었어요."

종업원은 앞치마를 꼭 쥐었다.

"엿들어서 죄송해요, 그치만…"

여자는 진태의 눈을 바라보았다.

"작가님의 가장 좋은 글은 아직 쓰여지지 않았잖아요. 습작생일 때의 작가님과 지금의 작가님이 같은 모습일 거라 생각하지 않아요. 앞으로의 작가님 모습이 지금과 같을 거라고도 생각 안 하고요. 작가도 사람이고, 사람은 매일 조금씩 성장하니까… 그러니까, 계속 나아질 거라고 생각해요. 글도, 작가님도. 가장 좋은 글이 아직 쓰여지지 않은 것처럼 작가님의 가장 좋은 모습도 아직은…"

여자는 귀까지 빨갛게 물들어선 진태에게만 들릴 정도로 작게 속삭였다.

"점점 더 멋진 모습으로, 제 삶에 함께해 주세요. 앞으로도 작가님과 함께 잠들고 싶어요."

진태는 아무 말도 하지 않았다. 여자는 진태의 눈치를 한번 보고, 배지를 그의 가슴팍에 달아 주었다. 진태는 배지가 지나치게 무거워 가슴을 바로 펼 수 없었다. 하지만 숨을 한번 크게 내쉰 후, 힘을 내어 등을 곧게 폈다. 여자는 그런 진태를 보고 환히 웃었다.

음의 높이는 달라도, 많은 건반은
한 대의 피아노에서 함께 오르내리고,
서로 다른 음계의 두 건반이 마주할 때,
아름다운 화음이 빚어진다네.

나의 민트
Minh Thu'

"널 자유롭게 키우긴 했지만, 베트남 여성을 며느리로 데려오다니."

"그렇게 말씀하시지 마세요. 제가 정말 사랑하는 여자예요, 어머니."

자고는 아들의 눈빛을 보고 입을 다물었다. 어릴 때부터 고집이 센 녀석이었다. 학교에 좋아하는 선생님이 생기면 그 과목은 그만 자라 해도, 밤을 새서 시험공부를 하고, 다른 과목은 어찌 되든 관심도 안 쓰던 탓에 학창 시절 성적은 들쭉날쭉하기 일쑤였고, 밥상 위 반찬도 호불호가 강해, 좋아하는 것에만 젓가락이 가곤 했다. 편식하면 안 된다고 그렇게 혼을 내도, 엄한 꾸중으로 울면서도, 싫은 것은 끝내 입에 담지 않았다.

"나중에 아이라도 갖게 되면, 아이의 언어 발달에 어려움이 있지 않을까."

"민트가 영어권 국가 출신이었어도 그런 걱정을 하셨을까요."

"날 나쁜 사람처럼 보지 말렴, 우리가 흔히 갖고 있는 인식이, 베트남은….."

자고는 아들의 입이 한일자로 굳게 닫히는 걸 보고 말을 흐렸다.

"아버지가 일찍 돌아가시긴 했지만 도대체 네가 뭐가 부족해서."
"민트는 제게 과분한 여자입니다. 한번 만나 보시고 말씀하세요."

아들은 자리에서 일어나, 방으로 들어가 버렸다. 자고는 긴 숨을 내쉬었다. 녀석이 처음으로 집에 데려오는, 아니 자신에게 소개시키려는 여자였다. 분명 괜찮은 사람일 거야. 자고는 아들의 안목을 믿었기에, 마음이 더욱 착잡했다. 저렇게 사랑한다는데, 반대할 이유가 없었다. 아들의 마음이 다칠까 봐 염려스러웠고, 닫힌 방문을 보는 게 속상했다. 그래도 한국 사회에 만연한 인식은…. 자고는 태어날 손녀와 손자가, 동남아 혼혈이라는 손가락질을 받으며, 어눌한 말투를 사용하게 될까 걱정되어, 흔쾌히 승낙하기도 어려웠다. 그래도 한번 만나 보기라도 할까, 자고는 협탁 위의 액자를 물끄러미 바라보았다. 여보, 어떡하면 좋지.

응우옌 민트 Minh Thu'.

첫인상은 눈이 크고 맑아 선해 보인다는 거였다. 피부가 흰 편이었고, 머리카락은 가슴께까지 올 정도로 길었다. 몸을 움직일 때마다 좋은 향기가 났는데, 손목 안쪽과 목덜미에 은은한 향수를 덧바른 것 같았다. 흰 블라우스와 진줏빛을 닮은 아이보리색의 정장 치마를 입고 있었는데, 원단은 트위드로 보였다. 절제된 세련됨이 그녀의 우아함을 더욱 강렬하게 전달했다. "안녕하세요."라고, 약간 서툴게 느껴지는 한국말을 하기 전까지 자고는 민트의 국적을 쉽게 유추할 수 없었다. 국적을 불문하고, 어디서나 통용될 아름다움을, 고상함을 지닌 사람이었다.

며느리가 될 아이에게 어떤 음식으로 첫 식사를 대접해야 할지 모르겠어서, 그리고 고향 음식이라 좋아할 것 같아, 일단 쌀국수와 월남쌈을 준비했는데, 음식을 보고 미소 짓는 민트를 보고, 자고는 걱정스럽던 마음을 쓸어내렸다. 민트는, 손을 깨끗이 하고, 라이스 페이퍼에 색색의 야채들을 가지런히 올렸다. 화려한 색을 덧바르진 않았지만, 투명한 매니큐어를 바른 듯 빛나는 손톱을 갖고 있었기에, 손을 움직일 때마다 빛이 반짝이는 것 같았다. 월남쌈을 쌀 뿐인데, 이렇게 숨까지 참게 만들 일이야. 자고는 그녀를 꼼꼼히 살펴보았다. 몸가짐이 바르고, 웃음이 온유하고 참해 보였다. 만든 월남쌈을 자기 입에 넣기보다, 아들에게 먼저 건네는 모습도 못 본 척 다 보았다. 아들도 어디 가서 빠지는 외모는 아니라고 생각했지만, 민트라는 아가씨는 자신의 젊을 적, 가장 빛나던 때의 모습을 닮아 있는 듯도 했다. 이목구비가 뚜렷해서 화장도 과하게 하지 않았음에도, 그저 립글로스만 옅게 바른 것 같았음에도, 참 예뻤다.

"그래서, 결혼식은 언제쯤…."

자신의 말에 아들은 크게 웃음을 터트렸다.

자고는, 베트남 전통의상을 입고 찍은, 아들 부부의 결혼사진을 바라보고 있었다. 며느리는 하얀색 아오자이를 입고 있었는데, 몹시 고귀하고 순결해 보였다. 두 사람은 음악 공연장에서 만났다고 했다. 한국에 유학 온 며느리는, 아르바이트 삼아, 공연장에서 티켓을 배부하고 있었는데, 좋아하는 가수의 공연을 보러 갔던 아들은 매표소에 앉아서 티켓을 건네주는 민트에게 한눈에 반해 그 자리에서 연락처를 물어보았다고 들었다. 3번이나 퇴짜를 맞았지만, 뒤에 줄 선 사람들의 야유도 받았지만 그 녀석 성격이 오죽이나 고집이 셌어야. 공연 관람을 포기하고 매표소에서 끊임없이 졸라대어, 겨우 SNS 아이디를 받을 수 있었단다. 한국말의 발음이 서툰 며느리는 주로 메신저를 통해 아들과 글로 대화를 했다는데, 계절별로 여자를 달리 만나는 듯 했던, 바람둥이인 아들에게 있어선, 그 점이 또 특별하게 느껴졌던 모양이다. 자고는, 처녀 때 남편과 편지를 주고받으며 사랑을 싹틔웠던 일을 되새겨 보았다. 피는 못 속인다니까.

자고는 며느리를 위해서, 드라마 보는 시간을 줄이고 뉴스를 곧잘 틀어 놓았다. 종이신문도 언론사마다 구독해서, 아침마다 민트에게 건네주었다. 한국 사회가 낯설겠지. 자세히 모르면 불안과 두려움이 들 수도 있어, 하지만 상대와 대상을 잘 알게 된다면 무서울 일이 없단다. 자고는, 한국 음식을 며느리와 함께 만들어 보려 시간을 따로 냈다. 김치를 담그는 법, 국과 찌개를 끓이는 법을 가르쳐 주었다. 칼 쥐는 법, 생선을 손질하는 법, 그렇게 아들의 입맛까지 아낌없이 전해 주었다. 민트는 싫은 기색 없이 언제나 빙긋, 미소를 지으며 고개를 끄덕거렸다.

"민트는 한국 음식도 좋아하고, 자취했었기 때문에 요리도 곧잘해요. 그리고 대학에서 우수한 성적을 받았기 때문에, 한국 사회, 문화, 경제, 역사에 대해서도 이미 능통해요. 발음이 조금 어눌할 뿐이지, 글로 쓰면 한국말을 저보다 더 잘하고요."

경제신문을 아들 부부의 방문 앞에 내려놓는데, 아들이 자고의 어깨를 잡으며 말했다.

"그런데 왜 내 앞에선 말을 안 하니."
"부끄러움을 많이 타서 그래요."

자고는 그날 바로, 신문 구독을 취소했다. 그리고 주말마다 한국 요리 강습을 했던 것을 그만두고, 민트와 일요일마다 목욕탕으로 향했다. 처음, 자고와 찜질방에 온 민트는 흰 얼굴이 온통 빨갛게 물든 채, 시어머니 앞에서 옷을 벗지 않으려고, 카운터로 도망가려고 했지만.

"한국에선 시어머니랑 며느리랑 목욕탕에도 같이 오고, 그럴 수 있는 거야. 찜질방에서 달걀이랑 식혜 사 줄게."

그 말에 주섬주섬 옷을 벗었다. 며느리의 몸은 그린 듯했다. 팔과 다리는 털 없이 매끈했고, 흰 엉덩이는 보름날 달을, 백자의 곡선을 예쁘게도 닮아 있었다. 약쑥 티백을 넣었는지, 쑥 향이 나는 온탕에 나란히 앉아서, 자고는 민트에게 도란도란 말을 건넸다.

"불편하니?"

내가 아무리 살갑게 다가가려고 해도, 배려하려 마음을 써도, 며느리 입장에서 시어머니는 불편하기 짝이 없을 것이다. 심지어 문화도, 국적도 다른 사람이니 부담스럽겠지. 자고는 평소 민트와 쏙닥쏙닥 속이야기를 나눌 수 있었으면 했다. 친구 같은 시어머니가 될 수 있다면 좋겠는데.

"불편하지 않아오."

빨갛게 물든 양 뺨을 하고서, 서툰 발음으로 민트는 마음을 드러냈다.

"어머니께서 계셔서 든든해요."
"든든해?"

"서방님 입맛도 알 수 있고, 가족 모두가 좋아하는 요리도 배우고, 좋아오."

민트는 수줍은 듯 웃으며 말을 이었다.

"집안의 여자 어른이 계셔서, 시어머니께서 계셔서 저는 참 든든해요. 시아버지께서 안 계신데, 어머니께서도 안 계시면, 서방님이 외롭고 힘들 거예요. 아내가 메울 수 없는 마음의 틈을, 어머니께서 채워 주시니까, 의지할 수 있게 단단히 서 계시니까, 감사할 따름이에오. 전혀 불편하지 않으니까, 오래오래 제 곁에, 저희 곁에 계셔 주세오."

자고는 알몸의 며느리를 껴안고, 훌쩍댔다. 자고가 덥석 자신을 껴안자, 민트는 흐깍, 이상한 소릴 냈지만, 그녀를 밀어내지 않고, 등을 연신 토닥토닥했다. 두 사람은 서로의 등을 밀어 주고, 머리카락에 트리트먼트도 발라 주었다. 냉탕과 온탕을 번갈아 가며, 급

변하는 온도에 흐꺅, 흐꺅, 비명도 질러 대고, 발가벗은 몸을 더 이상 가리지 않고, 배를 잡고 웃었다.

양머리 수건 모자를 쓰고, 달걀과 식혜를 나눠 먹었다. 민트는 수다스럽진 않지만, 말을 곧잘 하는 아이였다. 아들의 이야기처럼 부끄러움이 많아서, 여태껏 웃음만 보였던 것 같았다. 막 목욕을 하고 나온 뽀얀 얼굴의 두 사람은, 바나나 우유에 빨대를 꽂아 하나씩 먹으면서, 집에 되돌아왔다. 괜찮냐는 아들의 물음에, 자고도, 민트도 빙긋 웃기만 했다.

자고가 말이 없어진 건, 30년 된 모임에 나갔다 온 후부터였다. 안부를 전하는 과정에서, 친구 하나가 괜한 걱정을 해 왔던 것이다. 며느리가 아이를 임신했다며, 아이의 언어 발달에 어려움이 있지 않을까. 자고는 대답했다. 우리 며느리가 영어권 국가 출신이어도 그런 걱정 했을까. 친구는 계면쩍어 하며 말을 이었다. 날 나쁜 사람처럼 말하지 마, 우리가 흔히 갖고 있는 인식이 베트남은…. 분위기가 어그러지는 걸 느꼈던지 다른 친구가 말을 보탰다. 자고, 네 아들이 어디 부족해 보이진 않았는데 베트남 며느리를 맞이해서 우리 다들 놀라긴 했지. 다른 친구도 말의 오해를 줄이고자 황급히 거들었다. 그래, 자고 아들은 똑똑하고 직업도 좋고, 베트남 아내를 맞이하긴 아깝지. 사고는 얼굴을 붉힌 채 자리에서 일어났다. 우리 며느리에 대해서 아무것도 모르면서. 집에 돌아오는 길에 자고는 내내 중얼거렸다. 얼마나 사랑스러운 아이인지, 아무것도 모르면서.

며느리를 만나기 전에, 자신도 이미 했던 생각들이었다. 그래서 더 화가 치밀었다. 그 자리에서 한마디도 할 수 없었던 것은, 과거 자신을 보는 듯해서, 차마 입이 떨어지지 않아서였다. 자고는 며칠간 침대에 드러누웠다. 민트가 걱정스런 말투로, 말을 건네 와도 며느리 볼 낯이 없었다. 끼니때마다 방문 앞에 상을 차려 놓고 가는 며느리에게 미안해서, 또 부끄러워서 자고는 마음에 그늘을 거둘 수 없었다.

"왜 그래?"
"어머니께서 아프신 것 같아요."
"창고를 아이 방으로 만든다고 하셨는데, 짐 옮기기 싫어서 꾀병 부리시는 건 아닌가."

"아니야. 바보."
"서방님한테 바보가 뭐야."

"모임에 다녀오신 후로, 어머니께서 마음이 안 좋으신 것 같아요."
"서방님한테 바보라고 하면 안 되지."

"무슨 일이 있으셨던 걸까오."

"그러니까 서방님이 왜 바보냐고."

민트는 남편의 뺨에 뽀뽀를 했다. 그제서야 대화 주제는 하나가 되었다.

"하긴 모임에 다녀오신 후로 틀어박히셨지."

"걱정이 돼서 저도 마음이 안 좋아오. 식사도 잘 안 하시고, 병이 라도 나시면 어떡해오."

민트는 남편이 씻는 동안, 창고로 쓰이는 어머니의 두 번째 방에 몰래 들어갔다. 먼지 쌓인 냄새에 몇 번 기침을 하고, 민트는 바닥 에 놓인 박스들을 하나씩 열어 보았다. 박스 안에는, 어머니의 젊 을 적 사진과 누군가와 주고받은 편지들이 예쁘게 묶여 있었다. 젖 은 머리를 한 남편이 방에 따라 들어왔다. 그건 아버지와 주고받으 신 연애편지야. 두 분도 우리처럼 글로 사랑을 키워 가셨대. 남편 은 뺨에 입을 맞춰 주었다. 민트는 시아버지의 얼굴에서 남편의 얼 굴을 찾아냈다. 남편의 눈매는 시아버지를 꼭 닮아 있었다. 두 사 람 모두 참 멋있다고 생각한 민트는 볼을 붉혔다. 민트는 방 한편 에 놓인 피아노를 가리켰다. 남편은 수건으로 머리카락의 물기를 닦아 내며 대답했다.

"어머니께서 피아니스트셨거든. 아버지께서 선물하신 피아노야."

*

어머니께서 울적해하시는 동안, 민트는 남편에게 빌린 카메라로 박스 안의 물건들을 바지런히 찍었다. 어머니의 물건을 함부로 하고 싶지 않았기에, 데이터로 남겨 둘 생각이었다. 아버님과 주고받으셨던 편지는 절대 버릴 수 없기에, 주고받으신 날짜를 견출지 스티커에 적어서, 폴더 끝에 붙이고, 편지지는 곱게 펴서 폴더 비닐 안에 넣어 놓았다. 어머니의 추억과 젊음을 정리하면서, 민트는 피아노가 마음에 걸렸다. 어머니의 젊은 날 빛나던 성취를 소중히 하고 싶어. 비록 지금은 제대로 소리를 낼 수 없을 만큼 엉망으로 망가졌지만, 수리 기사를 통해 다시 조율받는다면 다시 연주할 수 있을 것이다. 민트는 생각했다. 갓 태어난 아이에게 피아노를 연주해 주시는, 어머니의 웃고 계신 얼굴을. 우아하고 사랑스럽게 굽은, 마치 고양이를 닮은 등을. 아이가 아니라, 자신도 어머니의 연주를 듣고 싶었다. 민트는 피아노를 처분하지 않기로 결심했다. 어머께 드리고픈 부탁이 떠올랐기 때문이었다.

자고를 방 밖으로 불러낸 건, 서툰 피아노 연주음이었다. 뚱땅뚱땅, 그냥 건반을 불규칙적으로 눌러 보는, 글쎄, 연주라기보다는….

민트였다. 창고에 놓인 피아노는 반들반들하게 닦여 있었고, 예쁜 레이스 보도 얹어져 있었다. 피아노 의자에 앉아 있는 민트의 등은 고양이처럼 굽어 있었다. 볼록 나온 배 때문인 것 같았다. 창고 같았던 방은 그새 벽지를 새로 발랐는지, 깨끗했다. 바닥에도 머리카락 한 올 떨어져 있지 않았고, 아이를 위한 침대와 모유수유를 위한 무드 등, 애착 인형들도 보였다. 레이스 커튼의 자수 모양이 바닥에 섬세한 무늬를 그리고 있었다. 민트는 기척을 느끼고 뒤를 돌아보았다. 그리고 반가움에 환하게 미소 지었다. 조금의 머뭇거림도 없이 가까이 다가와, 자신을 덥석 끌어안는 며느리를, 자고는 밀어내지 않았다. 민트는 어머니의 등을 쓸어내리며, 심장의 온기를 전했다.

"괜찮아오, 어머니. 무엇 때문에 속상하신지 몰라도, 다 괜찮을 거에오. 제가 지켜 드릴 테니까."

자고는 코가 시큰해서, 목이 뜨거워서 말을 잇지 못했다. 자신의 뺨에 맞닿은 민트의 머리카락에서 좋은 향기가 어려 있는 게 느껴졌다. 첫날 느꼈던 향기는 인위적인 향수가 아니었나 보다. 자고는 생각했다. 내 며느리는, 우리 민트는 세상에서 가장 예쁘고 착한 아이야. 자고는 민트의 뺨을 쓰다듬었다. 민트는 눈에 물음표가 떠올랐지만 가만히 자신의 눈을 바라보고 있었다. 내 며느리는 다른 나라에서 태어난 것뿐이고, 그 사실은 우리가 가족이 되는 데에 아무런 문제가 되지 않아. 자고는 며느리의 뺨에 뽀뽀를 해 주었다. 당장 친구들을 만나서, 며느리를, 민트를 소개하고 싶었다. 세상에 자랑하고 싶었다.

"어머니, 제가 부탁드릴 게 있어요."
"뭔데, 뭐든 들어줄게. 전부 말해 봐."

"어머니께 피아노를 배우고 싶어요."

생각지도 못한 말에 자고는 눈이 동그랗게 되었다.

"결혼하고 얼마 안 되었을 때, 어머니께 이것저것 배우는 게 참 기쁘고 좋았어요. 아침마다 신문을 볼 수 있게 해 주셔서 감사했어요. 뉴스를 보며 어머니의 생각을 듣는 것도 재밌었어요. 서방님이 좋아하는 음식을 가르쳐 주시고, 함께 만들 때는 신이 났어요. 서방님 말씀으로는 어머니께서 피아니스트셨다고 해서, 아가에게 연주해 주시는 어머니를 상상했어요. 행복했어요."

민트는 자고의 손을 맞잡았다.

"어머니의 연주를 듣고 싶어요. 그리고 제게 피아노를 가르쳐 주세요. 어머니께 배우고 싶어요, 그게 무엇이든."

민트는 자고를 피아노 의자 쪽으로 이끌었다. 의자에 앉은 자고는, 건반을 조심스레 눌러 보았다. 수리를 받은 것인지, 피아노에서는 정확하고도 분명한 음이 흘러나왔다. 흑건과 백건을 오가며, 자고는 흘러넘치는 마음을 연주했다. 우리의 아이는 사랑으로 충만한 가정에서, 건강하게 자라날 거야. 자고의 손끝에서 시작된 선율이 집 안을 가득 채웠다. 민트는 소리 내어 웃었다. 감겨드는 웃음소리에 피아노 연주는, 따뜻한 소리들은 더욱 풍요로워졌다.

나의 문장이 너의 아픔이 되지 않도록.

덧붙여,

수백, 수천의 활자로 영원의 미소를 자아내고자.

피노키오
공방

    진우는 칼을 내려놓았다. 압을 이기지 못하고 금 가 버린 나무조각, 그 흉물스런 미소를 마주하고 있자니 당장이라도 제 두 눈을 찔러 버리고 싶었던 것이다. 진우는 등을 둥글게 말았다. 낮엔 재료를 사기 위해 정신없이 뛰어다녔다. 그렇게 해 질 무렵에야 의자에 앉을 수 있었다. 하루 중, 작업에 허용된 시간은 고작 43,200초. 초침 소리가 쌓여 갈수록 마음이 무거워져 칼날은 자꾸만 빗겨 나가고, 그럴수록 손과 눈매는 피와 눈물로 젖어 갔으며, 몸에는 식지 않을 열꽃이 피어올랐다. 진우는 손에 감긴 붕대와 깨진 나무조각을 번갈아 바라보다가, 제 손을 책상 위에 바르게 올려놓았다. 그리고 조각을 높이 치켜들어 마구 내리쳤다. 책상 위의 조각칼들이 사방으로 튀어 올랐다가, 선 채로 내리꽂혔다. 쏟아지는 칼의 비. 책상의 네 다리가, 공중에 몇 번을 떠오르고 나서야 진우는 돌바닥에 고꾸라졌다. 짓이거진 덩어리는 검붉게 뭉그러졌음에도 불구하고, 숨이 아직 끊어지질 않았는지 자꾸만 떨려 왔다. 진우는 비명을 내지르는 제 손을 마저 찌르기 위해 가까이 놓인 조각칼 하날 움켜쥐었다. 그때였다. 외부인의 출입을 확인코자 달아 뒀던 풍경이 바람의 염탐을 알렸다.

"…나와요."

진우는 몸을 일으키지 않은 채, 소리가 나는 곳으로 고갤 돌렸다. 등 뒤로 떠오르는 빛 때문에 얼굴은 보이지 않았다. 상관없었다. 목소리는 낯익은 것이었으니까. 상냥한 검정은 이어 말했다.

"나와요, 이제 그만하고…."

안녕하세요, 다람 씨. 그간 잘 지내셨나요.
수일간 깨어 있긴 했었지만, 저 역시 비교적 잘 지냈습니다.

이렇게 편지를 쓰게 된 것은 제가 너무 감정적인 성격인지라, 하고픈 이야기들을 제대로 하지 못하게 될까 두려워서입니다.

하지만, 제 삶 중 가장 찬란한 모습일지도 모를 20대의 가을날, 꽃과 닮은 당신께 이처럼 깊은 마음들을 내보일 수 있어, 저는 무척이나 기쁘고, 또―

담배는 피지 않았다. 다람 역시 이를 알고 있었다. 하지만 녀석은, 불붙인 담배를 말없이 내밀었다. 몇 차례 고갤 돌려 피하자, 다람은 내밀었던 담배를 제가 대신 물었다. 매캐한 연기를 흐트러뜨리기 위해 손을 내저으려 했지만, 덩어리가 되어 버린 손은…. 다람은 붕대를 힐끗 쳐다보았다.

"형은 어째 갈수록 가관이네요."

대답할 기력도 없어 공방 옆 돌계단에 잠자코 주저앉자, 다람은 외벽에 삐딱하게 기대어 섰다.

"마음 모르는 건 아닌데, 그런다고 죽은 사람이 돌아옵니까?"

녀석은 툭, 재를 한번 털더니 말을 보탰다.

"형 보고 있으면요. 무슨 생각이 드냐면요."

진우는 말허리를 잘라 버렸다.

"술 냄새 지독하다, 들어가서 씻기나 해."

다람은 일어서려는 진우의 어깨를 잡아챘다.

"예, 놀고 왔습니다."

진우는, 가까이 다가선 그를 팔꿈치로 밀쳐 냈다. 그리곤 현관의 문고리를 잡았다. 등 뒤로 다람이 험악하게 소리쳤다.

"형은 나 놀고 오는 동안 책상에만 앉아 있었죠? 그럼 뭐 해, 이맘때면 죄다 깨부수고, 손은 손대로 뭉개 놓고… 목판화는 무슨. 목판도 못 만들어 내면서 그림은 언제 찍어 낸다고."

다람은 혀를 찼다.

"형은 조금 이따 나무 사러 가겠네요. 그럼 오후에나 돌아올 텐데… 그때부터 또 헛짓거리하겠지. 나는 지금부터 작업하면, 해 지기 전에 본 하나는 나와요. 그럼 또 밤에 놀러 가지. 형이 몇 년째 헛짓거리하는 동안 달빛 보며 신나게 놀고 오지."

다람은 날선 어투로 이어 말했다.

"누나가 그랬나 봐요? 손이 아작 나는 한이 있더라도 자기가 한 부탁은 꼭 들어달라고?"

진우가 우두커니 등만 보이고 서 있자, 다람은 욕설을 내뱉었다.

말이 자꾸만 거칠어지자, 진우는 마지못해 그를 바라보았다. 다람은 자신을 노려보고 있었다.

"가람이 누나가 목판으로 자기 찍어 달라고 한 건요. 그건요."
"김다람, 듣기 싫다."

진우는 냉기를 풀어냈다.

"네가 뭘 알아. 막연히 추측하는 것뿐이잖아."

다람은 입을 다물었다. 쌓이던 침묵들을 냅다 걷어찬 건 진우였다.

"네가 밤새 여자들이랑 부비고 와서, 해 뜨자마자 도자기 인형 굽는 거. 내가 그런 걸로 이러쿵저러쿵 말한 적 있었어? 그 여자들, 공방에 데려와서 살거죽 벗겨다가 박제로 만들어 버리지. 뭣 하러 일일이 점토로 빚어다가 깎아다가, 구워 내는 수고스러움을 자처해. 그런 역겨운 짓을 왜 해. 근데 내가 그런 걸로 말 꺼낸 적 있었냐고…"

진우는 자신의 손을 내려다보았다.

"넌 아무것도 몰라."

"가족인 내가 모르면 세상천지 누가, 가람이 누나 일을 압니까?"

진우는 등을 돌렸다.

"예고 때부터 대학 졸업 때까지 형이랑 알고 지냈는데, 지금도 공방에서 같이 살다시피 하는데, 그런 내가 모르면 도대체 누가 형에 대해 아느냐고요."

진우는 싸늘하게 쏘아붙였다.

"가타부타 말 보탤 여유 있거들랑 네 작업에나 더 신경 써."

일전에 부탁하셨던 자료와, 연주를 녹음한 CD를 편지 안에 동봉합니다. 곡은 어제 새벽 연주한 것인데, 아시다시피 제가 한쪽 청력을 상실해 연주에 조금 지장이 있습니다.

다람 씨께서도 들으시면 느끼시겠지만 박자와 세기, 그 밖에 기타 여러 가지가 조금씩은… 어긋나 있어요. 하지만 몸에 익은 감각으로, 기억으로 그리고 온 마음을 다해 연주하였습니다.

부디 다람 씨 마음에 드셨으면 좋겠습니다.

"그래서, 일주일째 서로 말도 안 하고 있다고?"

선우승제는 달항아리를 옮기며 중얼거렸다.

"학교 다닐 땐 안 그러더니, 작업실 같이 쓰니까 맨 치고 박고…
너희는 지치지도 않냐. 한 4주 찬찬히 생각해 보고, 이참에 그냥
갈라서라. 갈라서."

그는 험악한 말관 다르게 살금살금 공방을 가로질렀다. 손에 들
린 흰 항아리를 놓칠세라 두 어깨는 잔뜩 움츠린 채로. 항아리를
들 때는 아이를 품듯 살포시, 내려놓을 때는 유골함을 안치하듯 경
건히. 항아리를 하나 들 때마다, 숨도 내쉬지 않으려는 듯 연신 흡
흡, 바보 같은 소리를 내기까지 했다. 다람은 점토를 주물거리며
대꾸했다.

"'너희'라고 하지 마요. 한마디도 안 한 건 진우 형이에요, 난 그
래도 틈틈이 말 걸었다고요. 밥은 먹었는지, 작업할 나무는 구했는
지, 뭐 그런 말들."

승제는 상처가 나지 않도록 항아리 간의 간격을 조정했다.

"기분 상하게 해서 미안했다 어쨌다, 내 잘못이다 어쨌다, 솔직

하게 털어놓고 화해하면 되지. 몇 백 년 산다고, 멍충이들처럼 꽁
― 해 가지고….”

승제의 무심한 말에 다람은 한숨을 내쉬었다.

“온 김에 진우 형이랑 말 좀 해 봐요. 내가 말 붙여도 이젠 쳐다보
지도 않아. 공기 취급당하고 있어요.”

승제는 항아리에서 눈을 떼지 않은 채, 시큰둥하게 대꾸했다.

“고등학교 때 내가, 진우 작품 훔쳐다가 공모전 넣었던 거 이야
기해 줬지.”
“네. 이제 그만해도 될 것 같아요.”
“진우가 그때 딱 한 대 때리고 용서해 줬었다.”

“내 보기엔 외골수에 미련퉁이, 독불장군. 순 도깨비 영감인데. 뭐.”

다람은 점토를 주물렀다.

“그리고 승제 형, 그때 앞니 부러져서 영구처럼 다녔잖아요.”
“어쨌든, 걔는…”

"선우승제가 아니라 선우영구였잖아요."

"아이, 어쨌든."

다람이 혼잣말하듯 끊임없이 투덜거리자, 승제는 그제야 항아리에서 눈을 뗐다.

"혹시 가람이 이야기 꺼낸 건 아니고?"

다람이 조용해지자, 승제는 혀를 찼다.

"야암—마, 그러지 말라니까 왜 그러냐."

다람은 도중에 말을 끊었다.

"내가 심하게 말하긴 했어요. 했는데, 그래도 이번엔 진우 형이 좀 심각한 상태였다고요."

승제는 심드렁하게 대꾸했다.

"왜, 그 녀석, 또 조각칼로 지 어깨 찔러 댔냐?"

다람은 잠자코 인형의 표정만 만들었다. 대답이 없자, 승제는 탁자 쪽으로 와 자리를 잡았다.

"왜, 뭘 어쨌는데. 작품 태운답시고 또 공방에 불냈어? 아니면 나무 강판에 대고 지 머리를 막 찧든? —아휴. 그런 건 괜찮아, 괜찮아. 그 녀석, 완전 빠가라서 나무 강판이 먼저 부러진다, 야."

다람이 대답을 않자, 승제는 손을 들어 입을 가렸다.

"…설마 …또 온열기에 대고 팔을…."

다람은 빚던 점토를 책상에 내려놓았다. 그리곤 주먹으로, 덩어리를 있는 힘껏 짓이겼다. 사람을 닮아 가던 인형은, 인형의 머리는, 고새 반죽 덩어리가 되고 말았다. 다람은 반죽을 몇 차례 더 쾅쾅 내리쳤다.

"이래 낫어요."

승제가 눈만 껌뻑이고 있자, 다람은 한숨을 내쉬었다.

"공방 문 여는데, 뭐가 자꾸만 쾅쾅 하는 거야. 또 작품 부수는 건 줄 알고 솔직히 놀라진 않았거든요. 근데 열어 보니까 진우 형이 바닥에 쓰러져선, 조각칼을 움켜쥐고 있더라고요. 손에 감은 붕대는 진즉에 핏물이 배어서는…"

다람은 손에 묻은 점토를 떼어 냈다.

"기분 좋게 들어왔는데 심장이 다 철렁해서… 하여간, 있다가 진우 형 오면 형이 이야기 좀 해 봐요."

승제는 앓는 소리를 냈다.

"어… 어… 나, 오후에 지 선생님하고 약속 있는데…."

다람이 빤히 쳐다보자 승제는 주섬주섬 핸드폰을 꺼냈다. 그리곤 양손으로 핸드폰을 감쌌다.

"안녕하세요. 지 선생님! 예, 갑자기 전화드려 죄송합니다, 저 승제입니다. 예. 선우승제요! 아, 다름이 아니오라 찾아뵙기로 했던 약속 말인데요."

승제는 연신 꾸벅꾸벅 핸드폰에 대고 인사를 했다. 다람은 공방 구석에 놓인 나무둥치로 시선을 옮겼다.

조금만, 아주 조금만 늦었더라면 그 멍청이는 어떤 모습을 하고 있었을까. 다람은 쯧쯧, 혀를 찬 뒤 뭉개 놓은 점토를 오목거려 다시금 형상을 만들었다. 고작 몇 번을 조물대자 텅 빈 머리가 만들어졌다. 그 안에 뭔가를 따로 채울 필요는 없었다. 재료값도 재료값이지만, 외향만 그럴싸하면 모두들 충분히 좋아하니까. 꾸역꾸역 채워 넣어도 알아보는 사람도 없거니와… 인형에게 무언가를 기대하는 사람은 없었다. 기대하는 게 미치광이였다. 인형은 인형일 뿐이었고, 그저 가끔 시간이 나면 매만지고, 바라보며 놀다가 본래 있던 제자리에 잘 꽂아 두면 그만.

다람은 니퍼를 꺼내 표정을 새겼다. 주위를 둘러보는 큼지막한 눈 대신, 이번엔 지그시 내리감은 눈. 인형은 세상을 볼 필요가 없었다. 세상이 인형을 보는 거지. 말려 올라간 입꼬리 대신, 한일자의 입. 인형은 말할 필요도 없었다. 목소리를 더해 주는 것은 세상.

다람은 피식— 웃었다.

절절매며 이야기하던 승제는, 핸드폰을 끄자마자 탁자 위에 넙죽 엎드렸다. 한쪽 귀를 만들던 다람은, 도구를 내려놓고 그를 바라보았다.

"왜 그래요, 지 선생님께서 화내셨어요?"

승제는 몸을 일으키지 않은 채 웅얼거렸다.

"지 선생님께서 어디 그러실 분이냐."
"나야 잘 모르지."

"믿고 따르는 데에는 이유가 있는 거야."

다람은 점토 덩어리에서 일부를 떼 내, 인형의 손과 발을 만들었
다. 세심하게 빚은 여체, 그리고 그 위에 진우와 같은 생채기를 내
기 시작했다.

"뭐 하냐. 이번 작품은 '한진우'냐. 미운 녀석은 만들어서 뭐 해,
점토 아깝게…."

다람은 피식 웃었다.

"나 여자 인형만 만드는 거 알면서…."

다람은 빚어낸 팔과 다리, 손과 발, 그리고 몸과 머리를 건조대
위에 차례로 올려놓았다. 채 몇 분 지나지도 않았는데, 여인의 젖
은 나신이 푸석하게 말라 가기 시작했다.

어제 오후, 가르치던 아이가 찾아왔습니다.

학원 문을 닫은 것이 걱정이 됐던 모양입니다.

다람 씨의 전시회에 같이 가지 않겠냐고 권해 왔습니다.

학원 곳곳에 진열되어 있는 인형들을 눈여겨보았다는데,

신문에 난 전시회 소식을 알게 되었다면서요.

　진우는 나무의 결을 살피던 것을 그만두었다. 그리고 열 오른 이마를 성한 손으로 더듬거렸다. 흉터가 지지 않을 거라는 말에 집중하다 보니, 감기 진료를 그만 깜빡하고 말았던 것이다. 잊은 것은 그뿐만이 아니었다. 우산과 의료보험증. 지갑 그리고 지갑 안에 들어 있던 그녀의 사진. 마지막으로 10년 가까이의 시간. 그런 모든 것들이 눈 깜짝할 사이에 사라지고 말았다. 다시 찾은 것은 지갑 하나뿐이었다. 귀하고 중한 것은 어째 하나도 되돌아오질 않았다. 무엇 하나 남김없이 빗물에 쓸려 바다로, 바다로 흘러간 거겠지. 진우는 탁자 위에 놓인 지갑을 바라보았다. 세상에 내리는 비를 혼자 다 맞고 돌아와, 넋도 없이 낙도 없이 소파에 누워 있었는데, 노란 우비를 입은 낯선 여자가 놓친 기억을 용케 주워 왔다.

　"주인이세요?"

　어디에서 흘렸던 건지 알 수는 없지만 자신처럼 쏠딱, 빗물에 젖은 지갑. 놈도 나처럼, 쓸려 가지 않도록 온 힘을 다해 지면을 붙잡고 있었으리라. 그리고 땅만 보고 걷던 여자에게 그 꼴사나운 치열함을 들킨 거겠지. 멍청한 녀석.

두 멍청이들은 나란히 책상에 기대어 섰다. 여자는 엄지손톱을 톡톡, 한참을 깨물다가 말을 꺼냈다.

"죄송합니다. 바로 우체통에 넣으려고 했었는데, 안에 든 사진이 나와 있어서… 우연히 얼굴을 보게 됐어요. 그런데 사진 속 얼굴이 꼭 여기 공방에서 일하시는 분 같아서요. 저는 요 앞 피아노학원에서 강사로 일하거든요. 오며 가며 본 일이 있어서… 그래서…"

여자는 말끝을 흐렸다. 그리고 한참 만에 다시 말을 꺼냈다.

"다행이네요, 주인을 찾아서…."

그녀는 자꾸만 우비의 소매를 만지작거렸다. 탁자의 의자를 빼내, 앉길 권했지만 여자는 오도카니 서 있기만 했다. 우비 안으로 언뜻 보이는 하얀 원피스, 그리고 물방울 맺힌 노란 장화. 까만 두 눈. 눈을 맞추고 있자 여잔 고개를 떨궜다.

"빗물에 젖어서 사진에 얼룩이 생겼어요. 열심히 닦아 냈는데, 여자분 얼굴이 그만 지워지고 말았어요."

얼른 지갑을 열어 확인하니, 그녀 말처럼 목 위로는 형태가 거의 남아 있질 않았다. 눈은 셋, 아니 넷은 되는 것 같았고 코는 삐뚤어졌으며 입은 사라져 있었다. 사진이 말을 하지 못한다는 건 스스로도 잘 알고 있었다. 그렇다고 입까지 지워 버릴 필욘 없잖아. 구겨지고 뭉개진 사랑 앞에 표정 역시 허물어졌던지, 여자는 한두 발자국가량 뒷걸음질 쳤다. 우울감에 빠진 맹수는, 송곳니를 안으로 돌렸다. 그리고 은인에게 따뜻한 커피를 대접했다.

"지갑을 찾아 주서서 감사합니다. 제가 뭔가 사례를 해야 할 텐데요."

여자는 어깨를 움츠리고 서선, 한 걸음도 다가오질 않았다.

"죄송해요, 커피는 써서 안 마셔요."

여자의 말에, 진우는 유자차를 꺼내 오기 위해 주섬주섬 몸을 일으켰다. 기껏 따뜻한 달콤함을 가져왔더니, 여자는 공방 구석에 웅크린 채 등을 보이고 앉아 있었다.

"거기서 뭐 하십니까."

여자는 발가벗은 인형 하나를 들어 올렸다.

"이 인형, 파는 건가요?"

진우는 나무의 무늬로 마음을 돌렸다. 며칠째 해가 뜨지 않아, 신체리듬이 헝클어지고 있었다. 마음 역시 온통 잿빛이었다. 생각에 잠겨 있을 시간에 조각칼을 한 번 더 쥐어야 해. 진우는 나무의 치수와 강도를 세심하게 살펴보았다. 하지만 나무의 그을음에서, 앞선 여자의 두 눈을 다시금 떠올리고 말았다.

"이 인형, 제가 사고 싶어요."

여자는 우비 주머니에서 지갑을 꺼냈다. 그리고 지폐를 세어 보지도 않고 모두 꺼내 진우의 팔에 얹어 놓았다.

"잠깐만요. 인형은 제가 만든 게 아니라…."

진우가 허둥거리자, 여자는 인형을 등 뒤로 숨겼다.

"돈이 부족하면 더 드릴게요. 학원도 요 앞이라 금방 뛰어갔다 올 수 있어요."

진우는 잔을 황급히 내려놓고, 돈뭉치를 도로 내밀었다.

"그런 이야기가 아닙니다. 인형은 제가 만든 게 아네요. 얼마를 주셔도 저는 팔 수 없습니다."

진우는 웃어 보려 했지만 쉽지가 않았다. 대뜸 돈을 더 주겠다니, 덜컥 불쾌한 마음이 들었던 것이다.

"벗겨 놓은 걸 보면 완성이 안 된 걸 겁니다. 그런 작품은 공방 밖으로 나갈 수 없는 거죠."

그녀는 마지못해 인형을 돌려주었다. 진우는 빈손에 따뜻한 찻잔을 들려 주었다. 여자가 차를 마시는 동안, 진우는 양해를 구하고 자리를 벗어났다.

[맞아요, 옷 벗겨 놓은 건 완성 안 된 거야. 근데 어떤 인형을 말하는 건질 정확히 모르겠네. 뭐지, 몸에 상처 난 거?]

수화기 너머로 시큰둥한 목소리가 날아왔다.

[사겠다는데 그냥 팔아요. 뭐 어때. 팔면 그만이지.]

진우는 꺼진 핸드폰을 한참을, 아수 한참을 내려보다가 여자에게 되돌아갔다. 여자는 인형을 계속 쳐다보고 있었다.

"어쩌다가 저런 모습이 된 건가요?"

진우는 한숨을 내쉬었다. 곤장을 맞더라도, 못된 녀석이 심술을 부린 겁니다, 하고 곧이곧대로 말해 줄 수 없었다.

"그렇네요, 상처투성이네요."

여자는 고개를 저었다.

"아뇨. 한쪽 귀가 없잖아요."

진우는 인형을 찬찬히 살펴보았다. 그랬다. 인형은 어쩐 일인지 한쪽 귀가 없었다. 여자는 눈을 떼지 못하고 있었다.

"꼭 갖고 싶어요."

진우는 미완성이라던 다람의 말이 떠올라, 말을 아꼈다. 여자는 유자차를 한 모금 마신 뒤 이어 말했다.

"저는… 한쪽 청력을 일부 잃었어요."

진우는 손에 들린 나무를 가만히 바라보았다. 떠난 지 몇 시간이

나 더 된 여자의 목소리가 귓가에 대롱, 매달려 있었다.

"일상생활에는 문제없지만, 음악을 하기에는 사실, 조금 힘이 들어요. 메트로놈이 없으면 소리가 울려서 박자를 놓치기도 하고, 음감도 부정확…"

여자는 달콤한 노랑을 바라보며 중얼거렸다.

"나무 작품들, 인형들 둘러보는데 문득 눈길이 갔어요."

진우는 나무뭉치를 내려놓았다. 도저히 집중을 할 수가 없었다. 어딜 보아도, 여자의 까만 눈이 자신을 응시하고 있었다. 그는 결국 조각칼을 내려놓았다.

솔직히 말해, 처음에는 거절했습니다.
마지막으로 다람 씨를 보았을 때의 모습이 떠올라서

무서웠습니다….

"그래서 얼마에 팔았어요? 미완성이라고 말해 버려서 형은 또 재료값만 받았을 것 같아, 아이. 내가 있었어야 했는데…"

다람이 크게 기지개를 켜며 말했다. 조물 대던 점토는 어느새 사람 모습이 되어 있었다. 다람은 의자에서 일어나 가볍게 스트레칭을 했다. 진우는 벽을 보고 앉은 채, 붕대를 갈았다.

"그 인형 말야. 왜 귀가 없던 거냐?"

다람은 약간 당황한 어조로 반문했다.

"…귀가 없었다고요?"

진우는 갈은 붕대를 쓰레기통에 버렸다. 그리고 책상으로 되돌아왔다.

"보니까 한쪽 귀가 없더라고…."

다람은 자신의 물품들을 밀어 진우의 자리를 만들어 주었다. 진우는 빈 공간에 맞춰 재료와 공구를 옮겨 놓았다.

"아아, 맞다. 그날 승제 형 왔었잖아요."

다람은 머리를 긁적였다.

"떠들면서 만들고 있었거든요. 정신이 없긴 했어요. 중간에 깜빡했나 보네."

진우는 칼의 날을 세워 나무둥치를 조각하기 시작했다. 다람 역시 의자에 앉아 도로 점토를 반죽했다. 작업에 몰두하던 다람은 갑자기 피식 웃었다.

"이상한 여자네, 그런 걸 왜 사 갔지."

진우는 조각칼에 집중했다.

"인형 얼마 받았어요?"

진우는 다람을 쳐다보지도 않은 채 대답했다.

"돈 안 받았어. 그냥 가져가라고 했어."

진우는 칼날을 멈추지 않은 채 이어 말했다.

"얼마야, 값은 나한테 받아."
"왜요?"
"그냥 줘 버렸으니까, 대신 돈 낸다고."

"아니, 왜 그냥 줬냐고요. 미완성이라서?"

진우는 칼을 멈췄다. 맞은편 다람이가 눈을 동그랗게 뜨고, 자신을 쳐다보고 있었다.

"물에 빠진 모르는 아이를 구해 주다가, 수압 때문에 한쪽 청력을 상실했대."

진우는 나무둥치로 다시 눈을 돌렸다. 압 조절을 잘하고 있는데도, 손에 쥔 조각칼이 자꾸만 헛돌았다. 칼날이 튀어 손가락에 빨간 물도 맺혔다. 진우는 핏물 맺힌 손가락을 날름, 또 날름 핥아 가며 쉼 없이 칼을 놀렸다.

"인형 옷은… 마음에 드는 것 중에 하나 골라서, 벗겨 가져가라고 했다. 뭐 가져갔는지 모르니까, 없어진 게 뭔지 살펴보고 가격 알려 줘. 미안하다."

다람은 빗던 여체를 내려놓았다.

"진짜 이상하네. 귀가 안 들리는데 피아노학원을 운영해요?"

나무는 조금씩 형이 잡혀 가고 있었다. 진우는 조각품에서 눈을 떼지 않은 채 대꾸했다.

"다치기 전부터 운영했대. 그리고 웅웅거려서 그렇지, 일상생활
에는 지장 없다더라."
"그래도 그렇지, 좀… 웃기네."
"나름대로 이유가 있는 모양이지."

다람은 배를 잡고 웃었다.

"어떻게 자기 몸 다치면서까지 남을 돕지. 미친 거 아닐까요."

다람은 내려놓았던 여체에 다시 손을 댔다. 그리고 웃음을 거두
지 않고 이어 말했다.

"이타심이 아니라 정신병 같은데요. 농담이 아니라, 진짜 좀 돌
은 여잔가 봐."

다람은 인형의 한쪽 귀를 도로 뭉갰다. 그리고 귀 대신 꽃을 만
들어 매달았다.

"이것 봐요. 미친 그 여자. 소리 안 들리는 그 여자."

다람은 키득거렸다.

"귀 대신 꽃 달은 그 여자."

그런데, 아이가 제 두려움 앞에서 환하게 웃는 것이 아니겠습니까.

녀석은, 이번 공모전에 꽃 인형을 내놓겠다고 말했다. 여자가 다섯 번째 꽃 인형을 사 가며, 작은 꽃다발을 선물했던 게 화근이었다. 코를 대고 몇 번 킁킁거리더니, 쓰레기통에 던져 놓은 꽃묶음. 쓰레기통에서 색을 잃어 가는 꽃. 그리고 그와 같은 꽃을, 귀 대신 달고 있는 인형. 조롱과 모욕들은 예쁜 옷이 입혀져, 하나 남김없이 여자의 품으로 넘어갔다. 다람은 킬킬대며 말했다.

"소통이 어려운, 청력을 잃은 사람들에게 위로가 될 수도 있잖아요. 저렇게 좋아하는데, 한번 내보려고요. 혹시 아나요, 내용에 상관없이 예쁘고 사랑스럽다고 좋아할지. 머리에 귀 대신 꽃을 달고 있는 거, 보기에 나쁘지 않잖아요."

진우는 아랫입술을 깨물었다. 너는 미학이나, 장애에 대해 이야기하려던 게 아니었잖아. 그저 미치광이들을 빚어내고 있던 거였잖아. 진우는 간신히 말을 삼켰다. 진심을 말하지 못했던 이유는, 순전히 그 여자 때문이었다. 쭈뼛거리던 여자는 날이 갈수록 인상이 밝아지고, 옅게나마 미소 띤 얼굴을 보여 주었다. 다람이 더 이상 인형을 만들지 않으면, 여자의 웃음 역시 빛바래고 말겠지. 그녀를 처음 보았던 날. 진우는 그날을 잊을 수가 없었다. 눈도 마주치지 못한 채 연신 소맷단을 매만지거나, 엄지손톱을 깨물던 모습. 표정 없이 두 눈만 깜빡이던 모습, 인형 같던 모습. 반면, 지금은…. 진짜 인형들과 나란히 서 있자, 그녀는 어느새 사람의 얼굴이 되어 있었다. 종알거렸고, 별일 아닌 것 같은데도 수선을 피웠다. 곧잘 말실수도 하고, 주위를 돌아보지 못하고 덤벙대다 여기저기에 부딪쳤다. 조용하다 싶으면 공방의 물건들을 망가뜨리고, 본인이 제일 놀라선 머릴 조아리며 사과하기 바빴다. 괜찮다는데, 부득불 변상을 하겠다고 눈물을 뚝뚝 떨어뜨린 적도 있었다. 게다가 다람을 바라보는 두 눈에는 빛이 서려 있었고, 입술에는 빨갛고 향기로운 것들만이 담겨 있었다. 눈매는 곱게 휘었으며, 입꼬리는 항상 사르르 말려 올라가 있었다. 그것은 분명 사람의, 여자의 얼굴이었다.

여자가 사람이 되고, 그 후 다시 여자가 되는 동안, 진우에게 있어 여자는 일상이 되어 가고 있었다. 점심시간이 되면 여자는 세 사람 몫의 도시락을 가져왔다. 자신과 다람이 작업하는 걸 옆에서 가만히 지켜보기도 하고, 음악 CD들을 가져와 작업하는 내내 틀어 주기도 했다. 공방의 먼지들이 쇼팽의 피아노 선율과 함께 데굴데굴 굴러다녔다. 자신의 조각칼에도, 현관문에 매달아 둔 풍경에도,

심지어 날씨에도 피아노 선율이 감겨들었다. 모두가 노래했다. 유리창을 두드리는 가을 빗방울. 먹먹한 겨울 햇살. 그리고 그녀의 걸음. 오늘은 4분의 3박자였다. 왈츠를 추는 것처럼 걷는 여자. 그 뒷모습을 보며 다람은 배를 잡고 웃었다. 그녀처럼 다람의 웃음소리도 날로 커졌다. 모두들 즐거워 보였다. 웃음과 웃음 사이에서 정처 없이 부유하는 자신만 빼고.

겉과 속이 다른 모든 것들이,
상냥한 모습으로 빙글빙글.

진우는 쉼 없이 돌아가는 욕망의 사이클에 어지러움을 느꼈다. 녀석은 끝끝내 공모전에 꽃 인형을 출품했다. 포트폴리오에는 좋은 단어만이 그득 적혔다. 소통, 이해, 연민, 사랑. 사랑. 사랑. 또한 사랑. 그 외 세상에 존재하는 몽글몽글하고 보드라운 모든 것들. 심사 위원들은 당연히 엄지를 치켜들었고, 다람을 바라보는 여자의 눈빛은 이제 존경의 빛깔마저 담고 있었다. 존경심이 명백한 그 여린 푸른빛에 진우는 그만 조각칼을 놓치고 말았다. 아가씨, 설탕은 몸에 안 좋아요. 홀로 걷는 사막길이 정히 외롭고 고되거든, 깨끗한 물 한 잔과 함께, 소금을 조금 드십시오. 진정을 솔직히 털어놓았더라면 참 좋았을 것이다. 인위적인 달콤함에 속아, 자신을 조롱하고 모욕하는 줄도 모르는 순진한 그녀를 보며, 진우는 식후, 소화가 잘되지 않는 날이 많았다. 창틀엔 보송한 눈들이 쌓였고, 아이들은 도톰한 털신을 신고 다녔다. 여자의 눈빛 역시 딱 그만큼, 빨간 엄지 장갑의 온기만큼 따뜻해져 있었다. 그 눈에 대고 어찌 장막 뒤 난투를 알려 줄 수 있으랴. 북미 항공우주 사령부처럼 거짓말까지 할 필요는 없겠지만, 그래도 산타클로스의 정체를 나서서 알려 줘서는 안 된다고, 진우는 생각하고 또 생각했다. 어른의 비겁 앞에 아이는 매일매일이 크리스마스. 그런 아이를 보는 어른 역시 매일매일이 크리스마스. 누군가 우는 모습을 보느니 차라리 내가 우는 편이 좋았다. 선물을 못 받는, 맨 마지막 아이는 가능하면 내가 되는 편이 좋아. 진우는 말을 삼키고, 숨을 삼켰다. 모든 색이 더해진 검정, 상냥한 검정이 되어 갔다. 나날이 어두워질 나와 함께 너는 반짝이는 빛이 되어, 우리의 모습 꼭 밤하늘 별과 같이.

여자는 밑동이 잘린 나무를 구해 와, 공방에 세워 두었다. 알록달록 털실을 달고, 꼬마전구도 칭칭 감아서 어여쁜 수의를 입혔다. 시체 옆에 선 여자는 해맑게도 웃었다. 바보였다. 그녀가 크리스마스 선물로 꽃 인형을 받았던 이브 날. 아마 그날이었을 것이다. 더 이상 참지 못하고, 역겨운 짓 그만두라고 소리를 쳤었던 건….

편지를 쓰는 지금까지도 그 미소가 눈에 아로새겨진 듯 또렷합니다.

다람은 두 번째 단추를 달며 이어 말했다. 여전히 심드렁한 어투였다.

"만드는 속도가 더뎌졌잖아요. 하루에 하나는 꼭 박살이 났었는데 지금 만드는 작품, 근 일주일째 아녜요?"

세 번째 단추가 달리고, 말도 단추 하나만큼 보태졌다.

"그리고 우리 누나, 그렇게 안 생겼었는데…."

뜬금없는 말에, 칼끝이 떨어져 나갔다. 진우는 검지를 입으로 가져갔다. 비린 맛이 도는 것은 아무래도 상관없었다. 목판에 새겨 놓은 얼굴을 살펴보느라 정신이 없었으니까.

"닮았는데?"

다람은 고개를 저었다.

"다른데요."

진우는 서너 걸음 멀찍이 떨어져서 보기도 하고, 바싹 다가가서도 살펴보았다.

"닮았잖아."

"달라요."

진우는 목판을 수평으로 들어 좌, 우, 사선 그리고 위, 아래 각도로 꼼꼼히 살펴보았다.

"아냐. 닮았어."

어느 각도에서 봐도 틀어짐이 없었다.

"분명히 닮았…"

"다르다고요."

진우는 깊게 패인 나뭇결을 찬찬히 쓰다듬었다. 그렇게 기억을, 가람의 얼굴을 더듬어 보았다. 도톰한 입술. 낮은 코. 또렷한 눈매. 아니, 서글서글한 눈매. 아니, 축축이 젖은 눈매. 진우는 고개를 털어 냈다. 눈이, 눈매가 기억나질 않았다. 겨울을 닮았던가, 여름이었나. 빗물을 닮았던가, 아니 바람이었나. 어째 생각하면 할수록 형상은 뿌옇게 지워져만 갔다.

아무도 담배를 피지 않는데, 눈앞이 흐려지고 숨이 찼다. 진우는 비틀대며 의자 위에 쓰러졌다. 놀란 다람은 자리에서 벌떡 일어났다. 하지만 다람의 부름보다 풍경의 떨림이 먼저였다. 바람 소리와 함께 역린이 공방에 들어왔던 것이다. 의자에서 벌떡 일어난 다람과, 의자 위에 대충 걸려 있는 진우를 보고, 역린은 눈을 크게 떴다.

"한 선생님, 무슨 일…"
"아, 오셨습니까."

진우는 신경 쓰지 말라고 대충 손사래를 쳤다. 그리고 벽 쪽으로 돌아앉았다. 역린이, 만들어진 인형들을 구경하는 동안 진우는 지갑에서 가람의 사진을 꺼내 뭉그러진 얼굴을 바라보았다. 눈앞이 자꾸만 검어졌다, 하얗게 됐다를 반복했다. 점멸하는 빛 탓에 안 그래도 일그러진 가람의 얼굴이 더욱더 낯설게 느껴졌다. 등 뒤로, 다람이 역린을 놀리고 비웃는 소리가 들렸지만 전처럼 크게 신경 쓰이지 않았다. 그럴 여유가 없었다는 쪽이 더 정확한 표현이겠지만. 진우는 사진의 끄트머리를 쓰다듬었다. 역린은 음악 CD를 바꾸기 위해 공방을 가로질렀…

"제 얼굴이네요."

역린은 목판을 들었다. 진우도, 다람도 역린을 바라보았다. 역린은 목판을 얼굴 즈음까지 들어 올려, 패인 나무와 똑같이 웃어 보였다. 흡사 거울이었다. 진우는 들고 있던 가람의 사진을 자신도 모르게 툭, 떨어뜨렸다.

"…또 고리타분한 클래식인가요?"

다람은 경직된 어조로 질문했다. 역린이 미처 대답도 하기 전, 다람은 차갑게 쏘아붙였다.

"작업 속도 더뎌지니까 앞으로 연주곡 CD 같은 거 틀지 마세요. 그런 거 들으면서 만들어서 그런지, 작품도 어딘지 모르게 촌스러워."

역린은 얼굴이 빨갛게 물들었다.

"클래식 연주곡은 고전일 뿐이지, 촌스럽지 않아요."

다람은 바늘에 실을 꿰며 중얼거렸다.

"취향에 안 맞는다는 소립니다."

역린은 가져온 CD들을 꼭 쥐었다.

"…그럼 김 선생님은 어떤 곡들이 좋으세요. 템포가 빠른 곡들도 찾아보면 많거든요."

다람은 역린을 힐끗 쳐다보았다.

"말했잖아요, 필요없다고…."

진우는 몸을 숙여 떨어뜨린 사진을 주웠다. 다람은 바느질을 하는 와중에도, 진우의 움직임을 하나 놓치질 않았다. 역린은 달아오른 얼굴로 웅얼거렸다.

"…그…"

눈꼬리와 어깨는 축 처졌는데, 어째 입만 웃고 있었다.

"…그…"
"뭐요."

"잠깐만 학원에 갔다 올게요. 뉴에이지나, 크로스오버 곡들도 있어요. 그런 곡이면 김 선생님께서도 좋아하실 것 같아요."

다람은 대답하지 않았다. 역린은 CD 케이스들을 품에 안았다. 풍경 소리가 묽어지고 정적이 찾아왔다. 문이 열리면서 밀려 들어온 겨울바람 탓에, 트리에 매달린 털실들이 아주 잠깐 반짝였다. 하지만 그런 건, 아무래도 상관없지. 다람과 진우는 서로를 말없이 바라보고만 있었다. 먼저 입을 뗀 것은 다람이었다.

"집에 있는 누나 사진들, 가져다줘요?"

진우는 대답하지 않았다. 그는 목판을 들어, 공방 구석에 처박았다. 그리고 창고에서 새 나무를 꺼내 왔다. 다람은 마지막 단추를 달며 중얼거렸다.

"이번엔 한 달은 걸리겠네요."

CD를 양손 가득 가져온 역린을 보고, 다람은 혀를 찼다.

"말귀 못 알아들어요? 필요 없다고 했잖아요."
"아… 그래도, 막상 들어보면 좋아하실 수도 있…"
"필요 없다고 했잖아요."

"아뇨. 그러니까, 한 번 정도는 들어 보…"
"필요 없다고 했잖아요."

다람은 눈도 마주치지 않은 채 이어 말했다.

"필요 없습니다."

다람은 완성된 옷을 우악스럽게 입혔다. 날개가 아니라 족쇄였다. 역린은 계면쩍게 웃으며, 가져온 CD들을 가방에 밀어 넣었다. 진우는 한숨을 내쉬었다.

"역린 씨, 마음 써 주시는 건 감사합…"
"학원이 잘 안 되시나 봐요."

다람이 진우의 말을 잘라 버렸다. 역린은 고개를 저었다.

"아뇨, 그런 건 아니지만… 잠깐씩 시간이 비면 여기 와서 선생님들 도와드리려고 그랬던 건데…."

다람은 피식 웃었다.

"뭘 도와줘요."
"그냥, 그…"

역린은 도로 고개를 떨궜다.

"인형이 좋아서… 만드시는 것도 구경하고… 그러려고…."

다람은 이를 드러내며 씨익 웃었다.

"아아, 그러세요. 작업을 도와주고 싶으세요."

다람은 팔짱을 꼈다.

"제가 이번엔 매춘 여성을 모티브로 인형으로 만들어 보려고 하는데요. 역린 씨가 관련 자료 좀 모아다 주세요. 아무래도 저는 성별도 다르고, 관련 정보를 구하기가 쉽지가 않네요."

역린은 눈만 껌뻑거렸다. 다람은 미소 띤 얼굴로 이어 말했다.

"도와주실 수 있죠?"

역린은 입을 반쯤 벌린 채 중얼거렸다.

"제가… 그런 걸 어떻게요?"

다람은 팔짱을 풀지 않은 채 퉁명스레 대답했다.

"지적장애에 관한 정보도요."

물어보았습니다.

그 인형들이 좋으니, 넌 그 인형들이 좋으니, 하고요. 아이의 대답을 듣고 나서, 저는 여러 가지를 생각해 볼 수밖에 없었습니다.

"원래 그 지역 사람들이 양귀비를 좋아하지 않았대요. 그런데 양귀비꽃을 좋아하던 시인이, 꽃과 관련된 시들을 지으니까, 해당 지역 사람들도 그때부터 양귀비꽃을 귀히 여기고 아끼게 되었다고 해요."

역린은 A4 종이 묶음을 들썩이며, 이어 말했다.

"그런데 양귀비가, 해어화라고 불리거든요. 해어화. 말귀를 알아듣는 꽃."

다람은 턱을 괴고 있었다. 역린은 사진을 들어 보이며 열심히 이야기했다.

"말귀를 알아듣는 꽃이 뭔가요, 옛날로 치면 기생. 그래서 기생더러 해어화라고 했다고 해요."
"아아, 그래서요."

"직업여성을 모티브로 인형 만드실 때, 귀 대신 달고 있는 꽃을, 빨간 양귀비꽃으로 하고, 이 말씀을 같이 하시면 사람들이 다람 씨의 마음을 오해 없이 이해해 주지 않을까 해서요. 양귀비꽃들을 사랑하게 된 마을 주민들처럼, 사람들이 다람 씨의 인형을. 그리고 다람 씨가 관심을 갖는 매춘 종사자들을 보다 너그러운 시선으로….”

역린은 유자차를 한 모금 마셨다.

“그런데 저는 좀 걱정되는 게, 성매매는 불법이고 이런 일을 하는 여자들은 사연이 어떻든 분명 그릇된 일을 하는 거잖아요. 가엾게 여기고 헤아리자는 취지로 인형을 제작하면, 오히려 그런 죄를 권장하고 방조하는 게 아닐까 하는 생각이 들어요.”

역린은 성매매, 매춘으로 인한 폐해들을 정리한 서류 뭉치를 내밀었다.

“그렇게 되면 땀 흘려 일하고, 건전하게 돈 버는 사람들이 역으로 모욕당하는 거예요. 그러니까, 그만두시는 편이 좋아요.”

다람은 혀를 찼다.

“그럼 성폭행 피해 여성들을 모티브로 작업을 하게, 관련 자료를 모아 주세요.”

다람의 말에 역린은 깜짝 놀랐다.

"갑자기 성폭행 피해 여성들은 왜요?"

다람은 시큰둥하게 대꾸했다.

"그냥요."

역린은 쌓여 있는 종이 뭉치와 다람을 번갈아 쳐다보았다.

"그냥요…?"
"네, 그냥요."

역린은 진우를 바라보았다. 진우는 뭐라고 말을 하려다가 그만
두었다. 다람은 피식 웃었다.

"성매매는 안 된다면서요, 그럼 성폭행을 하겠다고요."

"네?"
"주제요."

역린은 멍하니 앉아 있다가 가져온 종이들을 주섬주섬 정리하기

시작했다.

"전에 부탁한 지적장애 관련 정보는 어떻게 됐나요?"

다람의 추궁에 역린은 말끝을 흐렸다.

"아, 예… 제가, 지금 열심히 의학서들을 읽고 있긴 한데… 그게, 너무 어려워서… 아무래도 시간이 좀 걸릴…"

다람은 활짝 웃었다.

"네, 빠른 시일 내에 정리해서 가져다주세요. 그리고 계몽이 필요한 근대화 여성들에 대해서도요. 왜 있잖아요, 가부장적인 사고에 빠져 사는 여자들."

"헌신적인 여성들이요?"
"아뇨, 시대착오적인 머저리들이요."

역린은 답도 못하고 진우를 바라보았다. 진우는 시선을 피했다. 다람은 쾌활한 어조로 말했다.

"가능하죠?"

역린이 머뭇거리자, 다람은 완성한 인형 하나를 꺼내 보여 주었다.

"예쁘죠? 인형이 들고 있는 가방이나 입고 있는 옷, 모두 S/S 시즌 * 명품 라인을 축소해서 만들어 입혔어요. 완성됐으니까 사 가세요."

역린은 곤란한 얼굴이 되었다.

"아, 죄송합니다. 저는 브랜드를 잘 모르거든요… 이 인형보다는, 저 각국 전통의상이 더 특색 있는 것 같은데… 저 인형들을 사고 싶어요."

역린은 한복과 치파오, 아오자이, 기모노를 차려입은 인형들을 가리켰다. 다람은 피식 웃었다.

"저건 공모전에 낼 건데."

다람은 가장 앞에 놓인 기모노 인형을 들어 올렸다. 역린의 눈동자가 인형을 따라 움직이자 다람은 혀를 찼다.

"약간, 친일 성향이 있나 봐요?"
"…예?"

진우는 다람을 빤히 쳐다보았다. 다람은 인형을 본래 자리에 내려놓았다. 여자는 고개를 갸웃거렸다.

"어릴 때, 일본 우익들과 웹에서 논쟁을 했던 적이 있긴 하지만 친일 성향은 없는데… 아, J—POP은 가끔씩 듣지만… 그건 POP처럼 가사가 마음에 들면….."
"집안이 약간 그쪽인가요?"
"예?"

역린은 눈을 크게 떴다.

"아닌데… 직계는 아녀도, 독립투사 집안인데…."

다람은 피식 웃었다.

"아아, 그래요. 뭐, 나야 모르니까."

다람은 인형의 옷차림새를 정리하며 키득거렸다.

"아휴, 우리 할아버지는 뭐 하셨나 몰라. 개나 소나 다 하는 독립운동도 안 하시고."

역린은 두 손을 모아 가슴께에 가져다 댔다.

"…저기, 김 선생님. 제가 뭔가… 크게 잘못을….."

역린의 물음에 다람은 고개를 저었다.

"무슨 말씀이세요. 역린 씨는 도와주시려고 공방 오시는 분인데요."

역린은 옷깃을 꾹 쥐었다. 다람은 의자에서 일어났다.

"지적장애에 대한 정보나 좀 빨리 모아 주세요."

다람이 자리를 뜬 후에도 역린은 한참 동안, 우두커니 앉아 있었다. 진우는 압박감을 버텨 내지 못하고 조각칼을 내려놓았다.

"역린 씨."

역린은 무슨 생각을 그리 골똘히 했는지, 진우의 부름에 놀라 어깨 움츠렸다. 진우는 한숨을 내쉬었다.

"인형이 좋아도 앞으론 공방에 오지 마세요."

역린은 젖은 목소리로 중얼거렸다.

"제가, 김 선생님께 뭔가 잘못이라도 한 거면 사과를…."

진우는 한쪽 관자놀이를 짚었다.

"시간이 나시더라도, 학원에서 연주하고 그렇게 지내십시오. 피
노키오 공방에는 되도록 오지 마시구요."

역린은 가만히 앉아 있다가, 모아 온 자료들을 품에 안고 본래
있던 곳으로 되돌아갔다. 창고에 인형을 옮겨 놓고 온 다람이, 기
지개를 크게 켰다.

"미친 여자는 갔나 보네요. 근데 뭐 인사도 안 하고 가냐, 상스
럽게."

진우는 조각칼을 쥐려다가 그만두었다.

"도대체 왜 그래."

다람은 피식 웃었다.

"뭐가요?"

진우는 나무둥치로 눈을 돌렸다. 좀처럼 마음이 가라앉질 않았다. 다람은 혀를 찼다.

"형은 언제쯤 약속 지킬 거예요, 전에 술 먹고 울면서 그랬잖아. 약속 못 지키면 죽어서 누나 얼굴 못 본다고."

진우는 숨을 고르게 쉬기 위해, 등을 곧게 폈다. 다람은 진우 쪽으로 다가오며 이어 말했다.

"가만 보면 내 주변 사람들은 진짜 한심해."

다람은 책상에 놓인 나무둥치를, 손으로 툭툭 건드렸다.

"그냥 목판 만드는 것 아닙니까, 그냥 목판. 그런데 왜 이 난장을 피는지 난 도무지 이해가 안 간다고."
"그만."

진우가 나지막이 대꾸했다.

"내 말이 틀렸어요?"

"다람아."

"누나 얼굴, 이제 기억도 안 나죠?"
"그만해."

"형도 실은 벗어나고 싶죠?"
"그만하라니까."

"솔직히 말해 봐요, 약속 지킨 이후에도 목판으로 돈 벌 생각 전혀 없죠? 프로 의식 같은 것도 하나 없고."
"…프로 의식이 뭔데."

"난 진짜 이해가 안 가. 형은 도대체 왜 살아요?"

진우는 자리에서 일어났다.

"너, 아까 역린 씨한테 무례하게 군 거, 내가 가람이 잊을까 봐 그러는…"
"뭘 잊을까 봐. 이미 잊어 놓고서."

다람은 트리 쪽으로 다가가, 뾰족한 잎사귀를 손으로 툭 한 번 건들었다.

"주변머리 없는 머저리. 진절머리나. 하는 짓이나 생긴 건 순 머저리 같아가지곤…"

다람은 소파에 가서 앉았다.

"어떻게 보면 잘됐어요. 나도 전부터 작업 그만두라고 누차 이야기 했었잖아. 자해하면서 되도 않는 조각하는 거 꼴 보기 싫었는데, 이래저래 잘됐지."

다람은 역린이 앉았던 의자로 시선을 옮겼다. 의자엔 역린이 두고 간 가방이 놓여 있었다. 다람은 잇소리가 나도록 어금니를 꽉 깨물었다.

"그런 뭣도 아닌 여자 때문에, 누나를."

진우는 머리를 짚었다. 두통 때문에 바르게 서 있을 수가 없었다. 뒤로든, 앞으로든 금방이라도 고꾸라질 것만 같았다.

"…다람아, 그만 좀 할래."
"뭘요."

"그만 좀 해."

"그러니까, 뭘."

"…형이 지금 굉장히…"
"그러니까, 뭘 그만해."

진우는 책상을 짚고 섰다. 다람은 소파에서 일어나 오디오를 켰다. 역린이 가져왔던 클래식 CD의 연주곡. 진우는 끊어질 듯, 끊어지지 않는 어투로 이어 말했다.

"꽃 인형, 역린 씨를 모티브로 만든 거잖아. 어떻게 일말의 애정도 갖질 않는 거냐."
"물론, 연민은 느끼고 있어요. 그 여자, 내가 만난 사람 중 희대의 멍청이거든. 아, 생각할수록 진짜 불쌍해. 나 같으면 그냥 콱 죽어 버리겠다."

다람은 웃는 얼굴로 이어 말했다.

"남 도울 시간에 지 인생이나 구원하지."
"그만해."

"싫어하는 티를 그렇게 내는데도, 어쩜 한결같이."
"그만 좀 해, 가람이도…"

진우는 절벽에서 굴러 떨어지는 사람처럼, 책상에 힘겹게 매달려 있었다.

"…개도, 남 돕다가 죽었어."

진우는 초점을 잃지 않으려, 미간을 찌푸렸다.

"날 돕다가 죽었어."

다람은 눈을 크게 뜬 채 진우를 바라보았다. 진우는 치솟는 불길을 억누르며 말을 토해 냈다.

"날 살리고 죽었어, 네 누나."

진우는 무서울 정도로 심하게 몸을 떨었다.

"다람아, 너는 정말… 아무것도 몰라."

다람은 얼어붙어 눈도 깜빡이질 못했다.

"이유가 있는 거야. 모든 행동에는 이유가 있는 거야. 너와 다르다고, 언행이 다르다고 그렇게 함부로 말하면…"

진우는 숨을 몰아쉬었다.

"역린 씨도 우리처럼 뭔가 자기만의 이야기가 있을 거야. 우리처럼, 가람이처럼…."

다람은 주먹을 꾹 쥐었다.

"그리고, 목판은… 매일같이 얼굴을 보다 보니, 역린 씨 얼굴이 눈에 익어서 그랬던 것 같…"
"지금 그 여자 이야기할 때야!"

다람은 온몸이 쭈뼛 설 만큼 크게, 고함을 쳤다. 다람은 진우의 멱살을 움켜쥐었다.

"말해!"

다람은 두 눈에 벌겋게 핏발이 서서 윽박질렀다.

"말해, 누나하고 무슨 일이 있었는지."

진우는 다람을 떼어 놓기 위해 몸을 뒤틀었지만, 힘이라곤 하나도 남아 있질 않았다. 비폭력 무저항 불상생의 고매한 가치까지 갈

것도 없이, 단순히 기력이 없어 맞설 수가 없었다. 다람은 귀가 쩡, 하고 울리도록 크게 외쳤다.

"말하라니까!"

바람 소리가 들렸다.

"내가 그 장애인을 조롱해서 인형 만든 거랑은 차원이 다른 문제 잖아. 누나가 너 때문에 죽었다고? 교통사고가 아녔어?"

다람은 멱살을 잡고 마구 흔들었다.

"말해. 누나가 어쨌다고? 뭘 어쨌었다고?"

고전적인 피아노 선율을 배경으로, 주인공이 고뇌에 찬 대사를 뱉으려는 순간이었다.

"…죄송합니다, 가방을… 두고 갔어요."

예정된 관객이 도착했다, 하필이면 무대 위로….

하여, 상가 이웃분들께는 죄송하지만
새벽 내내 피아노를 연주해 CD에 녹음을 하였습니다.

다람 씨께서 만드시는 인형들 안에,
연주한 곡을 넣어 사람들이 들을 수 있게 하면 어떨까요.

"사과 먹을래?"

승제가 작은 접시에 과일 조각을 담아 와선 촐랑거렸다. 전시회
의 첫날. 아는 사람들이 모두 모이는 자리라 도저히 빠질 수가 없
었다. 참석하지 않으면 녀석이 괜한 구설수에 오르리라. 승제는
사과를 아삭아삭 씹으며 이어 말했다.

"다람이 녀석, 완전 승승장구네."

진우는 진열되어 있는 꽃 인형들을 말없이 바라보았다. 사람들
과 이야기를 나누던 다람이 두 사람을 발견하고 가까이 다가왔다.
승제는 그릇을 진우에게 맡기고 다람을 덥석 껴안았다.

"짜식! 이제 어디 가서 선우승제 동생이라 말하고 다녀도 된다.
내 기꺼이 호형호제를 허락하겠옹 ♡"

승제는 씩 웃으며 손바닥을 내밀었다. 다람 역시 웃는 얼굴로 하이파이브를 했다. 승제는 진우의 옆구리를 찔렀다.

"야야, 너도 뭔가 좋은 말 좀 해라. 이런 날 칭찬해 줘야지. 다람이 이 녀석, 오늘 아니면 또 언제 칭찬해 줄 일이 생기겠냐."

다람은 진우의 눈을 빤히 응시했다.

"그래요. 형은 전시회에서 작가 만나고도 뭐 할 말 없어요?"

진우는 들고 있던 그릇을 가까운 진열대에 내려놓았다. 그리곤 숨을 들이켰다.

"…나는, 너 작가라고 생각해서 전시회 온 게 아닌데."

진우의 말에 다람은 눈에 냉기를 품었다.

"…아아, 그래요. 그럼 왜 왔는데요?"

승제는 깜짝 놀라 두 사람을 번갈아 쳐다봤다. 진우는 담담한 어조로 대꾸했다.

"가람이 동생이 전시회 한다고 초대장 보내서, 그래서 온 건데."

다람은 피식 웃었다. 갑자기 가람이의 이름이 언급되자 승제는 깜짝 놀라 어깨를 움츠렸다. 진우는 한숨을 내쉬었다.

"뭐, 어쨌든."

진우는 다람이의 어깨에 손을 올렸다.

"진심으로 축하한다."

진우는 옅게 미소 지었다.

"잘했어, 김다람. 아주 잘했어. 수고했다."

다람은 순식간에 웃는 얼굴을 지워 버렸다. 진우는, 다람의 표정 변화에 천천히 손을 뗐다. 그리곤 주머니에 손을 찔러 넣었다.

"그런데 너, 역린 씨에게는 초대장 보냈니. 아무리 찾아봐도 안 온 것 같은데."

승제는 눈을 둥그렇게 떴다.

"역린 씨…? 역린 씨가 누구야?"

승제에 물음에 다람은 다시금 웃는 얼굴이 되었다.

"몰라요, 나도."

다람은 진우의 눈을 빤히 쳐다보았다.

"역린 씨가 누구예요, 형? 누군데 초대해?"

다람은 대답을 듣지 않고 몸을 돌렸다.

"승제 형, 카운터에 과일 말고 주스랑 미니 케이크도 있으니까 드세요. 저는 사람들하고 이야기 좀 하고 올게요."

다람이 떠난 후 승제는 가슴께를 긁적였다.

"내가 눈치가 없긴 한데, 보기에 뭔가 좀 이상하다."

진우는 아무 말도 하지 않았다. 승제는 과일 그릇을 들며 중얼거렸다.

"너희 고새 또 싸웠냐?"

진우는 승제의 머리를 쓰다듬었다.

"아냐, 임마."

승제가 뭔가 더 말하려고 하자, 진우는 과일 하나를 집어 승제의 입에 넣어 버렸다. 승제가 눈을 둥그렇게 뜨자, 진우는 애써 웃어 보였다.

"아니라고, 그런 거…."

승제는 그제야 그릇 위 과일로 마음을 돌렸다. 진우는 카펫의 무늬를 눈으로 좇았다. 끊임없이 반복되는 기하학적인 문양. 게다가 무늬의 끝과 끝은 정확히 맞물려 있었다. 패턴이 이어져서 문양은 더욱 단순해 보였다. 사람과 사람 사이의 일들이, 그리고 그 안에서 오고 가는 감정들이 저 문양과 같이 단순하다면 얼마나 좋을까. 삶과 죽음은 구조가 원형의 모습을 하고 있긴 했지만, 고리의 모습은 종이 위의 원처럼 보기 쉽지도, 또한 명료하지도 않았다. 기기묘묘한 짐승들과 짐승이 아닌 것들과, 짐승이 될 것들과 더 이상 짐승이 아니어야 할 것들이 한데 모여 사는 지구와 같이, 이 원형의 고리는 접점을 중심으로 어느 방향으로도 돌 수도 있는 3차원

구형의 모습. 순환은 끊임없이 이어지겠지만, 돌부리에 의해 주행의 방향이 완전히 달라지고 마는 거였다. 자신의 순간적인 판단이 가람을 죽게 만들었다. 잠깐만 와 달라고, 와서 도와달라고 했었는데, 아주 잠깐만, 잠깐만 얼굴을 보자고 했었는데… 그렇게 영영 보지 못할 사람이 되었다. 궤도가 달라진 순환 구조는 어느새 저 기하학적인 패턴으로는 도식화할 수 없는, 복잡한 문양이 되어 있었다. 요컨대 헝클어졌다.

도망치면 가람이 울 테고, 버티면 내가 운다.
버티면 다람이 울 테고, 도망치면…

이번엔 또 누가 울지?

진우는 카펫의 문양에 맞춰 한두 걸음 걸어 보았다. 그날, 놀란 눈을 한 역린은 얼굴을 붉히곤 허둥지둥 사라져 버렸다. 영영 사라져 버렸다. 가방끈이 맞지 않는 것 같았는데, 끈을 맞출 생각도 미처 하지 못한 듯. 팔을 급히 밀어 넣었다가 이내 보따리마냥 대충 품에 안고 공방 밖으로 뛰어나갔다. 그 뒷모습이 어찌나 바보 같은지 그만 뛰라고, 그만두라고 다급히 불러 세우려 했는데, 다람에게 흠씬 두들겨 맞고 말았다. 맞는 내내 가람의 이름이 나왔고, 눈물도 나왔다.

조각칼. 그래, 조각칼들. 조각하는 데 쓰여야 할 칼들이 사람을 찌르는 데 쓰였다. 다람이는 손에 잡히는 대로 집어던지고, 부수고, 찔렀다. 그 기세에 제압당해, 고슴도치처럼 조각칼들을 등에 잔뜩 꽂고, 네 발로 기었던 것 같다. 하늘을 우러러볼 수 없었으니 아마 네 발이 맞았을 것이다. 그리고, 비가 오는 것도 아닌데 위에서 자꾸만 물이 떨어졌었지… 네 발 짐승은 생각 말미에 웃고 말았다. 맞은 이는 울음을 참고, 때리던 사람은 크게 오열하다니, 이 무슨 코미디. 진우는 머리를 긁적였다. 동생을 울린 것을 알면, 가람이도 속상해하겠지…. 진우는 사람들과 이야기를 나누는 다람을 바라보았다. 비로소 반듯하게 펴진 다람이의 등. 가람이의 목소리가 자꾸만 들려왔다. 오빠. 동생을, 다람이를 지켜 줘. 진우는 고개를 휘휘 저었다. 하지만 목소리는 점차 커져만 갔다. 오빠 때문 아니야. 사고 난 거, 오빠 때문 아냐. 진우는 주먹을 꽉 쥐었다. 그럼 누구 때문이야. 진우는 어금니를 깨물었다. 누가 잘못해서 네가 죽은 거야. 네 죽음 앞에서, 나는 누굴 탓해야 해. 왜 내가 널 잃어야 해. 나는 누굴 미워해야 해. 진우는 눈을 감았다. 그리고 뜨거운 무언가를 속으로 꾹 밀어 넣었다. 너는 내가 죽인 거야. 내가 널 죽인 거야.

진우는 감았던 눈을 천천히 떴다. 그리고 사방 가득한 인형들을 바라보았다. 귀 대신 꽃을 달고 있지만, 그것 말고는 역린을 하나도 닮지 않은 인형들. 수많은 가람이들 사이에서, 진우는 아프게 쥐었던 주먹을 서서히 펼쳤다. 손에 꽉 쥐고 있던 무언가가, 그리고 몸 안에 꽉 차 있던 맹렬한 기운이 한 번에 흐트러졌다. 도망치는 것까지 포함해서, 그 어떤 것도 하고 싶지가 않아. 하기가 싫어. 막연히 싫어.

과일을 우적이던 승제가 진우의 옆구리를 찔렀다.

"야야, 지 선생님도 오셨어. 가서 인사하고 올게."

진우는 승제의 팔을 잡았다.

"주변 분들하고 말씀하고 계시잖아."

진우는 그릇의 과일을 하나 집어 먹었다.

"진우야. 너 자신은 모르겠지만, 넌 고집만 안 부리면 참 괜찮은 놈이야. 하나는 알아도 둘은 모르잖아. 멍청함이 네 특장점이야. 절대로 잊으면 안 돼. 알겠지."
"고맙다."

"기껏 해 봐야 0하고 1밖에 몰라서 속 읽기가 참 쉬워. 신나게 머리를 굴려 봐야, 010011110101⋯."

"그래. 기계랑 어울려 주는 우리 선우 멍충이도 참 좋은 놈이야. 박애주의 끝판왕."

"1101010011⋯."

승제는 이를 드러내고 히히 웃었다. 진우는 승제의 머리를 쓰다듬었다.

"형이 말 안 해도 달항아리 잘 만들고 있지?"

승제는 고개를 끄덕였다.

"고럼~ 지 선생님께서 저번에 보시고는 엄청 꾸중을 해 주셨다니까, 하마터면 점토를 다시 못 쥘 뻔했다. 멘탈이 와장창 깨졌었는데, 아슬아슬하게 살아났지. 도예가 인생을 시작도 하기 전에 끝장날 뻔했다니까. 근데 왜 네가 형이야. 생일은 내가 더 빠르잖아."
"넌 어떻게 된 게, 말끝마다 지 선생님, 지 선생님이냐. 이참에 그냥 팬클럽 하나 만들어라."

"막상 팬클럽 만들면 너도 가입할 거잖아."
"지 선생님인데, 그거야 당연하지."

승제는 중요한 비밀이라도 말할 것처럼 주변을 둘러본 뒤, 손을 세워 입을 가렸다.

"진우 멍충이. 너만 알고 있어."

진우는, 이놈이 또 무슨 소릴 하려고 그러나, 몸을 앞으로 기울였다.

"뭔데, 선우 멍충이."
"지 선생님은 나한테 있어 한 줄기 빛과 소금."

"선생님 아시면… 경기하시겠다."
"빛과 소금."

진우는 웃음 끝에 한숨을 내쉬었다.

"하긴, 내가 너한테 무슨 말을 하겠냐."
"빛과…"
"그만."

진우는 인형들을 바라보다가 중얼거렸다.

"나도 너랑 비슷해."

"뭐가?"

"생각하는 거나, 뭐 그런 거."

"비슷하긴 뭐가 비슷해, 짜샤. 난 너처럼 꼴통 아냐. 난 좀 융통성 있고, 돌아갈 줄도 알고… 반면에 너는 진정한 세기말 빠가사리."

"선우 선생님. 세기말이 지난 지 무려 20년이 훌쩍 넘었습니다."

"세기초 빠가사…"

"실패한 개그는 1절만 하십쇼."

진우의 말에, 승제는 소리 내서 웃었다.

"난 가람이 웃는 얼굴 보려고 작업하잖아, 넌 지 선생님인 거고… 그럼 똑같은 거 아니냐."

승제는 발끈했다.

"아니거든요. 난 내가 좋아서 하는 거거든요. 와, 이제 보니까 무명의 삼류 목판화가 한진우 선생이, 백 년에 한 번 나올 법한 대도

예가, 선우승제의 불타는 예술혼을 우습게 보시네. 난 순전히 항아리 굽는 게 재밌어서 하는…"

"저기 좀 봐. 지 선생님께서 일행이랑 떨어지셔서 혼자 계시네."

승제는 사과가 가득 담긴 그릇을 떠넘기고, 부리나케 뛰어갔다.

진우는 빈 그릇을 들고서 전시회장을 걸어 다녔다. 각양각색의 인형들, 공통점이라곤 한쪽 귀 대신 달고 있는 꽃. 사람들은 카운터, 그리고 다람이의 주변에 모여 있었다. 그 외 사람들도 대부분 1층에만 머물렀고… 진우는 사람들을 피할 겸, 그리고 작품들을 좀 더 자세히 살펴볼 겸 지하 전시장으로 내려갔다.

화려한 1층과 달리 을씨년스러운 모습이었다. 조명이 그랬고, 인형들의 표정도 사랑스럽다고 하기엔… 진우는 양귀비꽃을 단 인형들을 바라보다가, 그릇을 뚝 떨어뜨리고 말았다. 양귀비 인형들 그 옆에는 네 발 고슴도치 인형이 놓여 있었다. 눈 없이 입만 있는, 이상한 인형.

다람 씨께서 인형을 만드실 때 그 제작 의도… 와도 잘 맞고, 모두들 좋아하지 않을까 하는 생각이 들었습니다. 장애나, 기타 여러 가지 불편한 상황들로 인해 바깥, 그리고 외부인과 소통이 어려워졌다 하더라도, 우리 모두 자신의 내면 안에서 들리는 선율,

음악 소리에는 전과 같이 집중할 수 있을 테니까. 아니, 전보다 더욱더 깊이 집중할 수 있을 테니까. 거기서 힘을 얻어, 서로에게 자신의 노랫소리를 들려준다면.

이와 같은 맥락으로 인형을 제작하시면 다람 씨의 인형을 사랑하는 분들이, 상실과 비애, 연민 그 이상의 것들을 함께 느끼시지 않을까 감히 생각했습니다. 꼭 제가 연주한 곡이 아니더라도요, 위로와 치유가 되는 곡을 넣어 들려준다면…

그런다면.

피치 못할 사정으로, 한두 번 정도는 더러운 주방에서 요릴 할 수도 있겠지만, 그 검은 때를 수치스러워할 줄도 모르는 요리사. 아니, 더러운 줄도 모르는 조리사라니. 진우는 클레임을 걸까 하다가, 잠자코 자리에서 일어섰다. 나서지 않아도, 조리 과정을 알아채는 고객 모두는 나와 같이 말없이 떠날 것이며, 알아채지 못한 단골들 역시 건강이 상해 인사 없이 떠나고 말리라. 이는 수치심을 모르는 요리사가 받게 될 최고 형량의 벌이었다. 나를 사랑하는 사람들에게, 내가 품고 있는 독과 한과 악이 모조리 옮아간다. 병과 화가 자라나 끝내 폐가 되고 말 것이다. 모두 함께 괴물이 되면, 그때부턴 '괴물'이란 단어가 다른 의미로 쓰이게 되겠지. 요컨대 '사람'이나, '너.' 또는 '우리.' 우리가 되고 싶지 않았던 진우는 야상의 주머니를 더듬거려 지갑을 찾았다. 누군가를 수고스럽게 했으니 응당 값을 지불해야 하지 않겠나. 진우는 지폐 한 장을 꺼냈다. 내가 남긴 음식들을 재활용하지나 않았으면. 진우는 탁자와 식당 주방을 번갈아 쳐다보곤 고개를 저었다. 그럴 양심이 남아 있었으면 애초 청결에 신경을 썼을 거야, 그렇지? 이 쓰레기가 또 누구의 입으로 재탕되어 들어갈는지. 진우는 주인에게 잔돈을 거슬러 받았다. 생각보다 비싼 값. 암요, 청결을 모르는 자가 어찌 청렴을 알겠습니까. 진우는 쓴웃음을 지었다.

"번창하십시오."

진우는 꾸벅, 인사를 하고 가게 밖으로 걸어 나왔다. 사랑하는 모든 주변인을 안팎으로 병들게 만드셨으니 돈이라도 많이 버셔야 할 것 아닙니까. 부디 번창하십시오. 뒷말은 굳이 할 필요가 없었다. 내 안의 적과 싸우는 것도 충분히 버거운데, 싸울 상대를 늘릴 필욘 없지. 진우는 밤바람을 맞으며 골목길을 걸었다. 사실, 자신이 남긴 음식 모두를 버린다 해도, 문제는 하나 달라지질 않았다. 길고양이들이 음식물 쓰레기봉투를 뜯고 이와 같은 더러운 것들을 먹었다간, 안 그래도 2—3년밖에 되지 않는 수명이 더욱더 짧아지고 말리라. 길에서 떠도는 짐승들은 양치를 하지 못하기 때문에 치석 등으로 잇몸 질환이 있을 경우가 높았다. 입안 상처를 통해 혈관으로 세균이 들어가면, 심장병 발병률이 급상승. 때문에 상처 난 존재들이 그와 같은 쓰레기들을 먹었다간 치명상을 입을 것이 분명했다. 진우는 한숨을 내쉬었다. 뻔히 알면서도 아무것도 바꾸질 못하는 내가, 세상 제일가는 악질이겠지요. 무력한 악당은 공방에 돌아와, 이미 정리되어 있는 자신의 싱크대만 두 번, 세 번을 닦아 댔다. 그리고 털썩, 소파에 드러누웠다.

아깐 요리할 의욕이 안 나더니,
멀리 나가서 간만에 외식을 하고 왔더니,
이젠 의욕은 생겼는데 작업할 기력이 안 남았어.

진우는 바보 같은 자신의 모습에 배를 잡고 웃었다. 아무것도 하기 싫어. 바보의 웃음소리에 기대어 공방의 모든 나무들이 따라 웃었다. 이런 방식으로나마 함께 웃을 수 있으니 참 좋구나. 웃지 않는 것은 예쁜 수의를 입은 크리스마스—트리, 녀석 하나뿐. 진우는 시체를 멀뚱히 바라보았다.

도대체 어찌해야 죽은 자를 웃게 할 수 있을까.

진우는 낮게 중얼거렸다. 가람이의 미소를 다시 보고 싶어. 진우는 입을 다물었다. 뜨거운 것을 뱉지 않고 모두 삼키자, 속에서 천불이 일었다. 오장육부가 하나 남김없이 타들어 가는 것만 같아. 진우는 두 눈도 감았다. 타려거든 이 눈도 같이 타 버려라.

눈을 감자, 두 볼이 축축해지고 말았다. 모든 것을 활활 태워도, 태워 없애려 해도, 어째 눈만큼은 타질 않았다. 조금만 타오르려 하면 이내 축축해지고 또 눅눅해졌다. 그렇게 곰팡내 나는 몸으로, 추악하고 흉한 모든 것들을 지켜볼 수밖에 없어. 진우는 고집스레 눈을 뜨지 않았다. 하여 입가에 닿은 짠물이 무엇인지 알 수조차 없었다. 아마 바닷물일 거야, 그렇게 필사적으로 버텼는데 결국 바다에 떠내려오고 말았어. 진우는 바다 위를 끊임없이 배회하다가 천천히 자리에서 일어났다. 쇠뭉치가 아무런 준비도 없이 바닷물에 풍덩 빠졌으니 이제 녹슬 일만 남았다. 진우는 생각했다.

나쁘지 않은 결말이다. 예견된 그대로, 한 치의 오차도 없으니⋯ 진우는 심장이 완전히 녹슬어 버리기 전에, 시체를 대신 맡아 줄 사람을 찾기로 마음먹었다. 0001100⋯ 친구인 선우승제의 한심한 농담도 다시금 떠올랐다. 하지만 아무리 머리를 굴려 보아도, 주변에 민폐를 끼치는 것에 지나지 않는다는 생각만.

기계는 나무를 업었다.
그리고 피아노학원으로 향했다.
그 수가 최선이었다. 0으로 되돌리기.

늦은 시간인데도 불구하고, 피아노학원의 문은 훤히 열려 있었다. 만나려던 역린은 간데없이, 낯선 아이만 홀로 앉아 있었다. 귀

밑 단발머리, 엉덩이에 꼬리가 달린 것 같은 여자아이. 검은 타이즈에 빨간 원피스.

"선생님은 안 계시니?"

강아지는 반응 없이 책만 읽었다.

"선생님은…?"

못 들은 척 돌아앉기까지 한 꼬맹이.

"얘."

진우가 들고 있던 나무를 대충 벽에 세워 놓자, 아이는 살짝 뒤를 돌아봤다.

"선생님은 어디 가셨…"

진우가 다시 말을 붙이자, 아이는 연주실 안으로 숨어 버렸다. 그리고 달깍, 문을 잠갔다. 진우가 당황해서 우왕좌왕하는데, 반대쪽 방의 문이 열렸다.

"아라야, 어머니께서 야근 때문에 조금 더 늦으신다는데 어떻…"

역린은 침입자를 보고 깜짝 놀라 걸음을 멈췄다. 각자, 제가 맡은 자리만 지키는 것처럼 보였지만, 두 섬은 알게 모르게 침묵의 물살에 흔들리고 있었다. 팔이 허공을 휘휘 젓고, 발이 앞으로도, 뒤로도 나아가지 못했다. 동공 역시 흔들리고, 이내 계면쩍은 웃음. 그리고 낯간지러운 몇 가지 것들이 번갈아 수면 위로 일렁였다. 역린은 가슴팍에 두 손을 모았고, 진우는 관자놀이를 한 손을 짚었던 것을 보면, 침묵의 물결이 마지막으로 닿은 곳은 아마 마음이었던 모양이다.

"…오셨어요."

언제나 그랬다. 가슴에서 나온 말이 머리에서 나온 말보다 수배는 빨랐다. 인사를 건넨 역린은, 사라진 아라를 찾기 위해 학원 내부를 살폈다. 커다란 박스 안이나, 책상 아래. 소파 옆. 그리고 뒤. 이를 지켜보던 진우는 닫혀진 방 안을 가리켰다. 역린은 그의 지시대로 문고리를 잡았지만, 문은…

"아라야."

역린은 잠긴 문고리를 몇 번 돌리다가 그만두었다.

"선생님이 열쇠 있는데도, 문 안 여는 거야. 그러니까 아라가 문 열고 나와요, 알았지."

역린은 한숨을 내쉬었다. 역린은 문에 손바닥을 대었다가 뗐다. 그리고 현관에 서 있는 진우에게 눈을 돌렸다.

"그런데, 한 선생님께선 어쩐 일로 여기까지…."
"나무요, 크리스마스—트리."

진우는 옆에 세워 둔 시체를 가리켰다.

"서 있는 모습이 어째… 처량하더라고요, 이리로 옮기면 좀 달라 보일까 해서 가져왔습니다."

역린은 멍하니, 나무와 진우를 번갈아 바라보다가 화들짝 놀랐다.

"아, 일단 들어오세요. 제가, 차를, 차를 대접을… 그러고 보니 들어오시라는 말도 없이 다짜고짜 왜 오셨냐고 용건부터 물었…"

진우 역시 깜짝 놀라 손을 저었다.

"아닙니다. 제가 늦은 시간에 갑자기 찾아와서… 방금 그 여자아이도 그렇고, 저 때문에 놀라서 도망간 것 같은데… 제가 잘못…"

"아, 아뇨. 아라는 원래 그래요. 저랑 처음 만난 날도 연주실로 숨어서 문부터 잠그고… 3시간을 대치…"

두 사람과 한 나무는 한참을 더듬더듬, 휘청휘청했다. 그러다가 누가 먼저랄 것도 없이 웃음을 터트리고 말았다. 하지만 아무도 기분 나빠하지 않았다. 셋 중 가장 꼴사나운 모습을 한 크리스마스─트리가, 제일 먼저 웃었으니까.

역린은 커피 테이블의 종이 뭉치를 오목거려, 맨바닥에 내려놓았다. 깨끗하게 치워진 탁자 위엔 찻잔을 두었다.

"뭔가요."

역린은 대답하지 않고 종이들을 가급적 보이지 않는 곳으로 감췄다.

"방금 위안부, 라는 글자를 본 것 같은데요."

역린은 얼굴을 붉혔다.

"전에 다람 씨께서 부탁하신 자료요."

진우는 눈을 크게 떴다. 역린은 진우의 눈치를 살피곤 말을 이었다.

"막상, 성폭행 피해자들의 자료나 기사를 모으기 시작하니까 자료의 양이 끝이 없었습니다. 요 근래 성범죄가 만연하다 보니… 그런데 사진이나 사건 기록들이 하나같이 너무나 끔찍… 아니, 괴로워서요. 가해자들의 정보도 정말 엄청나고…"

진우는 찻잔을 감싸 쥐었다. 역린은 자신의 엄지손톱을 매만졌다.

"헌데, 다람 씨께서 말씀하신 '그냥'이란 단어가 걸려서… 그만뒀습니다."

진우는 고개를 갸웃했다. 역린은 한참 후에나 말을 이었다.

"고압적인 자세로 타인의 불행을 두고 동정하는 건 상대에게 있어서 이루 말할 수 없을 만큼 커다란 모욕이라고 생각했습니다. 모두에게 있어서 참된 불행이에요. 차라리, 상대와 같은 차림을 하고, 함께 손가락질을 받는 편이 위로와 격려가 되지 않을까…란 생각이 들 정도로요. 당사자가 느끼는 고통의 만분의 일도 나눠 들기 힘들겠지만. 그렇겠지만… 그 편이 보다 사람답지요."
"…그런데요?"

역린은 찻잔을 들어 감싸 쥐었다.

"다람 씨 주변 분께서 성폭행을 경험하신 것이 아닌데도, 피해를 입으신 분들과 눈높이를 바르게 맞추실 수 있을까, 생각을 해 봤는데… 아무래도 무리라는 생각이 들었어요. 언급 자체가 상처만 될 뿐."

"…그래서요?"

"다람 씨나 다람 씨 주변인께서 겪은 '성적인 인권침해'들이 없는 것 같지만, 주변인의 범위를 확대하면, 그렇게 시선을 넓히면 위안부 할머님들이 계세요. 내 '가족'이 당한 성적 유린, 그에 관한 고통. 성범죄를 대하는 사회 구성원들의 방관자적 태도. 그리고 위안부 할머님들의 이야기, 이 모든 게 서로 정확히 맞물립니다. 불안감과 공포는 과열, 하지만 미온적인 대처, 피해자에게 씌우는 올가미. 낙인."

진우는 찻잔을 놓칠 뻔했다.

"시선만 달리했을 뿐인데도, 사안이 전혀 다르게 와닿잖아요. 그리고 그렇게 내 가족의 이야기가 되어 버리면, 그때부턴 함부로 말할 수가 없어지지 않습니까. 벼룩의 간만큼이나마 책임감이 생기는 거지요."

역린은 한참 동안 침묵하다가 다시 입을 뗐다.

"부득불, 관련 주제로 말씀을 하시겠다면 이렇게 접근하시면 좋을 것 같다는 생각이 들었습니다. 굳이, 굳이 말씀하시겠다면요. 하지만 다람 씨께서 지금 같은 가벼운 마음으로 작업을 하시겠다고 하시면, 저는 말리고 싶습니다. 그건 사람이 할 짓이… 사회 구성원의 불행을, 이미 상처받은 사람들을, 재산 축적과 명예를 위해 한 번 더 이용한다는 것에 지나지 않게 되니까요, 위로와 격려를 상업적으로 이용한다는 건 정말 소름 끼치도록 구역질 나는 짓…."

역린은 입을 꾹 닫았다. 진우는 잔을 내려보다가 중얼거렸다.

"그날, 그런 일이 있었는데도 별말씀 없이 급하게 돌아가셔서 마음 쓰고 있었습니다."
"거기까진 생각을 못했습니다. 죄송합니다. 불쾌하실까 봐 찾아가지 않고 있었어요."

"왜 불쾌한가요."
"두 분께서 나누시는 이야기를, 제가 마치 엿듣는 것처럼 되어버려서… 미움받았다고 생각했어요."

"그중 역린 씨 이야기도 있었잖아요."

"그래도요. 충분히 언짢으실 수 있다고 생각했습니다."

"…그날은 모든 게 엉망이어서….'
"예, 죄송합니다."

"그런 말이 아닙니다."
"예, 압니다."

역린은 아랫입술을 살짝 깨물었다가 말을 이었다.

"김 선생님께서 전시회를 여셨다는 소식을 들었습니다."

진우가 뭔가 이야기하려 하자, 역린은 그보다 조금 더 빨리 이야기했다.

"많은 분들이 좋아하셨다는 이야기도요, 참 잘되었어요…."

진우는 차를 한 모금 마셨다. 역린은 옅게 웃었다.

"정말 그렇게 생각하세요?"

진우의 물음에 역린은 고개를 끄덕였다. 진우는 미간을 찌푸렸다. 손에 들린 찻잔은 굴러떨어져서, 청바지를 적셨다. 떨어뜨린 그릇을 주워 준 것은 하련이었다.

"다람이는 진탕 놀아 대는 걸로 유명해서, 여성혐오가 있는 줄 알았는데 말야."

하련은 그릇을 돌려주고 진열된 양귀비 인형을 바라보았다.

"전시용 팸플릿 봤어? 여성 내면의 외침, 사랑, 풍요로움⋯."

하련은 전시장을 천천히 누볐다. 채 몇 발자국 걷는 것 같지도 않았지만 내딛을 때마다 하이힐과 대리석 바닥이 맞부딪치는 소리가 울려서, 한 무리의 여자들이 전시장을 헤집고 다니는 것 같은 착각을 불러일으켰다. 진우는 그녀를 따라가지 않았다. 자리에 우두커니 서서 고슴도치 인형을 바라보기만 했다. 나를 모티브로 삼다니, 조롱과 경멸의 아이콘으로 삼다니. 진우는 머리를 감싸 쥐었다. 하련은 걸음을 멈추고 진우 쪽을 바라보았다.

"지랄하네."

난데없는 욕설에 진우는 생각을 접었다.

"교양 있는 하 선생님께서 그게 무슨 말버릇이야."

"너하고 나밖에 없는데 뭐 어떠니. 그리고 이 전시회에서 들여다볼 작품이 뭐 있다구, 뭘 그렇게 머리를 싸매고 유심히 봐. 멋모르는 사람들이나 속지, 우리끼린 뻔히 다 알면서."

"엮지 마라."

"흐응. 최 선생님께서 비평 글 써 주신 건 좀 의외야. 내가 부탁드렸을 때는 그 자리에서 거절하셨는데 말야."

"싹수부터 클래스까지 확연히 달랐던가 보지."

"위에서 선배들끼린, 창녀가 다람이한테 공사라도 친 거 아니냐고 비웃던데, 클래스는 무슨."

진우는 고슴도치 인형으로 눈을 돌렸다.

"너도 간만에 나왔는데, 가서 어울리지. 왜 혼자 헤매고 다니니?"

"엮지 말라니까."

"작품 질 낮은 건 어쩔 수 없지만, 삶의 질까지 떨어지면 어떡해. 가서 좀 어울려 봐. 겉멋만 들어 갖고."

진우는 한숨을 내쉬었다. 그 양반들, 다람이 앞에선 덕담 한마디

씩 했겠지. 진우가 대꾸를 않자, 하련은 콤팩트 거울을 꺼내 화장을 살펴보았다. 그리고 백 안에 도로 집어 넣었다.

"근데 진짜 무슨 일이니. 다람이 최근에 사고라도 났니? 난데없이 이 꽃 인형들은 다 뭐야. 너무 진탕 놀아 대서 머리 어디 못 쓰게 된 거 아냐? 아님, 천박한 말장난인가? 꽃 인형이 아니라 고추…"
"야."

진우가 말을 끊어 버리자 하련은 머리카락을 섬세하게 쓸어내렸다. 윤기 도는 머리카락이 조명 빛을 튕겨 냈다. 부드럽게 몸을 움직일수록 향수의 좋은 냄새가….

"그도 아니면, 가람이를 창녀로 그린 거니? 하긴, 다람이 입장에선 너같이 한심한 남자랑 누나가 엮인 게, 불만일 수도 있었겠다. 고귀한 무언가를 빼앗긴 느낌이겠지. 우러르던 고결한 존재의 추락, 또는 타락쯤으로 여겨졌을까."

립스틱을 바른 그 입술이 어찌나 흉측해 보이던지 진우는 눈을 감아 버리고픈 충동을 느꼈다. 하련은 우아한 걸음걸이로 다가왔다.

"두 사람 모두, 가람이 그늘 벗어날 때도 되지 않았니? 너무 그러면, 매력 없어."

"알맹이가 쓰레기인 건 학부생일 때부터 익히 알고 있었지만, 무슨 말을 그따위로 해."

하련은 입술을 사랑스럽게 모았다.

"어머, 미안~ 그런 의도는 아녔는데, 그렇게 들었구나. 한 선생님은 여전히 예민해, 말 붙이기도 무서워."

진우가 한마디 보태려는데, 누군가 내려오는 기척이 났다. 진우도, 하련도 서로에게서 한 걸음씩 떨어졌다.

"아무도 없는 지하 전시장에서 둘이 뭐하누."

최 선생님의 안온한 어조에, 하련은 눈웃음 지었다.

"작품 보고 있었지요~"

진우는 벽에 기대섰다. 어지러웠다.

"괜찮으세요?"

역린이 떨어진 찻잔을 주워 탁자에 올려놓았다. 그리고 진우의 젖은 바지를 걱정스럽게 바라보았다.

"잠깐 딴 생각을….."

진우는 바지를 툭툭 털고 멋쩍게 웃었다. 역린은 엄지손톱을 매만지다가 중얼거렸다.

"다람 씨께서 그런 의도로 인형을 만드셨다고 해도, 제가 받았던 감동만큼은 거짓이 아니었으니까, 괜찮아요… 참을 수 있어요. 오히려, 보은할 수 있었던 게 아닐까, 생각하면 감사한 마음이…."

최 선생님이 되물으셨다.

"그래서, 다람이가 지금, 한동네 사는 장애인 여성을 조롱하려고 이 인형들을 만들었다는 거야?"

최 선생님 뒤에 선 하련은, 손으로 입을 가린 채 웃고 있었다.

"어머 어머, 그랬었구나! 난 가람이가 모델인 줄 알았는데 그런 뒷이야기가 있었네."

하련은 쟁글쟁글한 눈으로 진우를 바라보았다.

"그래서? 더 이야기해 봐. 그 장애인 여성을 창녀로 그려 낸 거야? 왜애? 왜 하필이면?"

진우는 대꾸해선 안 된다는 걸 알면서도, 지인의 불명예를 견뎌 낼 수가 없었다. 진우는 신경질적으로 쏘아붙였다.

"하련이 너, 정말 왜 그래. 그런 게 아니라!"
"그럼 뭐야? 뭔데, 말해 봐."

하련은 이를 드러내고 웃었다. 진우는 어금니를 꽉 깨물었다, 한마디라도 더 했다간 이번엔 다람의 명예가, 다람이가…. 진우는 최 선생님의 눈에 깃든 노기에 고개를 떨궜다. 내가 병신이 되는 편이 낫다. 하련의 훤히 보이는 이간질에 넘어간 것만 해도, 이래저래 병신이 맞아. 역린의 이름을 꺼내선 안 되는 거였다. 진우가 눈길을 피하자 최 선생님은 나지막한 목소리로…

"진우야, 내가 널 대학 때부터 보지 않았니. 네 성격 안다, 아주 잘 안다. 네가 지금 걱정하는 게 무엇인지도 알아. 하지만 들어야겠구나. 다람이도 내 오랜 제자고, 난 이번 전시회에 기쁜 마음으로 비평도 해 줬어. 그러니 들어야겠구나. 말해 보렴."

진우는 아랫입술을 깨물었다.

"아무것도 아닙니다, 선생님. 제가 말실수를 한 겁니다."
"무슨 실수를 어떻게 했는지, 전후 사정을 자세히 말해 보렴."

진우는 돌처럼 굳었다. 최 선생님은 뒤에 서서 웃고 있는 하련에게 눈을 흘겼다.

"뭐가 재밌다고 웃고 있니."

하련은 깜짝 놀라 눈을 치켜떴다.

"자리 비켜 줄 생각은 못 하니."

하련은 가볍게 목례를 한 후 총총, 사라졌다.

진우는, 잔을 감싸 쥔 역린으로 마음을 돌렸다. 그리고 중얼거렸다.

"괜찮을 리 없지요, 인형들을 그렇게 좋아하셨었는데…."

역린은 희미하게 웃었다.

"진우 씨, 눈이 빨갛네요."

역린은 이어 말했다.

"토끼의 간은 눈을 맑게 하는 명약이라고 들었습니다. 용왕님이 탐내실 만큼요."

진우가 대답을 하지 않자, 역린은 엷은 목소리로 중얼거렸다.

"제 문제를 함께 고민해 주지 않으셔도 전 괜찮아요, 그 책임감으로 진우 씨 작품에 집중하셔서…."

"주제넘었던 것 같습니다. 죄송합니다."
"아뇨, 그런 의미가…."

"무슨 말씀이신지 압니다, 칭찬을 해 주신 거죠."
"네."

눈을 맑게 하는 명약. 진우는 길게 숨을 내쉬었다. 용왕님의 무병장수는커녕, 자신은 바다 위를 표류하는 일개 쇠뭉치. 공해의 주범이었다. 이야기를 다 들으신 최 선생님은, 굳은 얼굴로 말씀하셨다.

"문제될 것은 없는 것 같구나."

최 선생님은 진우의 어깨에 손을 얹었다.

"너만 함구한다면."

선생님이 계단 위로 올라가시고, 진우는 홀로 지하에 남아 고슴도치 인형을 바라보았다. 처음부터 그럴 생각이었다. 다람이는 자신의 동생, 가족이나 다름없었다. 가족에게 해코지를 하고 싶어 하는 사람은 없어. 설령 있다 해도, 진우는 그런 부류가 아니었다. 꽃 인형을 바라보던 진우는 아무도 듣지 못할 만큼 작은 소리로 중얼거렸다. 역린 씨는, 그 여자는… 어떻게 하지.

"괜찮아요."

역린은 활짝 웃었다.

"괜찮습니다. 정말로요."

역린은 다과로 내 놓은 카스텔라를 개인 접시로 옮겼다. 그리고 그 접시를 진우에게 내밀었다.

"걱정 많은 토끼 씨, 드세요. 달콤한 거 먹으면 기분이 좋아지거든요. 먹고 나서 활짝 웃어요."

"단맛이, 건강에는 안 좋아요."

"신체 건강이 먼저냐, 정신 건강이 먼저냐의 문제로 논의하고 싶으신 거면… 전 의학서를 좀 더 읽고, 한참 생각해 본 뒤에 그때나 참여하겠습니다."

역린은 자신의 접시에 카스텔라를 옮겼다. 그리고 냠냠냠냠 먹기 시작했다. 달콤한 향에 잠겨진 문이 반쯤 열렸다. 눈만 내놓은 강아지가 소파 쪽을 바라보고 있었다. 진우와 한참 눈을 맞추고 있던 아이는, 쭈뼛쭈뼛 걸어와 진우 옆에 앉았다. 그리고 빈 접시를 내밀었다.

"…빵…"

아라는 눈을 동그랗게 뜨고 진우를 올려다보았다.

"…주세요."

이 연주곡은 다람 씨께 드리는 것입니다.

원치 않으시면 쓰지 않으셔도 좋고, 쓰시더라도 모두 다람 씨의 아이디어로 삼아 주셨으면 좋겠습니다.

아라 어머님이 야근을 하시는 날짜만큼 세 사람의 티타임 횟수
가 늘어갔다. 한 번은 피아노학원, 세 번은 공방. 뭐 그런 식이었
다. 아라는 12색 크레파스를 가지고서 공방의 빈 벽에 그림을 그렸
다. 우주를 유영하는 고래나, 춤추는 사자. 노래하는 황소와 많은
별들. 진우의 얼굴도 있었고 해님도 있었다. 그림 속 날씨는 언제
나 맑음. 번개가 치더라도 무지개가 함께 그려진 하늘, 그런 하늘
이 끝도 없이 펼쳐졌다.

그렇게 끝도 없이 펼쳐진 아이의 순수 앞에서 목판을 때려 부수
는 과격한 행동은, 당연히 할 수 없었다. 마음에 들지 않는 작품은
땔감이 되었다. 나쁘지 않았다. 진우 역시 자신의 실패작이 뾰족
뾰족한 파편이 되는 것보다, 향기 은은한 온기가 되는 편이 훨씬
바람직하다고 여겼던 것이다. 그리고 작품이 타는 동안 이런저런
생각도 해 볼 수 있어서, 달라진 작업환경이 불편하단 생각은, 딱
히 들지 않았다.

아라는 도톰한 방석을 가져와 벽난로 앞에서 동화책을 읽곤 했다.
책을 읽을 때 말을 걸면, 곁으로 다가와 손을 깨물고 돌아갔다. 하룻
강아지에게 물렸다고 화를 낼 순 없어서, 잇자국을 들어 보이며,

"아프잖아. 욘석아."

하고 꾸중을 하면, 핥아 주겠다고 쫓아와 진땀이 났다. 역린은
책 읽는 아라 곁에서 뜨개질을 했다. 밝은 색상의 목도리는 아이에
게, 차분한 색상의 목도리는 본인이 둘렀다. 그리고 고동색 스웨터
를 하나 더 짜서 자신에게 주었다. 선물 받은 스웨터를 처음 입었
던 날, 아라는 공방 벽에 커다란 나무를 그렸다. 물결 닮은 푸른 잎
사귀도 그리겠다고 호언장담. 의자를 가져와 대뜸 올라서선 파란,
초록빛으로 열심히 메꾸다가, 크레파스가 부족하다고 방울방울
눈물을 뚝뚝. 은행잎과 단풍잎 사진을 보여 주자 그제야 다른 색을
집었다. 그래 봤자 고작 4가지 색으로 그려진 나무. 눈꽃과 야산의
사진을 보여 주니, 이젠 햐얗고 검은 잎사귀가 돋아났다. 그래도
아직은 6가지의 색.

"꿈에서 본 신기한 나무들을 그려 봐. 아라만 아는 신비한 나무."

56색 크레파스를 사서 아이의 손에 들려 주었다. 잡지와 신문을
모아 건넸고, 가위 그리고 풀도 함께 주었다. 그러자 나무의 물결
은 점점 커졌고, 모습과 색도 전보다 훨씬 풍요로운 모습이 되었
다. 세상 모든 것이 열매처럼 자라는 나무. 레오나르도 다빈치, 아
니 레오—아라가 공방 외벽에 작업을 하는 동안, 진우도 목판을 조
각했다. 나무를 완성한 아라는, 공방을 바닷속으로 꾸미기 시작했

다. 나무는 해풍을 맞으며 나날이 견고해졌다. 상어만 빼고 바닷속 모든 생물이 그려졌다.

"바다는 안 돼. 산으로 해 줘."

클라이언트의 제재에 작가는 주관을 지켰다.

"바다는 좋은 거야. 좋은 걸 주고 싶어. 그러니까 공방은 바다. 바다로 결정."

"왜 좋은 건지는 모르겠지만, 아저씨는 기계라 바다에 빠지면 녹슬어. 그러니까 산. 네가 좋다고 여기는 걸 해 주면 안 돼. 상대가 원하는 걸 줘야지. 안 그러면, 자신을 위한 것에 지나지 않아."

하지 않았으면 좋았을 말이었다. 그 말을 한 뒤부터 아라는, 잠깐이라도 졸면 얼굴에 낙서를 해 댔으니까. 녹슬지 않도록 어느 날은 꽃게로 만들어 주고, 어느 날은 오징어. 가끔씩 불가사리. 심통이 난 날은, 얼굴을 온통 새카맣게 칠해 놓고 김이라고 우겨댔다. 당황한 김을 보고, 역린은 뒤로 넘어갔다. 달래 줄 생각이었는지, 반했다거나 멋지다고 말해 줬지만… 김에게 반하는 여자, 그런 여자에게 받는 고백 같은 건, 정말 하나도 기쁘지 않았다.

"알겠어요. 그렇게 바다가 싫으면, 선생님은 그냥 뉴턴처럼 바닷가에서만 놀아요. 넓은 모래사장을 만들어 줄게."

"누구?"

아라는 웃었다. 레오—아라와 바보의 식사를 책임지는 것은 역린이었다. 맛 품평은 진우가 했고 메뉴를 고르는 것은 아라. 공방에 노래와 웃음이 끊기는 날이 없었다. 사고뭉치가, 창고에 보관된 달항아리 전부를 시원스럽게 깨 먹던 날. 티 파티 멤버가 한 명 더 늘어났다. 가장 커다란 조각 케이크를 받았는데도, 승제는 조금 울었다.

"달라졌어."

달항아리를 옮기던 승제가 우뚝 멈춰 섰다.

"달라졌어, 확실히."

진우는 조각칼을 내려놓고 눈을 맞췄다. 승제는 이상한 표정을 짓고 있었다.

"왜 그러는데."

승제는 항아리를 내려놓고 진우에게 손가락질을 했다.

"너 지금 표정 말야. 스스로 어떤 얼굴 하고 있는지 알아?"

진우는 얼굴을 더듬거렸다.

"뭔 소리야."

승제는 항아리를 창고에 옮겨 두고 진우 옆에 가서 앉았다.

"너 옛날에 칼 쥐었을 땐 말야. 미간엔 내 천 자, 딱 새겨져 가지고 얼마나 꼴 보기 싫었는 줄 아냐?"

진우는 피식 웃었다.

"싱겁긴."
"봐 봐."

승제는 진우의 양 볼을 꽉 쥐었다.

"옛날에는 작업 중에 괜히 말 붙였다가, 칼이라도 맞을까 봐 말도 못 걸었는데….”
"시끄러, 손 떼."

"다람이쯤 되니까 앞뒤 분간 못하고 종알댔지. 네 곁엔 아무도 못 다가왔었다고."

"시끄럽다고."

"엉덩이에 뿔난 것 같은 성격은 그대로지만, 확실히 인상이 달라졌어. 시간의 힘은 참으로 놀랍도다."

"…"

"자, 이 기세를 몰아서 '형님' 하고 불러 보는 거다."

"…"

진우는 눈을 껌뻑거렸다. 인상이 달라졌다고? 놀리는 말에도 반응하지 않는 진우를 보고, 승제는 자신의 얼굴을 바싹 붙…

"징그러, 새끼야!"

승제는 이마를 감싸 쥐었다. 진우는 한 대 더 쥐어박으려다가 그만두었다.

"하마터면 뽀뽀할 뻔했잖아."

소란에 싱크대에서 정리를 하던 역린이 고개를 빼꼼 내밀었다.

진우는 별일 아니라고 손을 저었다. 승제는 붉게 부은 이마를 문지르며 중얼거렸다.

"다람이도 사람 된 한진우를 봐야 하는데….."

진우는 조각칼을 도로 쥐었다. 사람은 무슨. 설령 사람이 되었다 한들, 다람이 녀석이 보고 알아챌 수나 있을는지. 진우는 인간의 범주를 넘어간 다람을 떠올리고 쓴웃음을 지었다. 소식지에서 읽은 문구들이 하나둘 떠올렸다.

[꽃 인형 김다람 작가.

청력소실 소재로 현대인의 소통 부재, 내면의 목소리 찾기에 관한 담론 펼쳐. 다음 작품은, 욕망 성취를 위해 현재를 바로 살지 못하는 '현대인'을 희화한 동물극장.]

진우는 조각에 집중하려 고개를 털어 냈지만 잘되질 않았다.
다람이 지워지고 다음으로 떠오른 것은 하련.

[거짓과 진실의 꽃놀이 가면극. 추상화가 하련 전시회,
이번 달 말까지 인사동 모 갤러리에서 열려.
—세련된 아름다움, 정제된 미학을 위하여,

작가의 특별 강연. 모일 13시. 도슨트 평일 10시, 16시.]

진우는 칼을 내려놓았다. 두 사람만 생각하면, 작품이고 나발이
고 그냥 다 집어던지고 싶었다. 아무리 직업의 귀천이 없는 세상
이라지만 사기꾼까지 직업으로 볼 수 있는지, 하여 그 음험한 사기
행각들을 존중해 줘야 하는지, 진우는 난제에 봉착했다. 아무것도
모르는 피해자는 쟁반에 과일을 담아 왔다.

"학부모님이 멜론을 보내 주셔서 가져왔어요. 드셔 보세요."
"아이구, 역린 씨. 오늘도 참 고맙습니다!"

승제는 크게 외친 후 조각을 집어 먹었다. 카펫 깐 바닥에서 데
굴데굴— 굴러가며 책을 읽던 아라도, 책상 위로 올라왔다.

"나도, 나도요. 아— 아—"

아라는 입을 벌렸다. 승제는 아라에게 메론 조각을 내밀었다가
도로 제 입에 넣어 버렸다. 아라가 입술을 내밀자, 승제는 아라의
귀에 대고 소곤소곤 귀엣말을 했다.

"진우 아저씨."

승제에게 무언의 지령을 받은 아라는 진우의 팔에 매달려서 입을 오물거렸다.

"어?"

진우는 고개를 숙였다. 아라는 다시 입을 오물거리며 뭐라 이야기를 했지만…

"왜 이렇게 작게 말해. 안 들려."

진우가 고개를 바싹 숙이자 아라는 얼른, 진우의 볼에 뽀뽀. 아라는 배시시 웃었다.

"아이한테 뽀뽀를 하라고 시키다니. 앞으로 아라를 데려오지 않을 거예요. 아무리 승제 씨라고 해도 가만 안 있을…"

역린이 벌컥 화를 내자, 승제는 깜짝 놀라 손사래를 쳤다.

"아니에요. 그런 거 안 시켰어요. 그냥, 진우 녀석이 인상 쓰는 거 보기 싫지 않냐고 묻고, 웃게 만들면 머그컵 만들어 주기로 했는데… 녀석이 뽀, 뽀뽀를…"

진우는 웃어 버렸다. 승제의 말에, 아라는 고개를 가로저었다.

"머그컵 같은 건 필요 없어요."

아라는 메론 조각 하날 집어 먹었다.

"그럼 왜 뽀뽀했어?"
"화난 얼굴이 싫어서."

"아라는 화난 사람 전부에게 뽀뽀할 거야?"

역린이 걱정스레 묻자 아라는 고개를 저었다.

"진우 아저씨한테만."
"왜 진우한테만?"

승제의 물음에 아라는 뽀로통한 얼굴로 대꾸했다.

"좋아하니까 그렇지."

아라는 벽난로로 되돌아갔다.

"그냥 불 지펴 줘도 괜찮은데, 재밌는 모양으로 조각해서 모닥불 피워 주잖아."

아라는 난로 옆 쿠션을 정리했다.

"동화책 그림들보다 여기가 훨씬 예뻐요, 악당도 없고."

겨울 끝자락, 수면 위로 살얼음이 생겼다. 물속 사람들은 얼음 너머 세상엔 개의치 않고, 서로를 보듬어 얼마 되지 않는 온기를 더했다. 추울수록 붙어 앉았다. 섬끼리 간격이 가까워져 그 모습이 광활한 대지가 되자, 농부들은 바지런히 씨앗을 심었다. 비옥이 약속된 땅에서 말간 웃음들이 피어났고 동굴엔 하얀 달님이 차올랐다. 잊혀진 얼굴은 온 누리를 비추는 불꽃이 되어 주었다. 하여 문밖에 아무리 거센 추위가 도사리고 있어도, 공방 안은 항상 쾌청한 초여름. 은혜의 가을날. 아라의 환상에 모여 앉아, 긍지를 연주하는 음악가들, 그들의 속삭임을 들었다. 역린의 음식은 남는 법이 없었다. 오랜 벗과 마주 앉아 좋아하는 일에 대한 이야기를 나눴다. 어찌 표현해야 정확히 그려 낼 수 있을까, 세상에 존재하지 않을 것만 같은 그런 귀한 행복은….

다람 씨의 인형들이 세상에 존재하는 모든 꽃은 물론이고,
존재하지 않을 것 같은 아름다운 꽃들마저 달고 태어날 수 있기를

진심으로 기원합니다.

"오랜만이…"

안녕하지 못했던지, 다람은 인사를 노골적으로 무시했다. 그리고 트럭 짐칸에서, 박스 여러 개를 내려놓았다.

"웬 상자야."

다람은 묵묵부답, 박스를 학원으로 옮겼다. 갑작스런 방문에 놀란 것은 역린도 마찬가지. 다람은 마지막 상자를 내려놓고 역린을 거칠게 밀쳤다. 쓰러진 역린은 다람을 올려다보았다. 다람은 상자의 테이프를 뜯어 역린의 머리 위에 내용물을 쏟아부었다. 도자기 인형들이 요란한 소리를 내며 굴러떨어졌다. 역린은 반사적으로 머릴 감쌌다. 역린을 돕기 위해 진우가 뛰어들었지만, 턱만 맞고 넘어졌다. 다람은 거침없이 다음 박스를 열었다. 그리고 딱딱한 인형들을 또 한차례 쏟아부었다. 역린이 고통을 참지 못하고 비명을 지르자, 다람은 보다 크게 외쳤다.

"닥쳐, 이 미친년아!"

다람은 날카로움을 쏟았다.

"인형 잔뜩 만들어 줄게. 몇 백 개, 몇 천 개든 만들어 줄게. 그러니까 입 닥치고 조용히 살아."

진우는 급히 일어나 다람을 학원 밖으로 밀어냈다. 다람은 밀려나는 그 순간까지 악다구니를 썼다.

"그래. 어디 분란 일으켜 봐. 누가 네 말을 믿어 주나. 사람들이 누구 말을 듣나. 어디 한번 해 봐. 해 봐, 이 미친년아."

다람은 자신을 제압하는 진우에게 주먹을 휘둘렀다.

"봐, 봐 보라고."

역린은 비명을 지르며 문을 걸어 잠갔다. 다람은 잠긴 문을 연신 걸어찼다.

"열어, 이 미친년아. 문 열어!"

진우는 참지 못하고 소리쳤다.

"왜 그래!"

다람은 고함을 쳤다.

"저년이 최 선생님 찾아가서 이야기했어. 한 번 더 비평을 해 달라고 연락드렸는데, 인형에 대해 다 아서. 꾸중만, 꾸중만 들었어."

진우는 지끈거리는 머리를 감쌌다.

"내가 이야기했어."

다람이의 그런 표정은 처음이었다. 진우는 인상을 찌푸리며 이어 말했다.

"그러려고 그런 건 아닌데, 하련이랑 이야기를 나누다가…."

진우는 말을 뚝, 멈출 수밖에 없었다. 핏발이 선 눈으로 자신을 노려보는 다람에게 섬뜩함을 느꼈기에 두 사람 모두 불규칙한 날숨을 감추기 어려웠다.

"내가 성공한 게 그렇게 고까워?"
"뭐?"

다람은 진우의 어깨를 밀쳤다.

"누나가 부탁한 작품은 어쩌고."

다람은 진우의 어깨를 한 번 더 밀쳤다.

"남 신경 쓸 여유 있으면 본인 작품에나 관심 갖으라며."
"미안해. 하련이가 그때…."

진우는 사정을 설명하려다가 그만뒀다. 무슨 말이 필요하겠는가.

"…미안하다."

다람은 입을 다물었다. 한참 후에나 진우는 입을 뗐다.

"…그래도 역린 씨에게 너무 가혹하잖ㅇ…"

다람은 말을 끝까지 듣지도 않고 침을 탁, 뱉고서 돌아갔다.

편지 외 종이 묶음은, 별다를 것 없이 평탄했던 제 인생사를 요약하고 기록한 것입니다. 이야기를 필요로 하시는 것 같아, 몇 가지를 추려서 적어 보았습니다. 이 역시 다람 씨께 도움이 되었으면 좋겠네요. 읽으신 후에, 아무도 모르도록 잘 버려 주십사 부탁드립니다.

아주 오랫동안, 목판을 바라만 보고 있었던 것 같다. 피아노학원의 문은 항상 잠겨 있었고, 아라도 오지 않았다.

꽃 인형을 처음 보았을 때,
부끄럽지만… 저는 눈물을 흘렸었습니다.
다람 씨께 들었던 모욕적인 말들은 그래서 더 아팠습니다.

해가 몇 번을 졌는지, 그리고 다시 떴는지 솔직히 잘 모르겠다. 그날은 눈이 녹던 날. 공방 유리창 너머로, 아라가 학원 문을 두드리는 게 보였다. 나와 달리 출입을 허락받았는지, 녀석은 안으로 들어갔다가, 얼마 지나지 않아 도로 나왔다. 들어갈 때와 달리 나올 때는 조금 평온한 표정. 공방에도 들러 주길 바랐지만, 이곳엔 오지 않았다.

목판을 조각하려 했지만 어째 잘되질 않았다.
노래와 웃음이 끊긴 공방에 홀로 앉아 있자니 기분은,
마음은….

하지만 원망이나 분노와 같은 어두운 감정은 맹세컨대 단 한 번도 품어 본 일이 없습니다. 제가 괴로웠던 것은… 당신의 말과 같이, 실제 비루하고 미천한 스스로의 모습들 때문이었습니다.

그것은 정말 견디기 어려웠습니다.

그날, 새벽부터 동이 틀 무렵까지, 피아노학원에서는 연주 소리가 들렸다. 진우는 공방 밖으로 나와, 밤새도록 계단에 앉아 있었다. 저물어 가는 달빛이 몹시도 서늘했다.

"아무것도… 하기가 싫구나."

진우는 외벽에 머릴 기댔다. 별들이 지워지고 있었다. 바람과 희망도 그 색이 한 톤씩 옅어졌다. 내 까만 머리카락도 저들처럼 하얗게 되겠지. 녹아 사라지는 저 눈처럼, 끝끝내 흔적도 없이. 둔해진 손과 비루해진 영혼. 반면, 젊은 날 멈춰 선 가람이는 언제까지나 찬란한 모습이었다. 진우는 손바닥을 펼쳐 사그라드는 달빛을 모았다. 피아노 선율은 끊어질 듯 끊어지지 않으며 가냘프게 이어지고 있었다. 가람이를 다시 웃게 할 수 있을까, 진우는 두 눈을 감았다. 아무것도, 아무것도 보이지 않았다.

반면 당신이 만들어 내는 꽃 인형들은,
본디 목적이 어떻든
무척이나 아름다워 보였습니다.

해가 떠오르자 그제서야 연주가 멈췄다. 진우는 박수를 치고, 공방으로 되돌아갔다. 그리고 나무 하날 골라냈다. 진우는 숨을 크게 들이켠 뒤, 조각칼을 쥐었다. 지나치게 빨리 깎아 내는 탓에 압조절이 잘되지 않았고, 튕겨 나간 칼날이 서넛, 손은 다시 상처투성이가 되고 말았다. 나무가 결을 따라 쪼개졌지만, 진우는 멈추지 않았다. 조각가의 힘을 견뎌 내지 못하고 갈라지고 부서진 목판. 부서져 가는 목판. 하지만 어떻게든 끝을 낼 생각이었다. 진우는 핏방울이 맺힌 손으로 표면을 쓸어내렸다.

버텨.

드러난 속살에 붉은 물이 묻어났다.

버텨.

진우는 날을 세워 형상을 잡아 갔다.

버텨.

깎여 나간 파편들이 상처에 닿아 따끔거렸지만, 진우는 조금도 내색하지 않았다. 버티고 있었다. 목판도, 자신도, 가람도, 역린도… 어쩌면 다람마저도.

활짝 웃는 모습을 조각하는데, 그 미소가 핏물로 얼룩덜룩 해, 몹시 기묘해 보였다. 상관없었다. 목판화를 만드는 거니까. 잉크를 바르면 얼룩을 알아채는 사람은 없을 것이다. 진우는 선들을 세심하게 다듬고 나서야, 칼을 내려놓았다. 반나절 만에 완성.

진우는 주저앉았다. 자신을 보고 웃고 있는 것은 가람이 아녔다. 진우는 노을과 역린의 얼굴을 번갈아 바라보다가 소파로 걸어갔다. 그리고 쓰러지듯 잠이 들었다.

얼마나 잤던 건지 모르겠다. 눈을 떠 보니 오전 11시쯤 되어 있었고, 피아노학원 문 앞에는 세를 놓았다는 종이가 붙어 있었다. 문은 여전히 잠겨 있었다. 두들겨 보아도 기척은 없었다. 종이를 찢어 주머니에 우겨 넣고서, 진우는 다람의 새 거처로 향했다. 굉장히 화려한 건물. 1층 계단부터 2층 복도까지 쭉— 붙어 있는, 다람의 전시회 포스터.

동물극장 동물극장 동물극장 동물극장 동물극장
동물극장 동물극장 동물극장 동물극장 동물극장
동물극장 동물극장 동물극장 동물극장 동물극장
동물극장 동물극장 동물극장 동물극장 동물극장
동물극장 동물극장 동물극장 동물극장 동물극장
동물극장 동물극장 동물극장 동물극장 동물극장

"역린 씨가 사라졌어."

"그걸 왜 나한테 와서 이야기해. 뭐— 어쩌라고."

다람은 진우를 쳐다보지도 않은 채 대답했다. 진우는 주머니 안에 구겨 넣은 종이를 매만졌다.

"사과… 해야 하는 거 아니냐."

다람은 진우를 힐끗 쳐다봤다.

"응, 사과받았어."

"뭐?"

다람은 책상 서랍을 열어 종이 뭉치를 꺼내 놓았다. 그리고 CD 케이스와 꽃 인형도 꺼내 와 책상 위에 올려놓았다.

"피아노 연주를 녹음한 CD를 가져왔더라고."

다람은 종이 뭉치를 들어 보였다.

"그리고 예전에 부탁했던 자료들이랑, 지 인생을 쭉 적어서 가져 왔어. 읽어 보고 쓸 만한 이야기 있으면 가져다 쓰라면서."

다람은 혀를 찼다.

"조사한 자료들은 괜찮았는데, 인생 요약해 놓은 건 영양가가 없 더라. 평범해."

다람은 인형의 등 뒤를 더듬거렸다. 버튼이 달려 있는지 뭔가를 달깍, 하고 누르자…

"들어 봐."

새벽, 역린이 연주한 곡이 흘러나왔다.

"음이 끊겼다, 이어졌다 해서 기괴하기 짝이 없어. 시험 삼아 만 들어 봤는데, 실패지 뭐."

다람은 인형을 대충 밀어 놓았다.

"게다가 요즘 같은 세상에 노래 나오는 인형은 촌스럽잖아. 특색 이 없어."

다람은 다른 인형을 꺼내 왔다. 꽃이 별도로 조립되어 있는, 전과는 다른 디자인의 인형. 다람은 귀 부분의 꽃을 빙글빙글 돌렸다. 그러자 꽃이 반대 방향으로 돌면서 오르골 소리가 흘러나왔다. 같은 곡인데도, 무척 사랑스러운 느낌의….

"어때?"

진우는 자리에서 일어났다. 다람은 진우에게 연주곡이 흘러나오는 인형을 내던졌다.

"폐기 처분할 수밖에 없으니까, 형이 그 여자한테 가져다줘."

다람은 피식 웃었다.

"물론, 찾게 되면 말야."
"쓰레기였어. 상종도 말아야 할."

진우의 말에 다람은 자리에서 일어났다. 그리고 책장에서 뭔갈 꺼내와 진우의 가슴팍에 드밀었다.

"약속이나 지켜, 무능력한 새끼야."

사진 앨범이었다. 다람은 의자로 돌아갔다.

"배웅은 안 합니다. 잘 가시든지, 마시든지요."

볼품없는 먼지 한 톨을 고운 모습으로 빚어내,
사람들에게 기쁨을 선물하는 당신을 진심으로 존경합니다.

항상 건강하시고, 하시는 모든 일에 영광과 복록이 깃들기를 기
원합니다.

진우는 앨범 표지를 바라보았다. 차마 열어 볼 수가 없었다, 열
어선 안 되었다. 받아 온 사진을 보고 웃음을 조각하면, 가람이 영
영토록 웃어 주지 않을 거란 생각이 들었던 것이다. 게다가 그렇게
조각한 웃음은, 사진을 찍어 준 사람을 향한 미소일 뿐 자신은 아
무런 상관도… 진우는 고갤 떨궜다.

약속을 지킬 수 있을까. 어린 날, 소중한 사람이 했던 부탁을…
들어줄 수 있을까.

진우는 앨범을 꼭 움켜쥐었다. 눈가가 축축하게 젖어 세상이 정
신없이 일렁였다. 앉아 있던 게 다행이었다. 서 있었다간 균형을
잃고 쓰러져 버렸을 거야. 진우는 손바닥을 바라보았다. 짠물에

녹이 슬었는지 울긋불긋했다. 하지만 지켜 줄 사람도, 고쳐 줄 사람도 없었다. 땅 속에 바로 누운 가람처럼. 죽은 그녀처럼. 진우는 앨범을 내려놓았다. 시간을 허투루 흘려보내선 안 돼. 가람을 지켜야, 가람의 미소를 지켜 내야….

조각칼과 나무, 도자기 인형과 앨범을 책상 위에 올려 두고, 서른여섯 번째 일몰을 보았다. 턱은 까슬했으며, 몸에선 악취가 났다. 인형과 앨범 표지에는 먼지가 소복이 쌓였고, 바닥에는 역린의 얼굴들이 굴러다녔다. '나무의 바다'였던 공방의 모습은, 바람 한 점 불지 않을 정도로 나무가 빽빽한 '아오키가하라'가 되어 있었다. 진우는 칼을 조각하는 용도로만 쓰기 위해 부단히 노력하며, 나무에, 작품에만 집중했다. 빛과 소금이 아닌, 빚과 소금. 자신의 온몸이 상처투성이라는 게 가장 큰 문제였다. 짠물에 닿으니 너무나 아파. 진우는, 마음과 조각칼을 바르게 잡는 것만으로도 통증을 느꼈다.

마흔 번째 일몰을 보았던 날. 진우는 바닥에 드러누웠다. 넘어지면서 물건들을 건드려 조각칼과 인형, 깎던 목판이 함께 굴러떨어졌다. 진우는 하, 억지로 웃어 보았다. 웃어야 하는 상황이었다. 어째서 만드는 미소마다 모두 역린이 되는가. 진우는 도자기 인형을 들어 올렸다. 귀 대신 단 꽃을 쓰다듬고, 머리카락을 어루만졌다. 난 해야 할 일이 아주 많은데, 지켜야 할 약속들이 있는데, 당신만 만들고 있어요. 당신만 만들어져요. 왜 그런 걸까요. 진우는 인형의 등 뒤에 돋아난 버튼을 매만졌다. 그러자 먼지를 뒤집어쓴 인형이 연주를 하기 시작했다. 끊길 듯 끊기지 않는, 하여 금방이라도 끊길 것 같은, 흐느끼는 듯 옅은 색의 연주. 가느다란 선율. 진우는 눈을 감았다. 노란 우비를 입은 여자가 풍경, 바람 소리와 함께 자신 안으로 들어왔다. '주인이세요?' 진우는 나지막하게 중얼거렸다.

"…아닐 겁니다."

승제가 몇 번 찾아왔었지만 전 같은 즐거움을 느낄 수 없었다. 녀석도 무거움과 무서움을 이기지 못하고 금방 되돌아갔다.

너무 많이 듣다 보니, 재생 버튼이 망가져 버렸는지 더 이상 연주를 하지 않는 인형, 버튼을 꾹꾹 눌러도 아무런 소리도 나지 않았다. 다람에게 고쳐 달라고 해 볼까. 진우는 두 손을 배 위에 올려놓고 천장을 응시했다. 욕만 진탕 먹겠지. 자신의 세상은 어느새 역린이거나 역린이 아닌 것들로 양분되어 있었다. 밤에 뜨는 달이나 낮에 뜨는 해만 존재하는 세상. 뽀얗고 은밀한 낮달이나, 웅크린 태양이 설 자리는 남아 있지 않았다.

진우는 반성하는 마음으로, 역린과 닮지 않아 마음 한구석에 밀어 뒀던 관념과 이미지들을 하나씩 꺼내 살펴보았다. 보라색, 삼각형, 당근, 목요일, 분노 그리고 가람.

가람.

진우는 벌떡 일어나 칼을 쥐었다. 눈과 코, 그리고 입술. 머리카락 한 올, 한 올까지 모두 또렷했다. 진우는 나무를 통해 가람을 보고, 또 읽었다. 보이는 대로, 보이는 그대로 손을 움직였다. 진우는 잉크를 꺼내 목판에 덧발랐다.

가람.

종이에 찍은 잉크가 마르는 동안 어찌나 떨리던지 가만히 있을 수가 없었다.

가람.

심장이 무서운 기세로 뛰고, 자꾸만 목이 말랐다.

가람.

진우는 먼지 쌓인 앨범에 손을 뻗었다. 그녀가 맞는지, 확인을 해야 했으니까. 웃는 모습의 사진을 꺼내 목판화에 올려 두었다. 사진과 그림을 번갈아 가며 살피던 진우는, 바닥에 주저앉았다.

가람이었다.

통화 연결음이 네 번 정도 들리고, 곧 이어 낯익은 목소리가 이어졌다.

"연락하지 마, 시발 새끼야. 너랑은 할 말 없으니까."

진우는 쓴웃음을 지었다.

"네 누나 만들어 놨어."

말 끝나기 무섭게, 수화기 너머에서 불규칙한 숨소리가 들렸다. 진우는 차분한 어조로 말을 이었다.

"와서 데려가."

다람은 아무 말도 하지 않았다.

"…동생, 건강히 잘 지내라."

진우는 뒷말을 듣지 않고 전화 끊었다. 공방의 문을 열어 환기를 시키고, 나무 파편을 쓸어 냈다. '가람의 미소'를, 가지고 있는 액자

중 가장 좋은 액자에 끼워 넣었고, 역린들과 인형을 한쪽으로 치웠
다. 열린 문으로 짙은 봄 햇살이 스며들었다. 정리를 마친 진우는
다시 전화를 걸었다. 통화 연결음이 끊기자마자, 대뜸 용건부터….

"승제야, 부탁이 있다."
"…어?"

"공방 좀 맡아 줘."
"…"

진우는 크게 기지개를 켰다. 승제는 한참 후에나 대꾸했다.

"미친놈. 어디 가는데?"

진우는 대답했다.

"찾을 사람이 있다."

그게 누구냐고, 승제는 묻지 않았다. 물을 말은 따로 있었다.

"언제쯤 돌아올 건데."

진우는 역린들을 바라보았다.

"아마, 1년 정도 걸리지 않을까."

진우는 중얼거렸다.

"찾아서, 만나서, 물어볼 생각이야."

"…"

"뭘 그리도… 빼곡히 적었었냐고."

진우는 인형을 들어 눈높이를 맞췄다.

"그리고 사과할 생각이야. 심한 일을 겪게 한 것에 대해서도, 해야 할 말들을 제때 하지 못한 것에 대해서도….."

너의 마음 전부를 헤아릴 수 없겠지만,
이해할 수 없는 부분까지 모두 껴안고서.

조화

    영원한 것이 있을까. 크리스털 화병에 꽂힌 풍성한 생화에서, 은은한 꽃 향이 퍼져 나와 거실을 그득 채우고 있었다. 24시간 공기청정기를 끄지 않는 아내 덕분에 집 안 공기는 5월의 숲속마냥 언제나 상쾌했고, 창가에선 늦은 오후의 햇빛이 쏟아져 거실 바닥에 자수 커튼의 무늬가 따라 그려지고 있었다. 퀴퀴한 냄새가 날 법한 화장실과 욕실조차 생화 장식과 함께 탈취제, 디퓨저까지 놓여져 있어 사랑스럽고 우아한 향기가 감돌았다. 우천은 말없이 눈을 감았다. 모두가 바랄 법한 쾌적하고 또 아늑한 실내가, 신혼 때와 달리 차츰 익숙해져 그에게는 별다른 감흥을 주지 않았기 때문이리라. 세상에 영원한 게 있으리란 보장은 할 수 없어도, 적어도 이 안락한 환경이 내가 숨을 거둘 때까지 이어지리라는 건 확실해. 우천은 깊게 숨을 들이쉬었다. 깨끗하고 맑은 공기가 가슴을 가득 채운다.

    "여보, 아이의 태명은 뭐가 좋을까요?"

뉴스의 아나운서 말과 겹치는 통에, 아내의 말을 제대로 듣지 못했던 우천은, 대충 어어, 그래, 말을 흐렸다. 아이의 태명은 아무래도 좋았다. 배 속에 있다는 몇 센티도 되지 않는 아이가, 자신의 이름 뜻까지 헤아릴 리 만무하고, 한 가정을 부양할 막중한 책임을 먼저 생각하다 보면 그런 세세한 것 따위야 어찌 되었든 상관없다고 여겨졌던 것이다.

"우천인 당신의 이름을 따라서 우주라고 지을까요?"

아내는 볼을 붉게 물들이며 웃었다. 그리곤 무릎에 놓인 수첩에 방금 이야기한 우주라는 이름을, 볼펜으로 꼭꼭 눌러썼다. 우천은 쯧, 짧게 혀를 찼다. 결혼 전과 달리 제법 살이 붙은 아내는, 임신을 하자 웃을 때 턱이 겹치기까지 했다. 가냘프게 휘던 허리는 나무둥치만큼 두터워져 처녀 적 옷이 맞지 않는 듯 새 옷을 연이어 구입했고, 아이 때문이라곤 하지만 밥을 먹는 양도 배는 되었다. 밤에 찾는 야식은 또 어떻고… 우천은 낮게 한숨을 내쉬었다. 출산휴가를 받기 전까지는 그나마 오피스룩이라고, 말끔한 정장 차림을 하고 다녔었는데, 지금의 아내는 순 포대 자루 같은 임부복만 입고 다닌다. 배가 나와서 어쩔 수 없다지만 볼썽사나운 것도 사실 아닌가. 우천은 배뚱뚱이 아내를 힐끔 쳐다보았다. 모든 것이 예전과 같지 않다. 넷째 손가락에 낀 반지가 오늘따라 무겁게 나를 옭죄는 것만 같아. 반면 아내는 발그스름 혈색 좋은 얼굴로 옅은 미소를 짓고 있었다. 볼펜 끝을 또각거리며 흠흠, 어디선가 들어본 클래식 선율을 콧노래로 부르기도 했고, 더 좋은 이름을 찾아냈는지, 수첩에 무언가를 열심히 썼다 지우길 반복했다. 아내는 구불거리는 자신의 긴 머리카락을 귀 뒤로 쓸어 넘겼다. 그리곤 수첩을 곁에 내려놓고 볼록 솟은 배를 소중히 감싸 안았다. 태동이 느껴지는 걸까, 아내는 웃음기 섞인 목소리로 다정하게 말을 붙여 왔다.

"여보. 조금 이르긴 하지만, 저녁 식사를 준비할까요?"

우천은 아무런 말도 하지 않았다. 울컥, 하고 결혼 생활에 대한 권태와 자신조차 까닭 모를 분노가 치밀었다. 존댓말도 답답해서 듣기 싫다. 우천은 회사 업무 내용으로 관심을 돌리려다가 그마저도 짜증이 나서 그만두었다. 아내는 눈을 동그랗게 뜨고 자신의 얼굴을 바라보고 있었다. 우천은 자리에서 일어나서 서재로 향했다. 아내는 자신의 등 뒤로 급하게 이어 말했다.

"상을 차려서, 서재로 가져다드릴게요."

목소리는 꽃잎이 떨어지듯 점차 작아졌다.

"미안해요, 끝마쳐야 되는 일이 남아 있는지 몰랐어요….."

서재의 문을 닫은 우천은 길게 한숨을, 답답한 응어리를 내뱉었다. 곧 태어날 아이가 부담스럽고, 앞으로의 날들이, 미래가 그저 불안할 뿐. 삶의 낙이라곤 찾아볼 수 없다. 우천은 컴퓨터 책상에 가서 앉았다. 어릴 때는 어떤 꿈을 꿨더라, 지금과 같은 모습의 어른이 될 줄은 상상도 하지 못했어. 우천은 달력에 빨갛게 체크된 출산일 예정일을 볼 때마다, 숨이 턱턱 막혀 왔다. 가급적이면 그런 내색을 안 하려고 해도….

　상냥하고 달콤하게 느껴지던 아내의 성격도, 왜일까. 답답하게만 느껴지고 회사 일이 힘든 거냐고, 위로와 격려를 아끼지 않는 아내가 그저 곰처럼 미련해 보일 뿐이다. 집에서 편히 쉬고 있는 아내는, 사회 물이 진작에 다 빠져서, 세상이 어떻게 돌아가는지 관심조차 없는 듯하다. 태교를 위해 뉴스를 보지 않겠다는 말을 언뜻 들었던 것도 같다. 너 때문에 내가 너무 힘들어. 너 때문에 삶이 우울해. 너 때문에. 우천은 차마 쏟아 내지 못한 말들을 속으로 삼켰다. 울컥 배 속이 뜨거워진다. 우천은 컴퓨터를 켜서, 천박한 제목의 영상을 재생시켰다. 임신한 아내 때문에 성적 갈증도 제대로 풀지 못하는 비참한 자신. 우천은 그런 서글픔을 위로하며, 영상 속 여성의 잘록한 허리를 눈으로 탐욕스럽게 핥았다. 안 해 준다면, 불 꺼진 서재에 틀어박혀 포르노 영상이나 몇 편 보면서 스스로 달래는 수밖에. 생활비가 빠듯해서 매매까지 할 여유는 없었다. 경제적 여유 외 마음의 여유라도 있었으면, 아마 한두 번 찾았을는지도 모르지. 손을 바삐 움직이던 우천은 순간 멈칫했다.

아내가 출산 후 회사에 제대로 복귀하지 못하면 어쩌지?

우천은 영상을 멈췄다. 출산 비용도 만만치 않은데, 출산 후 가야 한다는 수백만 원의 조리원 비용은? 양육에 관한 비용은, 아니, 나는 앞으로 어떻게 살아가야 하지? 당장 내년 전세 비용은? 나는 아빠인데, 나는 가장인데…. 우천은 손안에서 수그러드는 자신을 멀뚱히 바라보았다. 까맣고 작은 데다가 볼품없는 나. 심지어 갈수록 작아지는 나.

식솔들을 잘 부양한다 쳐도,
내 삶은,
나는 어떻게 되는 거야.

우천은 멈춰 버린 영상을 멍하니 바라보았다. 절정을 연기하는 여성은 부자연스러운 표정으로 하늘을 올려다보고 있었다. 우천은 컴퓨터를 끄고 바지를 추슬렀다. 그리고 아랫입술을 깨물었다. 나는 ATM이 아니야. 고작 돈 따위를 벌기 위해 태어나, 살아가는 존재가 아니란 말이야. 우천은 머리를 감싸 쥐었다. 생존에 급급해서 취미 생활 한 번 제대로 못 하며 회사와 집을 오가며 쳇바퀴 굴러가는 삶을 살게 된 것도, 매일 아침 이렇게 우울과 불만에 휩

싸여 일어나게 된 것도 모두 배 속의 아이. 그리고 그 아이를 임신한 아내 때문이야. 우천은 중얼거렸다.

"바보같이 결혼 같은 걸 하는 게 아니었는데…."

말이 끝남과 동시에 방문 너머로 인기척이 들렸다. 조심스레 문을 노크하는 소리가 이어지고 아내가 고개를 빼꼼 내밀었다. 아내는, 쟁반을 손에 들고 방 안에 조심히 들어왔다. 볼록한 배로 둥실둥실 마치 구름 위를 걷는 것만 같았다. 건강에 좋다는 잡곡이 든 현미밥과 김이 나는 순두부찌개, 7, 9개쯤 될 법한 밑반찬들이 쟁반에 넘칠 듯 오밀조밀 담겨 있다. 아내는 눈을 마주치고 웃는다.

"일은 잘되고 있나요? 금방 끓였어요, 당신이 좋아하는 순두부."

하얗고 몰캉거리는 느낌이 아내와 닮아서, 연애 시절 순두부를 좋아한다고 말한 적 있었다. 아내는 뽀얀 피부나, 사람 자체가 단단한 결을 전혀 찾아볼 수 없는 것이 순두부가 만약 사람이 되면 이런 모습이 아닐까, 싶을 정도로 순두부를 닮은 사람이었다. 너를 좋아한다는 의미였는데, 의중을 파악하지 못한 아내는 결혼 후 매콤하고 개운한 순두부찌개를 곧잘 끓여 주었다. 그런 바보 같은 면이 귀엽기도 하고, 자극적인 맛을 좋아하는 자신인지라 군말 없이 먹곤 했지만, 오늘은….

"생각 없으니까, 상 가지고 나가."

"아…"

우천은 자리에서 일어나지 않은 채 손으로 방문을 가리켰다. 아내는 눈이 동그랗게 되었다가, 얼굴을 잠깐 찡그리곤 뭔가 말하려다가 도로 그만두었다. 그리곤 어색하게 웃고는 도로 상을 들고 나갔다. 말랑거리는 동그라미가 둥실둥실 걷는 모습, 아내는 방을 빠져나가다가 멈칫하고 뒤를 돌아보았다. 살금살금 눈치를 보며, 다시 한번 되묻는 눈빛. 정말 안 드실 건가요? 정말요? 우천은 대답 없이 고개를 가로저었다. 그러자 아내는 입을 오물거린 뒤 방 밖으로 완전히 나갔다. 우천은 방문이 닫히자 지칼을 꺼내서 꼭 쥐었다. 내게 주어진 고난과 시련을, 아이를 없애 버릴 수 있는 방법은, 그리고 앞으로 지금 같은 상황을 두 번 다시 경험하지 않으려면. 지칼의 끝이 반짝였다. 우천은 창문을 열어서, 서재 가득 퍼진 음식 냄새를 없애 버렸다. 삶에 배어든 음식 냄새가 역겨워 참을 수 없었다.

남의 집 아이는 빨리 큰다고 했던가. 얼굴만 익혔지 그리 관심이 없어서 그럴 것이다. 아내 배 속의 아이도 자라는 속도가 여간 빨랐다. 우천의 서재에는 매일같이 책들이 한 권씩 늘어 갔다. 3권 중 2권쯤은 인체 해부에 관한 책이거나 법률에 관한 책이었다. 사다 놓고 채 다 읽지도 않은 의과학 도서가 쌓여 가고, 그렇게 아내의 배도 날이 갈수록 봉긋해지고 있었다. 언제부턴가 아내는 거동이 불편하다는 이유로 서재 청소를 하지 않았다. 아니, 서재에 걸음을 완전히 끊었다고 봐도 무방했다. 일주일에 3, 4번씩 택배 배송되는 자신의 책들도 관심이 없는지, 눈길을 주지 않았다. 차라리 잘되었다고, 우천은 생각했다. 자신만의 섬에서 지칼을 양손으로 감싸 쥐고, 휘두르거나 찌르는 법을 연구하기 좋았으니까. 전시할 것이 아니라면, 자상은 적을수록 좋았다. 일격 필살. 날이 무뎌 칼이 많이 닿을수록 망나니처럼 짓이기는 꼴밖에 되지 않는다. 아니, 아무래도 상관없나. 우천은 배를 움켜쥐고 헐떡이는 아내를 상상하며 숨죽여 웃었다.

순두부찌개를 막 한 숟갈 떠먹을 때였을 것이다. 아내는 불현듯 친정으로 가서 출산 때까지 몸조리를 하고 싶다는 이야기를 꺼냈다. 우천은 아내에게 그럼 자신은 어떻게 생활해야 하냐고 볼멘소리 냈지만, 아내는 자꾸만 눈을 피할 뿐. 그저 작게, 미안하다는 말만 중얼거렸다. 아, 여자는 이기적이라더니 그 말이 맞나 보다, 역시 자기 생각밖에 못 하는구나. 우천은 수저를 내려놓았다. 당장 내일부터 어떻게 출근 준비를 한단 말인가. 심지어 아내와 아이를 살해하려던 계획이 차일피일 미뤄지고 만다.

"다시 생각해 볼 순 없어?"

아내는 답을 하지 않았지만, 이내 눈이 그렁그렁해졌다. 한참을 말없이 훌쩍거리더니 아내는, 미안해요, 여보. 아이를 건강하게 낳고 싶어요. 들릴 듯 말 듯, 작게 대답했다. 그리곤 몸을 한껏 움츠리곤 두 눈을 떨궜다. 시선을 따라 아내의 뺨에 눈물이 흘렀다. 우천은 못마땅해 입을 한일자로 닫았다. 아내는 친정에 가기 전에 커다란 냄비에 하나 가득 곰국을 끓여 놓았다. 우천은 냄비 뚜껑을 소리 나게 닫았다. 이 곰탱이가 미련하게 한 달 내내 먹어도 다 못 먹을 양을 해 놨어. 한 달 내내 곰국을 먹을 내 생각을 해 보란 말이야.

아내가 고작 친정에 갔을 뿐인데, 생활은 결혼 전으로 단숨에 되돌아간 것 같았다. 거실에서 음란 동영상을 크게 틀어 놓고 보기도 하고, 다음 날 출근이 우려될 만큼 밤새 술을 마시기도 하고, 한동안 연락을 못 했던 친구 녀석들도 만났다. 그들과 유흥도 즐겼다. 생활비는 여전히 빠듯했지만 아내만 없어도, 삶의 낙을 찾아볼 마음의 여유가 생겼다. 아내와 달리 잘록한 허리에, 남성에 익숙한 몸짓을 가진 여성들은 지폐 몇 장이면 품을 쉽게도 내줬다. 우천은, 아무리 조심해도, 아프다고 울먹였던 아내와의 잠자리를 생각하며, 그 불편함을 생각하며, 낮게 웃었다. 동양 여성의 신체 구조가 서양인들과는 다르다곤 하지만, 아내는 그 동양 여성들 중에도 유독 비좁은 편에 속했다. 우천은 고개를 털어 냈다. 무릎 위 여성들의 체취에 집중하려 애쓰며.

또 그 망할 놈의 순두부찌개 냄새였다. 우천은 현관에 가지런히 놓인 신발 한 켤레를 보고 한숨을 내쉬었다. 아내가 돌아왔다. 젠장, 떠나고 돌아오는 게 순 지 마음대로야. 아내는 앞치마를 두른 채 주방에서 요리를 하고 있었다. 맥주 캔으로 가득했던 거실이며, 지저분했던 집이 언제 그랬냐는 듯 말끔했다. 볼록 나왔던 배는 이제 뒤에서 봐도, 거의 터질 듯 부풀어 올라 있었다. 기척을 느꼈는지 아내는 천천히 뒤를 돌았다.

"빌어먹을, 왜."

마음의 말이 먼저 튀어나왔다. 빌어먹을, 왜 돌아왔어. 친정에서 그냥 평생 살지. 뒤 문장을 꺼내지 않았음에도, 아내는 움찔하는가 싶더니, 천천히 다가와서 품에 안겼다. 부풀어 있는 배 때문에 안기도 쉽지 않았다. 아내는 한동안 아무 말도 안 하는가 싶더니 이내 훌쩍거렸다.

"하루를 살더라도, 당신이랑 있고 싶어서…."

우천은 대충 아내를 밀어내고 서재로 되돌아갔다. 내일 업소에 한 번 더 가려던 것은 취소다. 공연히 빌미를 주었다가, 아내가 죽고 난 후 용의자로 지목되어선 안 돼. 우천은 주먹을 말아 쥐었다. 차라리 잘되었다, 출산 예정일 전에 죽여 버리는 거다.

막 잠이 들려던 참이었다. 아내의 손길이 자신에게 향하고 있었다. 뭐야, 우천은 기분이 나빠져 그 손을 탁 쳐냈다. 그리고 침대에서 누운 채 등을 돌렸다.

"피곤해."

우천의 말에 아내는 숨을 고르게 쉴 뿐 아무 대답도 하지 않았다.

*

"아니 글쎄, 그 녀석이 밤마다 김 서방이 보고 싶다며, 어찌나 울어 대는지. 내가 옆에서 보다 보다 못해서, 태교에도 안 좋을 것 같고, 그럴 바에 그냥 돌아가라고 했다네."
"아, 그러셨어요. 잘하셨어요."

장모의 목소리는 여느 때처럼 걱정이 그득 달라붙어 있었다.

"내가 주기적으로 반찬을 좀 보내 줄 테니까, 만삭인 녀석이 집안일에 좀 소홀해져도 이해해 주게."
"그러실 필요 없어요, 괜찮아요."
"아니 그래도….”

"사다 먹으면 되죠, 뭐."

"내가 주고 싶어서 그렇지."

"힘들게 고생하지 않으셔도 돼요."

됐으니까, 너나 많이 먹으라고. 우천은 뒷말을 삼켰다. 몇 번의 지레 하는 걱정이 마음 곳곳에 더 눌어붙은 뒤에나 전화는 끊어졌다. 우천은 핸드폰을 책상 위에 내려놓았다. 지겨운 인연 끊길 날도 얼마 안 남았군.

*

친정에서 돌아온 아내는 집 안 곳곳에 포스트잇을 붙이기 시작했다. 주방에는 순두부찌개 레시피, 세탁기에는 빨래하는 요령과 섬유유연제가 놓여 있는 위치, 냉장고에는 반찬을 만드는 레시피 같은 걸 다닥다닥 붙여 놓았다. 지저분하게 이게 뭐야, 물었더니, 친정에 가 있는 일주일 동안 장모님께 배운 가사 팁이라고 했다. 잊지 않으려고요. 아내는 부끄럽다는 듯이 말끝을 흐렸다. 장모님께 새로 배운 요리라며 만들어 준 적도 있었는데, 그 맛이 그 맛 같았다. 우천이 잠자리를 거절한 이후부터, 아내는 새벽에 슬그머니 일어나 거실에 멍하니 앉아 있는 날이 늘었다. 한번은 뭘 하고 있나 싶어서 문을 조금 열고 살펴보았더니, 노트에 무언가를 적고 있

었다. 뭐 해. 물었더니 흠칫 놀라더니, "아기 태명 생각하고 있었어
요."라며, 작게 대답했다.

"주변 사람 생각도 좀 해라. 새벽마다 신경 쓰이게 하지 말고."
"문을 닫아 놔서, 거실 등을 켜도 되는 줄 알았어요. 미안해요."

임신하면 다들 그런가. 아내는 출산 예정일이 다가오자, 스트레
스를 풀 요량이었던지, 택배를 잔뜩 배송받기 시작했다. 이미 먹
고 있는 비타민이 남았는데, 1달, 1년 치도 아닌, 유통기한까지 꽉
꽉 채운 3년 치 분량을 산 적도 있었다. 돈 아껴 쓰라는 말이 튀어
나오려는 걸 꾹 참느라, 우천은 한참을 고생했다. 외벌이인 남편이
가엾지도 않은가. 돈 버는 게 얼마나 힘든 건지 잊어버린 게 분명
해. 우천은 지칼로 아내의 그 풍선같이 부푼 배를 마구 찌르는 상
상을 하며, 마음을 억눌렀다. 뺑 터져서, 흔적도 없이 사라져 버려
라. 하늘 어딘가로 날아가 버려라.

와이프 한 명만 먹여 살리는 것도 이렇게 짜증스러운데,
자식 따위 한두 명 낳으면 얼마나 더 힘이 들까. 나는 나로 살아
갈 수 있을까.

아내가 나의 마음을, 고생스러움을 알아주는 것도 아니고….

*

부장이 그렇게 다정한 눈을 한 건 처음 보았다. 그는 몹시 다급한 목소리로, 그리고 딱하다는 목소리로 자신을 불러 세웠다.

"김 대리, 방금 병원에서 전화가 왔는데, 빨리 집에 가 봐야 할 것 같네."
"예? 출근한 지 2시간도 안 되었는데, 왜요."
"자네 아내가…"

집의 바닥에는 손톱으로 박박 긁은 흔적들이 그대로 남아 있었다. 얼마나 고통스러웠던 건지 열 손가락의 손톱이 전부 깨져 나갈 만큼 바닥을 마구 긁어 댔던 모양이다. 출산이 임박함에 따라 찾아온 복통. 아내는 핸드폰이 바로 지척에 있었음에도 구조 요청을 하지 못하고, 혼자 데굴데굴 구르다 숨이 멎었다. 배 속의 아이는 아내의 사망으로 배 속에서 숨을 거뒀다고 했다. 핸드폰의 1번만 눌러도 단축번호로 지정된 자신에게 연결될 수 있었다.

새카맣게 탄 가스레인지를 빼고, 집은 놀랄 만큼 깨끗했다. 소방대원의 말에 따르면, 부엌의 열려진 창문으로 검은 연기가 계속 뿜어져 나와, 연기를 보고 이웃이 신고를 했다고 한다. 냄비에는 순두부찌개 비슷한 것이 끓고 있었다고 하고, 우천은 고개를 갸웃했다. 아내는 찬 바람을 싫어해서 요리를 할 때도 후드를 사용하는 편이었는데. 어쨌거나.

언제 들어 놨는지 모를 사망보험금으로 10억이나 나왔다.

*

포스트잇이 여기저기 붙어 있을 뿐 깨끗한 집이라, 아내가 없는 생활은 전과 다름없이 쾌적했다. 10억의 돈으로, 기가 막힌 차도 한 대 뽑았고, 방문하던 업소의 새끼 마담과는 사귀는 사이가 되어, 명품 백을 척척 안겨 주는 허세도 몇 번 부려 보았다. 집에 찾아온 그녀의 말을 듣기까지, 삶은 너무나 행복해서, 이 행복이 사라질까 두려울 정도였다.

"집에서 좋은 향기가 나요."
"향기?"

"나무 많은 숲에 들어갔을 때 가슴이 후련해지는 그런 느낌인데, 꽃향기 같기도 하고, 디퓨저로 어떤 제품 쓰나요? 나도 하나 사야겠다, 너무 좋아."

그녀는 빨간색 립스틱을 꺼내 입술에 바르며 이어 말했다.

"혼자 사는 남자치고 집이 너무 깔끔하네. 여자랑 동거 중?"

우천은 고개를 저으며 주변을 둘러보았다. 깔끔한가? 그리고 무슨 향기가 난다고? 우천은 킁킁거렸다. 이 집에서 오래 살아서 자신의 코가 무뎌진 것일까. 우천의 시선이 TV 받침대 위 화병에 닿았다. 몇 개월 전에 아내가 꽂아 놓은 듯한 꽃이 화병에 꽂혀 있었다. 꽃은 지나치게 싱싱했다. 우천은 천천히 꽃에 다가갔다.

"조화네요."

여자의 말에 우천은 몸이 굳는 걸 느꼈다. 화병 안의 조화. 아내는 생전 생화만 고집하던 여자였다. 그런데 왜 조화가…. 화병 안에는 방향제가 들어 있었다. 아니, 자신은 왜 이 사실을 이제야.

여자가 돌아간 후, 우천은 집 안 곳곳을 살펴보기 시작했다. 순두부찌개 레시피 포스트잇이 붙어 있는 부엌 찬장에서는 3년 치의 비타민이, 세탁기가 있는 다용도실에선 빨래하는 법과 개키는 법, 섬유유연제가 놓인 위치가 적힌 포스트잇이 있었다. 우천은 아내가 새벽마다 아이의 태명을 적었던 노트까지 찾아냈다. 아이의 이름으로 가득해야 할 노트에는 온통, 한 문장이 반복해서 적혀 있었다.

사랑합니 사랑합니 사랑합니 사랑합니 사랑합니 사랑합니 사랑합니 사랑합니 사랑합니 사랑합니
사랑합니 사랑합니 사랑합니 사랑합니 사랑합니 사랑합니 사랑합니 사랑합니 사랑합니 사랑합니
사랑합니 사랑합니 사랑합니 사랑합니 사랑합니 사랑합니 사랑합니 사랑합니 사랑합니 사랑합니
사랑합니 사랑합니 사랑합니 사랑합니 사랑합니 사랑합니 사랑합니 사랑합니 사랑합니 사랑합니
사랑합니 사랑합니 사랑합니 사랑합니 사랑합니 사랑합니 사랑합니 사랑합니 사랑합니 사랑합니
사랑합니 사랑합니 사랑합니 사랑합니 사랑합니 사랑합니 사랑합니 사랑합니 사랑합니 사랑합니
사랑합니 사랑합니 사랑합니 사랑합니 사랑합니 사랑합니 사랑합니 사랑합니 사랑합니 사랑합니
사랑합니 사랑합니 사랑합니 사랑합니 사랑합니 사랑합니 사랑합니 사랑합니 사랑합니 사랑합니
사랑합니 사랑합니 사랑합니 사랑합니 사랑합니 사랑합니 사랑합니 사랑합니 사랑합니 사랑합니
사랑합니 사랑합니 사랑합니 사랑합니 사랑합니 사랑합니 사랑합니 사랑합니 사랑합니 사랑합니
사랑합니 사랑합니 사랑합니 사랑합니 사랑합니 사랑합니 사랑합니 사랑합니 사랑합니 사랑합니
사랑합니 사랑합니 사랑합니 사랑합니 사랑합니 사랑합니 사랑합니 사랑합니 사랑합니 사랑합니
사랑합니 사랑합니 사랑합니 사랑합니 사랑합니 사랑합니 사랑합니 사랑합니 사랑합니 사랑합니
사랑합니 사랑합니 사랑합니 사랑합니 사랑합니 사랑합니 사랑합니 사랑합니 사랑합니 사랑합니
사랑합니 사랑합니 사랑합니 사랑합니 사랑합니 사랑합니 사랑합니 사랑합니 사랑합니 사랑합니
사랑합니 사랑합니 사랑합니 사랑합니 사랑합니 사랑합니 사랑합니 사랑합니 사랑합니 사랑합니
사랑합니 사랑합니 사랑합니 사랑합니 사랑합니 사랑합니 사랑합니 사랑합니 사랑합니 사랑합니
사랑합니 사랑합니 사랑합니 사랑합니 사랑합니 사랑합니 사랑합니 사랑합니 사랑합니 사랑합니
사랑합니 사랑합니 사랑합니 사랑합니 사랑합니 사랑합니 사랑합니 사랑합니 사랑합니 사랑합니
사랑합니 사랑합니 사랑합니 사랑합니 사랑합니 사랑합니 사랑합니 사랑합니 사랑합니 사랑합니
사랑합니 사랑합니 사랑합니 사랑합니 사랑합니 사랑합니 사랑합니 사랑합니 사랑합니 사랑합니

단어와 단어 사이 너와의 추억을 넣었더니,
문장이 되었다.
문장과 문장 사이 너와의 내일을 그렸더니,
소설이 되었다.
다중 우주 속, 시간의 층층 케이크 속,
우리들을 기억하며.

새벽으로
나아가며

*

    산을 넘는다는 것은 결코 쉬운 일이 아니었다. 라나는 상처 난 발바닥에 빻은 약초를 덧대 발랐다. 추위를 버텨 보고자 뒤집어쓴 멧돼지 가죽은 해질 대로 해져, 자꾸만 등 뒤로 넘어갔다. 드러난 두 뺨의 여린 살갗이 모난 바람에 베여, 차츰 붉어져 갔다. 볼록 솟은 배를 감싸 쥐고서, 얼은 냇물을 깨고 물고기를 잡는 것은 운이 좋을 때나 가능한 일인지라, 라나는 한 걸음, 한 걸음 내딛을 때마다 무릎이 자꾸만 꺾였다. 곡기를 걸러 배 속의 아가가 아플까 봐 걱정이 돼. 라나는 얼은 손을 꼭 쥐었다. 설령 여기서 고꾸라진대도. 라나는 아랫입술을 꽉 깨물었다. 아무렴, 하루 한 번은 꼭 돌팔매질을 당하고, 손가락질을 당하던 마을에서의 삶이 그리울 리 있을까.

마을 사람들은, 사냥감을 잡아 와도 고기를 나눠 주지 않았다. 태양신을 기리는 축제 날, 피곤해 움집에 누워 이른 잠을 청하려는데, 볏짚 문을 밀고 들어온 알 수 없는 형체로부터 피를 보았던 그날부터. 점점 불러 오는 배를 따라, 쫓아오는 수군거림. 뒤를 돌면 날아오는 돌멩이들. 라나는 나서서 항변을 하기보단, 바닥에 떨어져 있는 과일이나 채소 부스러기를 주워서 입에 털어 넣기 바빴다. 목소리를 내어 봤자 들어 줄 사람이 없다는 것은 이미 잘 알고 있었기에.

어찌저찌 동떨어진 주변인으로 살아갈 수 있었음에도, 마을을 결국 떠날 수밖에 없었던 것은, 뾰족한 이빨과 날름거리는 혀를 가진, 악신이 나타났기 때문이었다. 그는 팔과 다리 없이, 반질거리는 몸통만 있었고, 그 크기는 성인 남성의 몇 배나 되었다. 바닥을 스멀스멀 기어서 라나의 움집, 지붕 위에 올라간 악신은 또아리를 틀고 겁에 질린 사람들을 보며 패악을 부리다가, 이내 갈지자 형태로 사라져 버렸다. 사람들은 악신을 끌어들인 자신에게 저주를 받았다고, 당장 마을에서 나가라고 소리쳤다. 볏짚으로 만든 움집은 불탔으며, 사내들은 돌칼을 꺼내서 휘둘렀다.

배 속의 아이를 다독이며, 일곱 개의 별을 보며, 라나는 산으로 향했다.

나의 심장박동 외에는 아무 소리도 들리지 않는, 흑백의 숲. 검은 겨울나무들처럼, 라나는 머리카락이 검었기에 나아가면 나아갈수록 그 경계는 희미해져 갔다. 하얀 눈길을 가로질러 검은 발자국을 내던 라나는, 꽃길인 양 붉게 녹은 눈을 발견했다. 꽃이 피기에는 너무 이르다. 라나는 붉은 자국을 따라갔다. 그곳에는 피 흘리는 늑대 한 마리가 웅크리고 있었다. 그가 건장했더라면, 먹잇감이 되고도 남았을 것이다. 라나는 등을 돌리려다가, 늑대의 끄응, 앓는 소리에 멈칫했다. 그렇게 한참을 같은 자리에서 맴돌다가 결국 남아 있는, 빻은 약초를 늑대의 상처에 덧발라 주었다. 늑대의 눈빛은 손길이 닿을수록 살기가 녹아 달큰한 반짝임이 되었다.

녀석의 머리를 쓰다듬어 주고, 풍성한 꼬리를 매만져도 보고, 그렇게 서로 온기를 나누니 추위도 조금은 버틸 만했다. 한동안 끌어안고 있다가, 천천히 몸을 일으키니, 늑대는 자신을 따라오려는 듯 자리에서 일어났다. 약초 바른 상처가 아직 아픈지 휘청이는 녀석. 라나는 어떻게 할까, 골몰했다. 다친 녀석을, 설산에 두고 갔다가 다른 맹수에게 잡아먹힐 것 같다는 생각도 들었다. 결국 라나는 낯선 늑대와 함께 산을 넘기로 결심했다. 녀석은 배를 드러내고, 꼬리를 흔들었다.

잘 때마다 서로를 꼭 끌어안았다. 맹렬한 추위도 더는 주먹질을 해 대질 못했다. 아침이 되면 늑대는 먼저 일어나 몸을 쭉 폈다. 그리고 하늘을 우러르며 긴 울음소릴 냈다. 햇빛을 튕겨 내는 모습이 마치 빛을 뿜어내는 듯 몹시 신비로워, 라나는 늑대를 태양신, 솔sol이라 불렀다.

**

　바다를 건넌다는 것은 결코 쉬운 일이 아니었다. 아라는 책장에서, 원시시대 고대 인류의 고증 자료들을 꺼내 박스에 옮겨 담았다. 소설 집필을 하는 데 꼭 필요한, 없어지면 안 되는 학술 자료들을 박스에 정리한 뒤, 사계절의 옷을 캐리어에 켜켜이 담았더니 그 커다랗던 이민 가방이 금세 터질 듯 빵빵해졌다. 화장대에 올려 둔 기초 화장품들을 파우치에 넣다가, 앞서 넣어 둔 생리대가 툭, 바닥에 떨어졌다. 그러고 보니 벌써 일주일째야. 아라는 손가락으로 셈을 해 보았다. 7일 전 먼저 미국으로 떠난 남자 친구와 애틋한 마음을 나눴던 날 이후로, 예정일이 지났음에도 생리를 하지 않고 있었다. 아라는 왼손 네 번째 손가락의 반지를 매만졌다.

　"안 될 것은 없지만, 그래도 아직은 때가 아닌데…."

　그이는 외국에서 박사과정을 밟고 있는 대학원생으로 경제적으로, 시간적으로 빠듯해도, 자신을 위해 정기적으로 비행기표를 끊던 사람이었다. 그 주기가 점점 길어진다는 게 문제였지만.

아라는 바닥에 떨어진 생리대를 주워 파우치에 넣었다. 그리고 이민 가방 앞주머니에 파우치를 담았다. 소설가인 자신은 디지털 노마드였기에, 처음부터 이편이 현명했을지도 모른다. 태평양, 큰 바다를 건너가야 했지만, 삶의 새로운 계절을 맞이해 미처 보지 못한 풍경 속에 녹아드는 것. 아라는 이를 지혜로운 순리라 여겼다. 적응할 수 있을까, 두렵기도 했지만.

비행일은 크리스마스 당일이었다. 아라는 크게 숨을 내쉬었다. 머리카락에 매달린 걱정과 불안이 쉬이 떨쳐지지 않았다. 지금이라도 계획을 그만둬야 할까. 아라는 작게 중얼거렸다.

"사랑만으로, 그리고 희망만으로 낯선 타지에서 살아갈 수 있을까."

***

라나는 멈추지 않았다.

몇 개의 산을 더 넘자, 걷는 도중 머리카락이 은행잎 또는 단풍잎처럼 다채롭게 물든 사람들부터, 피부색이 상냥하게 짙은 사람들도 만났다. 그들은 제각각 다르게 아름다웠다. 단순히 외양만 어여쁜 것이 아니라, 심성들도 고왔다. 물론 라나에게 마을 출입을 금하며 화살을 쏘아 댔던 일족도 있긴 했지만, 대부분 손쉽게 나무를 오르는 법과 커다란 나뭇잎을 접어 빗물과 냇물을 모아, 갖고 다닐 수 있는 법을 가르쳐 주는 등 호혜를 베풀었다. 그들은 라나의 부른 배를 쓰다듬으며, 과일과 채소, 고기도 챙겨 주었다.

몇 개의 마을을 지나가면서, 라나는 점점 발바닥이 두터워졌고, 손재주도 좋아졌다. 새로 도착한 마을의 여성들에게, 머리카락에 대롱대롱 예쁜 꽃들을 매어 주고, 곱게 만든 화관도 씌워 주며, 우호적인 인상을 건넨 라나는, 그들의 허락을 받고 짧게는 하루, 길게는 보름씩 묵고 새로운 마을을 찾아 걸었다. 정착할 곳을 찾는 여정은 생각보다 웃을 날이 많았다. 돌을 다듬는 재주가 유독 뛰어난 일족의 마을에서 지낼 즈음, 족장이 혀를 차며 말해 주었다.

"그건 악신이 아니라 구렁이일 뿐이야."

지혜로운 가르침에 라나는 악신의 정체를 비로소 바로 볼 수 있었다. 그리고 그와 동시에, 사람들의 비수 같던 모욕의 족쇄가 산산이 박살 나, 바스스 흩어짐을 느꼈다. 눈이 맑아졌고, 걸음이 가벼워졌으며, 가슴이 후련해졌다.

시원해진 마음에는 웃는 얼굴들을 새로 담았다. 상대의 강점과 장점을 통해 내일을 위한 지혜와 오늘을 위한 지식을 배웠고, 그들의 곤란을 통해, 같은 어려움에 처하지 않도록, 라나는 스스로 주의하고 경계했다.

라나의 배와 가슴은 거의 보름달과 다름없었기에, 새로운 마을에서 묵을 때마다 사람들은 매번 정착할 것을 권유했으나, 무리 내지도자인 족장들은 한결같이 뜻이 달랐다.

솔sol, 그녀의 태양.

라나를 지키는 야생 짐승이 마을의 다른 구성원들을 위협할 수 있다고 여긴 것이다. 라나는 족장들에게 솔이 얼마나 진실되게 자신에게 충성하는지, 또한 믿어 의심치 않을 훌륭한 벗인지, 마지막으로 나오는 다른 모습을 가졌을 뿐 이미 한 가족임을 증명하려 했지만, 안전상의 문제로 떠날 것을 권유받았다. 솔은 자신이 산에서 지낼 때처럼 덤벙댈수록 라나의 표정이 어두워진다는 것을 알아차린 듯, 사람들 앞에서는 천천히 걸었고, 이와 발톱을 숨긴 채 아이들과 여성들 앞에서는 배를 드러냈다.

라나는
또한 개가 되어 버린 야생 늑대 솔은

서로의 체취를 묻히고 다니는 걸 좋아했다.

식량을 받으면 무엇이든 반을 나눴고, 좋은 것은 물론 슬픈 것도 쪼개어 가졌다. 솔은 라나가 만든 화관을 쓰고, 사뿐사뿐 걸었다. 라나는 솔의 살랑이는 꼬리를 따라 발걸음을 내딛었다. 맹수가 나타나면, 솔은 감춰 뒀던 이빨과 발톱을 꺼내 용맹하게 덤벼들었고, 라나는 약초를 빻아 솔의 상처에 덧발라 주길 반복했다. 솔은 날이 갈수록 사랑스러움이 고여 갔는데, 라나는 이제 솔 없이는 밤의 냉기를 이길 수 없었다. 항상 그랬듯 노을이 지고, 그렇게 어둔 설움이 찾아와도 다음 날 찬란한 빛 몽우리는 가슴속에 떠올랐고 보란 듯이 만개했다. 그 희망을 부표 삼아 라나는 내일로 헤엄쳤다. 가라앉을 리 없었다. 솔은, 태양은 항상 라나의 편이었으니까.

****

검은 바다를 가로지르며, 아라는 자신의 가슴을 토닥였다. 이제 몇 시간 뒤면, 비행기는 미국에 도착할 것이다. 사랑하는 이와 낯선 타지에서의 새로운 생활. 가슴이 벅찬 아라는 생각을 거듭했다.

그와 함께 내일로 나아갈 거야.
우리는 분명 행복할 거야.

그이의 학교에서 멀지 않은 곳에 작은 집을 얻어서, 매일 함께 아침 해를 맞이할 거고, 갓 구운 토스트에 막 갈아 만든 신선한 과일주스를 풍성한 샐러드와 써니 사이드 업에 곁들여서 먹을 거야. 노란색 달걀노른자는 고소하게 입안에서 퍼지겠지. 서로의 입술에 묻어난 달걀을, 번갈아 가며 핥아 낼 거야. 기쁨의 맛에 웃음을 참을 수 없을 테고, 아라는 손으로 입가를 가렸다.

옆자리 승객이 그녀를 힐끔거렸지만 아라는 비행기 창문에서 눈을 떼지 않은 채 다가올 내일을 보다 또렷이 살폈다.

늦은 밤까지 고된 공부에 지친 그이의 어깨를 주물러 줄 수도 있을 거야. 나는 욕조에 따뜻한 물을 가득 모아서, 노란색의 허브 입욕제를 풀 거야. 피곤해하던 그도, 안젤리카 향이 나는 목욕물에 들어갔다가 나오면, 마치 다시 태어난 것처럼, 하루의 피로를 깨끗이 풀어낼 수 있겠지. 활력과 생기를 되찾은 우리는 젊음의 눈빛을 잃지 않고, 만년을 살아갈 거야. 마구 뒤섞여 그대와 나의 경계마저 희미해질 무렵, 하늘과 맞닿은 지면에는 빛이 하나 떠오를 거야, 일출을 따라 볼록해진 나의 배, 그 안의 가득 찬 금빛 희망, 아라는 눈을 감았다.

옆 좌석 승객은 캐럴을 듣고 있었다. 아라는 크리스마스 캐럴의 선율이 영혼에 스며든다 느끼며 천천히 눈을 떴다. 창문 너머 날개에 태양이 내리쬐고 있었다. 가슴이 시원할 정도로 눈이 부셨다.

*****

솔이 걸음을 멈춘 곳은, 천 년은 된 듯한 나무였다. 라나는 나무 기둥에 몸을 기대어 섰다. 나무는 듬직하게 자신의 무거운 몸을 받쳐 주었다. 솔은 알고 있는 듯했다, 자신의 배 속 움직임이 심상치 않다는 걸. 라나는 가쁜 숨을 내뱉었다. 이마는 맺히고 흐르는 땀으로 연신 반짝였다.

"솔, 아기가 태어날 것만 같아."

라나는 솟아올라 원형을 그리고 있는 나무뿌리 즈음에 편안히 앉았다. 솔은 번지듯 퍼져 가는 피 냄새를 맡고, 맹수들이 접근하지 못하도록, 고작 구렁이 따위가 다가오지 못하도록, 라나에게 등을 보이고 섰다. 그는 이를 드러내고, 주위를 끊임없이 경계했다.

라나의 다리가 벌어지고, 고개가 뒤로 젖혀졌다. 미약한 신음 소리가 나무의 잎사귀들을 흔들었다. 이파리 틈으로 별빛이 쏟아져 그리 어둡지 않았고, 나무둥치가 워낙 크고 두꺼워 바람이 세차게 불어오지도 않았다. 익숙하지 않은 통증과 떨려 오는 무릎. 라나는 몸을 제대로 가눌 수 없었다. 단순히 설레임뿐만이 아니었다.

기대어 앉은 나무의 이파리들도 사박대며 그녀와 같이 긴장했다. 숲의 모두가 숨을 죽였다.

"솔, 소울⋯."

영혼에서부터 싹튼 흐느끼는 목소리가, 머리 위, 수천 수억 개의 별을 향해 피어올랐다. 꽃잎의 잎사귀가 조금씩 벌어져, 어지러울 만큼 달콤하게 만개할 무렵, 시작의 파동이, 아가의 울음소리가 향기처럼 강렬하게 퍼져 나갔다.

고요하기만 하던 흑백의 숲에
강렬한 생명의 기운이 들어차
나무 잎사귀마다 붉게 어렸다.

사람들에게 돌멩이 세례를 받을 적에도, 고향에서 쫓겨날 적에도 눈물을 참아 냈던 자신이었지만. 라나는 참았던 울음을 끝내 터트리고 말았다. 아직 탯줄조차 끊기지 않은 아가도, 땀과 피로 엉망이 된 라나도 큰 소리로, 차가운 공기를 깨부숴 나갔다. 들어 줄 귀가 있었기에, 맹수로부터, 낯선 위험으로부터 끝까지 자신을 지키려는 솔이 있었기에, 비로소 소리를 낼 수 있었다. 라나는 뺨을 타고 흘러내리는 고생스러운 날들을 닦아 내지도 않았다. 묵은 아픔들이 깨끗하게 지워질 수 있도록, 라나는 마음을 기쁨으로 기울여, 슬픔을 전부 쏟아 냈다.

마치, 다시 태어난 것만 같은.

턱에 맺힌 눈물방울들이 얼어 감에, 솔이 다가와 얼굴을 핥아 주
었다. 라나는 깨부숴진 새벽의 파편으로 탯줄을 잘라 냈다. 아가
의 손가락과 발가락은 각각 열 개였고, 머리카락은 자신처럼 새카
만 색이었다. 라나는 김이 어릴 정도로 따뜻한 아가를 품에 끌어안
았다. 솔 역시 아가가 춥지 않도록 몸을 웅크려 온기를 모았다. 얼
었던 심장이 녹아 감에, 라나는 옅게 미소 지었다. 솔 역시 꼬리를
흔들었다.

아가는 자신을 내려다보는 라나에게,
엄마에게,

그리고 별빛에 눈을 맞췄다.

******

그의 눈 속에 별이 총총 박힌 것만 같다. 아라는, 캐리어를 옆에
두고, 공항 의자에 앉았다. 그이는 자신이 다가와 곁에 앉은 줄도
모르고, 무릎 위, 펼쳐 놓은 책 속에 완전히 빠져 있었다. 눈은 지

성으로 빛났지만, 입은 겸손하게 한일자로 닫혀 있다. 손가락으로 책장 끄트머리를 마치 연인의 몸이라도 되는 양 부드럽게 매만지며, 별이 가득한 우주 속을 자유로이 유영하고 있었다. 책이 전공과 관련된 천체물리학 서적인 것은 대충 보아도 알겠다. 아라는 그의 어깨에 손을 얹을까 고민하다가, 그만두었다. 그리고 턱을 괴고 공부에 열중인 그를 바라보았다.

늑대처럼 날렵한 눈을 가진 그는, 활자 하나하나를 씹어 먹듯 책을 응시하고 있었다. 한 번에 두 가지 일을 동시에 하지 못할 정도로, 그는 몰두하는 힘이 강한 사람이었다. 놀라운 집중력으로 자신을 집요하게 아껴 주기도 했었지. 부모 외에 받아 본 적 없는 대가 없는 사랑, 바닥나지 않는 열정과 변함없는 호의들은, 아라로 하여금, 새로운 차원의 눈을 뜰 수 있는 계기가 되어 주었다. 나 역시 진정을 다해서 다가가고 싶어. 진심으로 내 곁에 머물러 주는 만큼, 그 못지않은 진심으로 대할 거야.

아라는 그를 방해하고 싶지 않아서, 가방에서 노트북을 꺼냈다. 자신이 도착해 옆자리에 앉아 있는 걸 그가 깨달을 때까지 잠자코 기다리며, 글을 쓸 생각이었다. 아라는 블루라이트 차단이 되는 안경을 꺼내 착용했다. 집필하는 소설 속 인물은, 원시의 숲에서 홀로 출산을 하고 막 아기를 껴안은 상황이었다. 아라는 그녀의 마음을 헤아려 보려 했지만 쉽지 않았다. 생명을 잉태해 본 사람만이 느낄 수 있는 벅차오르는 감격, 그 외에 또 어떤 감정들이 느껴질까. 아라는 자신의 아랫배에 손을 가져다 댔다.

어떨까.

아라는 얼굴이 달아오르는 걸 느꼈다. 어쩌면 자신의 몸속에도, 사랑의 성취가 담겨 있을지 몰랐다. 삶의 터전을 옮기느라 신경을 쓰다 보니 그에 따른 정신적 스트레스로 생리일이 늦어진 걸지도 모르지만.

빈자리가 많았으나, 인도계로 보이는 미국 여성이 자신의 바로 옆자리에 앉자, 아라는 자세를 고쳐 않았다. 옆자리의 그녀는 서류 가방에서 법률 문서를 꺼내 읽었다. 천체물리학 책을 읽느라 열중하는 그와 노트북을 켜고 글을 집필하는 자신을 보고, 업무처리를 함에 있어 편안한 동질감을 느꼈던 듯싶었다. 세 사람은 공항 의자에 나란히 앉아서 자신의 세계에 몰두했다. 단어를 선별해 문장을 다져 가던 아라는 문득 옆자리 그녀에게 시선을 옮겼다. 당당한 태도 속 기품이 느껴졌다. 그녀는 작은 목소리로, 법률용어들을 중얼거리며 문서 종이들을 몇 번 손으로 짚기도 했는데, 국적기를 타고 왔던 아라는, 그제서야 자신이 미국에 왔음을 비로소 체감할 수 있었다.

아라는 앉은 채로 주변을 휘 둘러보았다. 다양한 인종과 다양한 민족이 한데 어우러져, 함께 웃고 있는 풍경이 그녀를 반겼다. 이 땅에 도착한 시기는 모두 다르겠지만, 전부 고향을 뒤로하고 모인 이민자, 그리고 이민자들의 후손들이었다. 아라는 숨을 크게 들이켰다. 나도, 그리고 나의 아이도 이 은혜로운 대륙에 정착할 거야. 산과 강을 건넜고, 큰 바다를 날아왔다. 쉬운 일은 하나도 없었지만, 설렘과 기대가 가득했기에, 그 여정이 싫지만은 않았다. 그리고 전에는 그저 한국 여성이라는 정체성만 있었다면, 이곳에 오니, 중국인과 베트남인, 일본인 그리고 한국인인 자신이, 피부색이 비슷해 서로 구분하기 어렵다는 걸 깨닫게 되어, 스스로를 동북아 여성으로 여기게 되었다. 다양한 피부색을 가진 사람들이 모여 사는 이 땅에서 오래 살아가다 보면, 스스로를 특정 지역의 사람이 아닌, 지구인이라고 여기게 되겠지. 아라는 옅게 미소 지었다. 아라는 옆자리의 그이를 바라보았다. 그는 여전히 책장을 넘기는 데 집중하고 있었다. 그가 펼쳐 놓은 페이지 속 낯선 은하의 사진을 보고 아라는 배를 쓸어내렸다. 내 아이는, 나와 달리 스스로를 우주인이라고 여기게 될지도 모르겠어. 아라의 웃음을 느꼈던지 옆자리의 여성이 자신을 바라보았다. 아라는 약간 부끄러움을 느끼면서도, 용기를 내 인사를 건넸다. 그녀는 앞선 의아한 표정을 지우고, 놀라울 만큼 아름다운 미소를 보여 주었다. 그녀의 웃음에 아라는 자신도 모르게 따라 미소 지었다. 의식해서 지은 웃음이 아닌, 자연스레 피어오른 꽃이었다.

아라는 생각했다. 그래. 세상 어디라도 좋아, 220개의 나라 그 어느 곳이더라도, 설령 지구가 아닌 우리가 생각지도 못하는 은하, 또는 다중우주 속 또 다른 세상이더라도, 너와 함께라면 괜찮아. 사랑이라는 가치를 최우선에 두고 살아가는 우리를, 애틋한 열기를 품고 나아가는 우리를, 누구라도 또 어디서든 반겨 줄 거야.

아라는 모니터로 시선을 옮겼다. 그리고 단어와 단어를 엮어, 매끈한 문장을 만들기 시작했다. 마음에 드는 문장이 빚어지자 아라는 관념과 기호 틈에, 무의식의 기억과 내일의 바람을 섞었다. 마치 경험한 일을 적어 내려가는 듯 글은 막힘이 없었다. 전생의 추억을 되살려 막 한 문단의 마침표를 찍었을 때였다.

"언제 왔어?"

숙인 고개 때문에 어깨가 결렸던지, 그는 목을 까닥이다가 우연히 자신을 발견한 모양이었다. 책을 덮고 가방에 넣은 뒤, 그는 아라를 향해 몸을 틀었다. 아라는 대답 없이 그의 손을 잡았다.

"오느라 힘들었지."

그의 연이은 질문에 아라는 장난기 가득한 얼굴이 되어 대답했다.

"응. 혼자 오는 게 아니라서."

아라의 말에 그는 눈이 둥그렇게 변했다. 그리고 몇 초 동안 멍하니 있다가 입을 틀어막았다. 그의 연이은 표정 변화에 아라는 큰 소리로 웃었다. 그는 아라의 배에 손을 가져다 대며, 맞냐고 재차 되물었다. 아라는 여전히 장난스런 얼굴로, 글쎄. 하고 대답했고, 그는 자신의 뺨을 아라에게 가져다 대며 환호성을 질렀다. 공항 로비의 모든 사람들이 자신들을 바라보는 듯 했다. 아라는 깜짝 놀라 그의 입을 틀어막으려 했지만, 그는 의자에서 일어나서 발을 구르며 소리를 질렀다. 쏟아지는 시선에도 개의치 않고, 그는 몇 번 더 크게 환호했다. 아라는 귀까지 빨개져서, 아직 몰라, 아직 몰라, 허둥거리며 말을 이었지만.

진정이 됐는지 그는 진지한 표정이 되더니, 한쪽 무릎을 꿇고 자신의 앞에 앉았다. 놀란 건 자신뿐만이 아녔다. 앞선 그의 기이한 행동에, 두 사람을 주목하던 사람들이 일순간 탄성을 내뱉었다. 아라는 상황이 잘 이해되지 않아 주변을 돌아보았는데, 자신을 바라보는 모두의 눈이 반짝이고 있었다. 그는 주머니에 손을 찔러 넣어서, 무언가를 꺼냈다. 그리고 자신의 앞에 반짝이는 별 하나를 들어 보였다. 못 보던 반지였다. 누구라도 이렇게 아름다운 반지는 한번 본 적 없었을 거라고, 아라는 생각했다. 아라는 허벅지에 올려 뒀던 노트북을 옆에 내려놓고, 등을 곧게 펴 바르게 앉았다. 반지를 내민 그의 눈동자가 그보다 더 빛났음을, 아라는 평생에 걸쳐 기억하리라 다짐하며, 입을 뗐다.

"좋아."

아라의 말에 그는, 아라를 덥석 껴안았다. 두 사람을 지켜보던 사람들은, 대화의 내용은 알 수 없었지만 행동만으로 상황을 유추하고, 아까 그처럼 큰 소리로 환호하며 크게 박수를 쳐 주었다. 기분 좋은 휘파람 소리가 연달았다. 옆자리의 그녀 역시 서류 종이를 내려놓고, 감격한 표정으로 박수를 치고 있었다. 모두의 축복 속에서 그는 아라의 귀에 대고 속삭였다.

"사랑해, 나의 가족."

아라는 코끝이 시큰거려서, 목이 메어서 말하기가 쉽지 않았지만, 전해져 오는 심장의 온기에 화답하려 노력했다. 자신의 눈물을 닦아 주는 그를 보며, 아라는 말했다.

"…사랑해, 나의 가족."

****

솔이 다가와 두 사람의 온기가 흩어지지 않게 몸을 맞대 주었다. 아가는 라나의 품에 안겨 곤히 잠이 들었고, 라나 역시 지쳐 눈을 제대로 뜰 수 없었다. 솔은 라나의 뺨에 반들거리는 눈물과 땀을 핥아 주었다. 라나는 한 팔로는 아기를 단단히 안은 채, 그리고 나머지 한 팔은 솔이의 몸에 둘렀다. 모두를 힘껏 껴안은 라나는 생각했다.

내가 언제 어느 때, 또 어느 곳에서 살아가든,
너희들만 있다면 괜찮아.

이 원시의 숲이 사라져
알 수 없는 풍경, 새로운 세상이 펼쳐지더라도,
낯선 하늘과 땅에 이르러, 어떤 사람들을 만나더라도
너희들만 있다면.

라나는 머리 위 별을 올려다보았다.

숨이 멎어 결국 저 별에 가닿게 되더라도.
그렇게 다시 태어나도, 우리들 모두 함께.

아기는 좋은 꿈을 꾸는지, 고른 숨소리를 냈고, 솔은 아가가 깨지 않도록 삼키는 듯한 작은 울음소리를 내며 꼬리를 흔들었다. 라나는 양팔 가득한 온기에 기쁘게 웃었다.

"…사랑해. 나의 가족."

7시 31분의
시 낭송

01 그의 두 뿔에는 색색의 음표가 걸려 있지.

　말과 글을 다루는 자가 제 마음을 돌보지 아니하면 기껏해야 가 닿지 않는 글귀나 조금 늘어놓고, 스스로 쌓은 우스운 활자 속에 갇혀 귀한 삶을 낭비하는 큰 벌을 받게 된다. 벽사는 생각 말미 잇몸의 상처를 혀로 쓸어내렸다. 따끔하고 생채기가 성이 난다. 그는 입안에 날선 오만들을 혀로 천천히 굴려 보았다. 아니나 다를까, 가시는 여린 살갗에 닿는 대로 상처를 냈다. 그렇다고 입을 열 수도 없는 노릇이었다. 그때부터는 듣는 이 역시 다치게 될 테니까. 시선을 가로막을 만한 방패가 마땅찮다고 미성숙을 전시하듯 꺼내 들고 세상을 멋대로 규정하고 훈계까지 하려 드는 것은 가당 찮은 일이었다. 등 뒤로 누군가를 숨길 때가 아니고서야 칼을 꺼내고 싶지 않았다. 그런 보잘것없는 이유로 벽사는 언제나 날을 제 쪽으로 돌렸다. 눌러놓은 생각들은 입안에서 비죽대며 나를 찌르고, 속은 물집과 흉터로 엉망이 되어 갔지만 벽사는 생각했다. 70억이 넘는 인류와 같은 조건과 환경을 살아가면서 홀로 오만을 빚어낸 자신이 그릇된 거라고.

생각은 정신에서부터 비롯되었고, 정신은 인격에 기인. 그는 명문을 물 흐르듯 써 내려가지 못하는 오만한 자신을 크게 꾸짖었다. 빈곤한 내가 부끄러울 때에도 학습된 탐욕에 무릎 꿇지 아니하며, 내일의 풍요를 위한 씨앗을 준비하자. 고요한 방 안, 시계 초침이 맞장구를 쳐 주었다. 볼품없는 오늘의 얼이 글과 말로 발현되도록 내버려두지 말고, 사람은 본래 그렇다며 분별없이 무리의 뒤를 쫓지 말고, 마음의 물길, 생각의 바람길을 곱게 내어 옅은 초록빛 싹을 틔우자. 그는 상처를 다시 쓸어 보았다. 전만큼 아프지는 않았다.

벽사는 다시 펜을 쥐었다. 흰 종이는 그의 색으로 물들어 갔다. 운율이 선율로 바뀌어 노랫소리가 들리는 듯하다. 산뜻하여 듣기 좋은 음, 솔을 내기 위해 얼을 다듬고, 주제와 전체를 관통하는 시작과 정갈한 마무리를 위해 도를 입에 담는다. 주어진 길을 걸을 뿐 칼은 쉽게 내지 않는다. 그것으로도 충분히 좋다. 활자와 종이의 아우러짐이 마치 흑건과 백건 같아. 벽사는 연주에 열중한다. :ǁ

장문의 시, 두 편과 단문의 시, 세 편. 모두 다섯 편이지만 단문은 유기적으로 얽혀 있어 하나의 시로 보아도 무방하다. 그런고로 완성된 시는 모두 셋. 벽사는 자신의 왼쪽 얼굴이 담긴 시와 오른쪽 얼굴이 담긴 시를 차례로 응시했다. 나란히 놓으니 더해져 서로 균형이 맞는다. 그렇다면 쓴 글은 장문의 시와 단문의 시 총 두 편이다. 나와 나의 감성과 나의 이성. 그렇게 우리 세 사람은 어느새 나와 나를 멀리 떨어져서 바라보는 또 한 사람의 나, 모두 두 사람으로 변해 간다. 나는 그를 향해 쓰다 만 시를 읊는다. 그는 언제나 좋은 관객이다.

인기척이 나는 것만 같아 벽사는 낭독을 멈추고, 현관문 렌즈로 밖을 살펴보았다. 문밖에선 상자가 홀로 걸어 다니고 있었다. 집 안의 살아 움직이는 것은 자신과 시곗바늘뿐인지라 활력이 그리웠던 모양이다, 생각하고 돌아서려는데 낯선 목소리가 뒤따른다.

"네, 그릇이 들어 있어요. 식기가 아니라 전시회에 내놓을 작품이에요."

벽사는 렌즈에 도로 눈을 가져다 대었다. 상자를 안은 팔과 하얀 손등이 보였다.

"전시회에 출품도 안 했는데, 어떻게 벌써부터 가격을 매기나요, 애초에 판매용으로 제작된 것도 아네요. 자꾸 보상금액을 묻지 마시고 안 깨트리면 되는 거잖아요. 짐 옮기는 것에 집중해 주세요. 안 깨트리면 보상이고, 뭐고 논할 필요도 없고, 아무런 문제 없어요."

흰 손을 가진 상자는 칭얼대며 맞은편 문으로 사라졌다. 벽사는 상자 여럿이 줄을 맞춰 걷는 것을 지켜보다가 책상으로 되돌아왔다.

그것 참, 여성의 이삿짐은 걷는 것도 발랄하구나.

그는 괜히 머쓱한 마음에 만년필을 들었다 놓길 반복했다. 그녀 목소리가 귓가에 선명했다. 그 탓에 종이 위의 시 구절 여럿이 지들끼리 치대다 뿌옇게 지워지고 말았다.

그 여자의 그릇이 어떤 모습인지는 모르겠지만 걸음걸이는 꽤나 위풍당당해 보여. 깨질까 봐 속으로는 전전긍긍하고 있으면서.

벽사는 건방진 하얀 손을 떠올렸다. 그와 동시에 피아노 선율이 다음 곡으로 바뀌어 버렸다. 흑건과 백건이 전과는 다른 순서로 오르내리고, 시에는 어느덧 미처 만나 보지 못한 낯선 여성이, 신경 쓰이는 새 이웃이 그려진다.

02 그녀의 품에는 비파의 물결이 넘실댄다.

라수는 이삿짐 중 전시회에 출품할 그릇들을 제일 먼저 꺼내 살

퍼보았다.

상자 안에는 붉은 장미꽃잎이 흩날리는 디자인의 칠보공예품도 있었고,

단순 도색 작업을 한 것이 아니라 그릇 전체가 은으로만 이뤄진 접시도 있었다. 은 접시는 다른 접시들과 달리 유일하게 식기 용도로 제작된, 실사용이 가능한 것으로 담겨진 음식에 독이 섞여 있을 경우 그릇은 얼굴부터 새파랗게 질려 버릴 거였다. 비명 한 번 내는 일 없이 그저 자신의 낯빛만으로 제 주인을 지켜 내는 그릇. 만듦새가 무척 훌륭해 진열장에 넣어 두기만 해도 인테리어 효과가 있었다.

크리스탈로 만들어진 접시의 경우 가장자리를 따라서 둥근 형태로 유색 보석들이 알알이 박혀 있었다. 때문에 보석 접시가 빛을 받게 되면, 성당의 스테인 글라스를 연상시키며 보석의 다채로운 색을 사방에 흩뿌렸다.

치부만 가린 젊은 여성의 풍만한 나체가 전면에 그려진 유리 접시는, 내용에 비하여 그리 통속적이지 않았고 응접실에 내어놓아도 거부감이 느껴지지 않았다. 신선한 과일이 가득 담긴 바구니나 앤티크 찻잔 옆에 두면 잘 어울릴 거라고 라수는 생각했다. 그릇의

그림을 보고 있노라면 어머니와 딸이 홍차를 마시며 담소를 나누는 모습이 자연스레 상상되었다. 접시의 그림을 본 딸은, 제 몸의 변화가 떠올라 잊었던 말들을 꺼낼 수도 있겠지. 가슴이 봉긋해졌다든가, 막 초경을 시작했다는, 엄마와 딸 둘이서만 나눌 수 있는 비밀스럽고 재밌는 이야기들 말이야.

그릇 전면에 금을 둘러 고고하고 수려한 인상을 주는 그릇들이나 다이아가 촘촘히 세공된 희귀 그릇들을, 라수는 더 이상 만들지 않았다. 만들 수 있었지만 가급적이면 만들고 싶지 않았다. 작품에 대한 나름의 식견이나 소장하려는 의지 따위는 전혀 찾아볼 수 없고, 재테크 용도로 상자째 사다 비축하는 화랑들이 있다는 걸 알게 되었기 때문이었다.

그랬다. 제작에 공들인 시간이나 노력, 그 모든 게 아무 의미 없이 헛되이 흩어져 버린 기분, 숱한 밤을 새 가며, 눈의 통증 역시 참아 가며 창작에 여념 없던 스스로의 지난날이 무척 한심하게 느껴졌다.

내가 빚어낸 나의 그릇들은 무엇을 위해,
나의 삶은 도대체 무엇을 위해.

라수는 아랫입술을 깨물었다. 추가분을 부탁하러 온 상인에게,

차라리 골드바를 사서 금고에 잘 넣어 두시는 것이 어떻겠냐는 말은, 진심에서 우러난 조언이었다.

금이 둘러진 예술품을 탐내실 필요 없이 순도 99.9% 골드바를 사시면 되지 않을까요?

하지만 뒷말은 꾹 참았다.

당신은 꼭 100%가 아니어도 상관없잖아요. 예술가의 0.1%가 당신께 어떤 감흥을 준다고 저를 이렇게까지 서글프게 만드시나요. 부탁드려요. 두 번 다시 나를 찾아오지 말아 주세요. 저의 삶에, 저의 영혼에 가격표를 달지 말아 주세요.

라수는 구불거리는 긴 머리카락을 귀 뒤로 쓸어 넘겼다.

그릇들이 무사하니, 나의 모든 것이 무사하니 이제 나머지 짐은 어찌 되어도 괜찮아.

침대가 없으면 바닥에서 자면 되고, 베개가 없으면 벗은 옷을 머리맡에 돌돌 말고 자면 그만이다. 그녀는 수명으로 빚어낸 작품들을 튼튼한 보호재로 조심히 감싼 뒤, 수납장에 안전하게 넣어 두었다. 팔에 감아 둔 붕대도 깨끗한 새것으로 갈았다.

최근 라수는 영롱한 초록빛을 내는 칠보공예품을 만들고 있었다. 유약을 발라 청자를 만든다는 작가들도 많았지만 라수는 녹색과 청색이 오묘히 섞인 청자는 이미 많이 만들어 보아서 그다지 흥이 나지 않았다. 대중은 디테일과 우아함이 담긴 자기를 원했지만, 그렇게 고려 말 화려함의 극치를 꿈꿨지만 라수는 그런 것일랑 어릴 적부터 자주 만들어 보아서, 담백하고 소박한 백자에 더욱 끌렸다. 큰 가슴에 잘록한 허리, 달뜬 감정을 불러일으키는 청자의 곡선보다는 아이를 가진 듯, 여인의 볼록한 배가 연상되는 백자의 동글동글함이 훨씬 사랑스러웠다. 불완전함은 비로소 우리를 완전하게 만들었다. 백자들은 서로 닮은 것이 하나 없어서 세상 유일하며 그렇게 독자적인 매력들을 갖추고 있었다. 마치 사람처럼, 그리고 지구처럼 어딘가 대칭이 맞지 않거나 약간은 어긋난 모습. 완벽한 형태의 구형인 것이 하나 없고 전부 달랐다. 하지만 그래서 더 좋았다. 라수는 한동안 백자만 계속 구웠다.

　아직 아이를 가져 보지 못한 그녀는 백자를 구우며 어머니의 상냥함, 온유함을 공부했다. 세상의 풍파로부터 온힘을 다해 아가를 보듬는 어머니처럼, 지구를 보호하느라 뒷면이 온통 상처투성이가 되어 버린 달님처럼 라수는 뽀얀 달항아리를 구우며, 여성의 강인함을 배워 나갔다. 백자의 깨진 선들도 무척 다채롭게 여겨져서 라수는 일부러 금이 가 있는 것만 골라서, 따로 개인 전시회를 열기도 했었다. 모두들 상처받은 적이 있을 뿐이지, 세상에 같은 상처는 찾아볼 수 없었다. 하지만 그와 같은 마음속 균열이 우리를 어제보다 더욱 성숙하게 만들 듯이, 미약하게 금이 간 백자들도 저마다의 아름다운 형태로 거듭났다. 아주 오랫동안 백자에 빠져 있었다.

하지만 출산을 후회하는 여성들과의 인터뷰 후 라수는 마음이 산산이 깨져, 백자에 큰 환멸감을 갖게 되었다. 그녀들은 하나같이 아이를 마치 자신의 인생을 좀먹고 자라는 기생충, 가능성과 기회를 앗아 가는 벌레 그즈음으로 여기는 듯했다. 그 말을 듣고 너무 놀라서 얼굴을 붉힌 그녀에게는, 사람이 살다 보면 그럴 수도 있지 않냐며 비릿하게 이죽대었다. 모성애는 선천적으로 타고 나는 것이 아니라는 거였다. 학습에 의한 감정이라고도 했다. 본래 나의 것이 아닌 생소하고 낯선 감정이니, 상황에 따라 필요하게 되었어도, 개인의 판단과 의지에 따라 갖춰 놓지 않아도 된다는 게 그녀들의 논리였다. 아이는 이미 태어났지만, 본인들이 10달간 품어서 낳아 버렸지만 스스로 원하지 않으면 아이가 어떻게 되든, 엄마가 되지 않아도 된다는 거였다.

누구를 위해서요?
— 나 자신을 위해서요.

무엇을 위해서요?

─나 자신의 행복을 위해서요.

아마 자식이 없었으면 삶의 질이 지금보다 훨씬 높았을 거라는 말에 라수는 입을 다물었다. 라수는 작업실에 돌아와 달님처럼 웅크리고 앉아 있었다. 이불 속에 숨어, 구름 뒤의 달님처럼 깊은 한숨을 내쉬기도 하고, 며칠간 끼니를 걸러 보름달에서 초승달이 되기도 했다. 일주일 후, 라수는 작업실의 백자를 하나 남김없이 가마 속에 던져 버렸다.

작업실의 백자를 모조리 박살 내 버린 라수는 칩거하며 아주 커다란 대연회용 그릇을 하나 만들었다. 엄청나게 무거워 성인 여럿이 달려들어도 쉬이 옮기기조차 어렵고, 그릇이라기보다는 전시 상황에 뒤집어 놓고 쓸 법한 거대한 방패 같은. 제 어미에게 기생충이라 불리었던 가엾은 아가들도, 말 못 하는 다른 동물들마저 모두 품어 안을 수 있을 만한, 라수는 아주 큼지막한 돔을 하나 만들었다.

안과 밖 전부에 수려한 금칠을 하고, 눈을 뗄 수 없는 현란한 무늬를 가득 그려 넣었다. 보는 이를 압도하는 존재감. 그릇의 크기에서 두려움을 느끼는 자부터 예술성에 탄복하는 자까지 반응도 각양각색이었다. 그릇의 주변을 배회하는 것만으로도 보는 이로 하여금 포만감부터 까닭 모를 성취감이 느껴지게 만들 정도로 대단한 것을 만들어 버린 그녀는, 아름다움이 완성되자 비로소 제 안의 분노를 무너뜨리고, 백자 따위를 만드느라 귀중한 삶을 허비한 스스로를 용서해 주었다. 비로소 성난 마음이 풀어졌다. 자신에게 용서받은 라수는 작품의 이름을 찻잔이라 정했다.

달빛 아래서 녹차를 한 잔 마신 그녀는, 실오라기 하나 남기지 않고 옷을 모두 벗었다. 그리고 작품 안에 따뜻한 물을 가득 채운 후 태아처럼 웅크리고 잠겨 있었다. 하늘에서 본다면 발가벗은 자신이, 자신의 흰 피부, 둥글게 살 오른 엉덩이가 찻잔 속의 떠오른 달님처럼 보일 것 같다는 생각도 들었지만 그곳에는 아무도 없었음에 물 밖으로 나가고 싶다는 생각은 전혀 들지 않았다. 채근과 보챔 없이 원하는 만큼 골몰할 수 있었다. 금이 칠해진 오색 화려한 찻잔 안에서, 자신 안에서, 라수는 이리저리 부유하고, 침잠과 비상을 거듭하다가 끝내 숨이 멎었다.

물 밖으로 나온 라수는 생각했다.

다시 태어난 것만 같아.
무엇이든 많이 만들어 내고 싶고,
뭐라도 당장 배우고 싶어. 뭐든지 하고 싶어.

그날 이후, 라수의 공방은 불이 꺼지질 않았다. 수백 개의 다이

아로 마감된 접시라든가, 홍옥과 청옥, 산호나 호박 등으로 만든 유색 보석 그릇, 옻칠을 한 나무 그릇은 물론 토기까지 만들었다. 단순히, 재료의 차이만 둔 것도 아니었다. 3D프린터를 이용해 뇌파로 그릇을 빚기도 하고, 주물을 만들어 강철을 녹여 찍어 내기도 하고, 얇은 실을 천장에 고정한 뒤 투명한 비닐로 옴폭한 홈을 만들어 그것을 천장에 달아, 물에 번져 나갈 때의 순간적인 아름다움을 시현해 보였다. 재미있는 것만 있을 뿐, 어려운 것은 아무것도 없었다. 공중에 떠 있는 투명한 비닐 물그릇에 색색의 잉크 방울을 떨어뜨리고 아래에서 그 모습을, 고운 번짐을 바라보면 되니까.

라수는 세상에 없던 새로운 것을 창조해 낼 때의 순수한 기쁨과 벅찬 감격에 흠뻑 빠져들었다. 쾌감으로 인해 온몸이 짜릿짜릿했다. 그것은 희열이었다. 유한한 삶 속에서 파괴 없이 이뤄지는 무한한 재생과, 세속적이고 천박한 시대와 세태에도 꺾이지 않은 청아한 영혼의 축제였다. 전시회를 찾은 비평가 중 한 사람이 물었다.

플라스틱 같은 고체 그릇을 사용하면 몇 번 더 전시할 수 있을 텐데요.

라수는 웃으며 고개를 저었다. 투명한 비닐 그릇 안에서 색색의 잉크가 번질 때의 찰나의 미를 통해 인간의 유한한 삶과 그 속에 담긴 예술을 말하고 있는데, 플라스틱으로 영구적으로 쓸 수 있을 그릇을 제작해, 전시마다 사용하라는 건 작가 의도와 작품 자체를 제대로 이해하지 못하셔서 하신 말씀 같군요. 우리 좀 더 이야기를 나눠 볼까요?

비평가가 노골적으로 인상을 썼던 탓에 라수는 손바닥만 한 크기의 플라스틱 그릇을 따로 만들어 그에게 선물했다. 작가에게 놀림을 당했다고 여긴 비평가의 평점은 별 하나였고, 전시회에는 "유치하고 장황하여 아동을 동반한 가족들을 위한 전시에 해당"이란 평이 덧붙었다. 스스로 생각할 줄 모르는 이들은, 비평가의 말을 앵무새처럼 따라했다.

라수는 비평가의 레프리카들을 보고, 배를 잡고 웃었다. 사람은 여럿인데, 어째 뇌가 하나로구나. 집단지성의 폐해가 여기서 드러나는구나. 라수는 비평가에게 투덜대지 않았다. 그저 웃었을 뿐이다. 난해하고 심오할 것조차 없지만, 대학에서 수년간 미학을 전공하고 졸업 후 비평으로 빌어먹고 사는 너조차 제대로 이해를 못 하는 전시인데, 가족 동반으로 관람하러 온 미취학아동이 작품에 대해 뭘 어찌 아누, 행여 뜻을 이해한다 치면 네 4년 치 대학 등록금은 또 어찌 되누. 하지만 평이 어떻든 플라스틱 그릇을 만들어 전시하는 짓 따윈 절대 하지 않았다.

유약 처리를 하여, 핏물이 든 것마냥 강렬한 붉은색 그릇을 만들어 낸 라수는, 이번에는 한없이 투명해 보이는 녹색 그릇을 만들어 볼 계획이었다. 앞서 제작한 붉은 그릇에는 정한수를 담아 피가 넘실거리는 착각을 불러일으킬 것이고, 새로 만드는 투명한 녹색 그릇은 활력 넘치는 수풀 사이에 전시해서 그 위로 강렬한 조명을 놓을 생각이었다. 그릇은 마치 빛이 어린 물방울처럼 보이겠지.

라수는 초록의 생명력을 온힘을 다하여, 사랑했다. 라수가 좋아하는 정도의 맑은 초록빛의 그릇은 유리를 사용한다면 매우 간단히 만들 수 있었다. 하지만 라수가 계획한 대로 칠보공예 때 쓰이는 돌가루를 점묘화를 그려 내듯 천천히 뿌려, 그러데이션 효과를 주는 방식으로는, 상당히 만들기 어려웠다. 표면이 탁한 느낌이 들지 않게 무수히 많은 단계의 명암을 주어야 하기 때문이었다. 고열에 돌가루가 녹으면, 표면은 마치 코팅이라도 된 듯 반짝이게 되는데, 가루를 너무 많이 뿌리게 되면 탁해져 유화의 느낌이 났고, 그렇다고 너무 적게 뿌리면 아래 동판이 드러나서 못 쓰게 되었다. 적당량의 가루를 칠보공예 그릇이 아닌 유리그릇처럼 보이도록 아주 정교하고 세밀하게, 명암의 단계에 따라 정확히 분사해야 하는 것이 관건이었다. 간편하게 유리로 만드는 방법도 있었지만, 라수는 꼭 수백, 수천, 수억의 가루들을 촘촘히 흩뿌려 하나의 거대한 가능성으로 만들어 내고 싶었다. 누구 하나 소외되지 않고, 존재하는 것 자체만으로도 이미 훌륭한. 그러데이션은, 작은 입자 하나만이라도 제 위치를 벗어나면 전체의 조화를 깨트릴 수 있었다.

모두 본디 자신의 자리에서,
스스로 타고난 색을 틔워 낸다면,
그렇게 당당히 목소리를 낼 수 있다면.

라수는 하나의 색도 쉬이 넘기지 않고, 조심히 귀 기울였다. 그
렇게 그릇을 만들어 나갔다. 작업 도중 입자 하나하나에 신경을 곤
두세운 탓에 피로가 심각할 정도로 누적되었다. 라수는 안압이 높
아져 토끼처럼 붉은 눈으로 돌아다녀야 했다. 시력은 자꾸만 떨어
졌고 그만큼 시야도 좁아졌다.

하나의 생명을 자아내는 데에는
또 다른 생명의 헌신과 희생이 반드시 필요하다니,
그녀들의 말처럼 아무런 열매도 맺지 않으면
나의 고요한 날들이 영원히 이어질까.

알 수 없었다.

라수는 지칠 때마다 부모님께 연락해 마음을 표현했다. 안부 전
화를 끊고 나면 오랫동안 생각에 잠겼다.

붉은 그릇에 가득 담긴 깨끗하고 맑은 물.
그 붉은 피와 초목 사이의 빛나는 물방울.

나는 생명을 잉태할 수 있을까.

나는 내가 꿈꾸던 그릇을 빚어낼 수 있을까.
선대의 정신을 계승해 나의 목소리를 더하고
그렇게 아름다운 합창을 할 수 있을까.

라수는 책상으로 돌아가 다시 초록 물방울을 빚었다. 가루 한 톨 가벼이 여기지 않고 숨도 참으며 조심스레. 라수는 집중했다.

작품에 심혈을 다하자. 나의 부모가 내게 최선을 다했던 것처럼.

03 안녕하세요, 좋은 이웃입니다. 노랫소리를 듣고서 찾아왔는데요.

"서라수 아씨."

라수는 완성된 그릇들의 수를 세어 보다가 어르신의 부름에 뒤를 돌아보았다. 주 할아버지는 일전에 주문한 새 점토와 유약들, 가공되지 않은 보석의 원석들과 새 전기 가마의 설명서를 건네주셨다. 언제나 그랬듯 두 눈에는 걱정이 가득하셨다.

"저번처럼 전원을 끄는 것을 잊고 귀가하시면 안 됩니다. 달궈진 주변 전자제품이 터지는 바람에 건물 한 채가 날아가지 않았습니까. 창작 활동을 하는 것은 좋지만, 주변에 피해를 주지 않도록 하세요."

주 할아버지는 설명서의 영어 부분을 더듬더듬 읽으며 번역을 해 주시고는 작은 도시락을 하나 내미셨다. 라수는 주 할아버지가 번역해 주신 설명서 내용을 메모지에 받아 적었다.

"할아버지께서는 식사하셨어요?"

여쭤보았더니, 별다른 말씀이 없으셔서 라수는 그와 나란히 앉았다. 할아버지께서 직접, 통조림 참치 대신 구운 생선의 살을 일일이 발라 주먹밥 속 재료로 삼으셨고, 밥은 설탕과 사과식초로 조미된 물로 버무렸는지 은은한 사과 향이 향긋하고 밥맛도 달콤새콤했다. 곁들임 샐러드로 훌륭했다. 방울토마토가 연두색 양상추와 어우러져 색감이 훌륭했다.

작업실 운영에 필요한 모든 것을 총괄해 주시는 주 할아버지께서는, 라수의 구원투수나 다름없었다. 팔꿈치가 덧대진 양복 상의만을 고집하고, 커다란 돋보기안경을 쓰고 다니는 주 할아버지는, 어두운 눈으로도 잘려진 전기 배선을 곧잘 찾아내셨고, 어찌 된 일인지 공방의 부족한 재료를 먼저 알아차리셨다. 할아버지께서 안계시면 생활 자체가 안 될지도 몰라. 요리 솜씨가 뛰어난 편은 아니었지만 곡기를 거르는 자신이 걱정된다며 오늘처럼 도시락을 직접 만들어서 가져다주시기도 했고, 일하다가 잠시 잠이라도 들면, 입고 계시던 상의를 벗어서 잠든 자신의 어깨에 걸쳐 주셨다. 작품을 구상하던 중 피곤함에 지쳐 공방 책상에 엎드려 잠이 들면, 그렇게 새벽에 홀로 잠에서 깨어나면 주 할아버지의 양복 재킷이 날개처럼 어깨에 걸쳐져 있었다. 라수는 새벽녘 찬 기운에 체온이 흩어지지 않도록 주의하며, 감사기도를 드렸다. 마땅히 할 일이 없으실 때는, 가져온 신간 소설을 읽기도 하셨다. 주 할아버지는 언제나 라수의 곁에서 그녀가 무엇을 생각하는지, 다음에는 어떤 그릇을 빚어낼 것인지 두루 살펴보셨다. 소리 내서 말하지 않아도 먼저 알아차리시는 게 신기했다. 내 생각을 듣고 계신 것만 같아.

그날 그날, 본인의 기분에 따라, 개인적인 감정에 따라 작품 수준을 평가하는 비평가들의 오락가락한 변덕에도, 앵무새 또는 레밍 떼 같은 관객들을 만나더라도 그렇게 작품의 질과 자신의 인성, 사고의 수준, 인간의 가치까지 하찮게 환산되어도, 주 할아버지께서 만큼은 그릇을 빚어내는 전 과정은 물론 동기와 작가 의도까지 모두 알아주셨기에 라수는 날씨에 따라 걸음이 휘청거릴지언정 올곧게 나아갈 수 있었다. 라수는 구운 생선 특유의 향과 짭조름한 맛이 강하게 느껴져서, 샐러드 칸에 놓인 레몬 조각을 꺼내 주먹밥 위에 마저 뿌렸다. 레몬 향이 코끝을 간지럽혔다.

"이사한 새집은 어떠신가요."

    일전에 쓰던 공방에서 불이 난 것은 전부 자신의 탓이었다. 가마의 전원을 끄지 않은 채로, 도자기와 그릇을 보관하는 다락에서 깜빡 잠이 들었던 탓에 가마의 열기로 인해 주변 전자제품이 뜨겁게 달궈졌고, 고열을 견디지 못한 기기들은 굉음을 내며 터져 버렸다. 불이 옮겨붙어도 전기선부터 시작해서 하드웨어 정도나 타 버릴 거라고 생각했는데, 배터리팩을 인근에 함께 놓아두었던 게, 가장 큰 문제였던 것 같다. 폭발과 함께 튀어 오른 불꽃은 작업실의 소파와 커튼, 카펫에 옮겨붙었고, 벽에 걸어 두었던 초상화와 추상화까지 잿더미로 만들어 버렸다. 맹렬히 치솟는 불길 속에서 라수는 곤히 잠을 잤다. 꿈속의 자신은 한 마리의 나비였다. 불이 위층 다락까지 올라오는 데에는 생각보다 많은 시간이 걸렸다. 건물 자체가 목조 건물이 아니었고, 내외장재 역시 화재에 강한 것으로만 이뤄졌기 때문이었다. 하지만 공방의 물건들이 불타며 내뿜는 연기와 독성물질 때문에 라수는 극심한 두통을 느끼며 잠에서 깼다. 괴로워서 숨조차 제대로 쉴 수 없었다.

    꿈에서 깨어났는데 어째서 또다시 이런 꿈같은 상황이 펼쳐져 있는 걸까. 꿈속의 자신은 분명 나비였는데, 깨어나니 불 속이라니 현실의 자신은 나방이라도 되어 버린 것일까. 그래서 그토록 화려한 것을 좇지 않으려 돈과 명예, 권력과 같은 헛된 것을 멀리하려 노력했건만. 나는 나도 모르는 사이 맹렬히 불타오르는 탐욕에 뛰어들었던 것인가. 아, 나의 열정이 빚어낸 참극이란.

라수는 탄식했다.

이곳은 지옥이런가, 우리네 일백 년의 삶이 끝나면 잠에서 비로소 깨어나면, 지금처럼 맹렬히 타오르는 불구덩이 속에서 일어나게 되는 것인가. 삶이라 믿었던 것은 그저 한낱 꿈이었을 뿐이고, 이쪽이 진짜 삶이었던 것인가.

사방에서 사이렌이 울려 퍼지고 있었다. 낯선 사내들의 목소리가 창밖에서 계속 들리고 극성스런 동네 아주머니들이 소란스럽게 떠들었다. 문을 열고 어떻게든 달아나 보려고 애쓰는데, 밖에서 잠겼는지 무언가에 막혔는지 어떻게 해도 문은 열리지 않았다. 염세적이고 비관적인 성격은 아니었으나, 자신은 처한 현실을 올곧게 마주 볼 수 있는 사람이었기에, 꼼짝없이 죽었구나, 생각하며 바닥에 웅크리고 있었다. 좋아하는 노래를 불러 마음을 안정시켜 보려 했었지만 화재로 산소가 부족해서 쓸데없이 어지럼증만 심해졌다. 하지만 부족한 공기 속에서도 라수는 실신하지 않으려 끊임없이 노래를 불렀다. 불길이 거세지는 만큼, 노랫소리는 봄꽃처럼 차츰 사그라들었다. 라수는 콜록대며 그릇들을 껴안았다. 불타서 부너지는 건물에서는 진동이 계속되었고, 다락의 작품들은 혼들림을 견디지 못하고 스스로 파괴되었다. 금이 가고, 터져 나갔다. 작품들 중 생명의 근원이자 인류 성장의 시발점을 상징하는 '최초의 토기'가 마지막으로 금이 가기 시작했다. 라수는 그 모습을 울며 지켜보는 수밖에 없었다.

신이여, 저를 보호하소서. 부디 저를 도와주소서.
탐욕의 허기, 세속의 비명, 거짓된 모든 것으로 말미암은
이 거센 화염으로부터 죄 많은 저를 구원하소서.

처참히 박살 난 토기 조각이, 칼날이 라수의 손목 안쪽 대동맥을 가로 그으려는 찰나, 다락 창틀 전체가 삽시간에 떨어져 나갔다. 그와 함께 방독면을 쓴 자들이 뛰어 들어왔다. 두꺼운 방화복은 마치 외계인들의 우주복처럼도 보였다. 신께 살려 달라고 기도를 했는데, 어째서 우주인들이 도와주러 온 건지 잘 모르겠지만 어떻게 지구 밖, 우주 너머 그 멀리에서 자신의 기도를 들은 건지도 잘은 모르겠지만 라수는 너무나 감사해서 울어 버리고 말았다. 라수는 기력이 없어 검지손가락만 맥없이 까닥거렸고, 맞닿은 손끝으로 라수를 확인한 그들은, 가져온 젖은 수건으로 입과 코를 전부 가려 준 뒤에 자신들의 등 뒤에 업었다. 라수는 매캐한 연기 속에 정신을 잃으면서도, 무거워서 미안하다고 사과했다. 방화복을 입은 그 사람, 그 우주인은 자신의 말에 소리 내 웃었던 것도 같다.

정신을 차렸을 땐 주 할아버지께서 병실 의자에 앉아 눈을 감고 기도하고 계셨다. 기도를 마치신 주 할아버지께서는 곁에 다가와 이마에 손을 얹으셨다.

"작품은 다시 만들면 됩니다. 작은 실수가 때론 목숨까지 앗아 가기도 하지요. 살아 있어서 다행입니다. 어제의 어리석음을 반성하고, 오늘 주의하고 또 경계하며, 내일을 위해 작품을 만들어 내면 됩니다. 살아 있으니까 분명 할 수 있을 겁니다."

퇴원 후 가장 먼저 한 일은,

건물주에게 배상한 후, 전보다 작은 크기의 저렴한 작업실을 새로 구한 것. 전액 배상 후 거지가 되는 바람에 집의 평수 역시 줄여, 좁은 곳으로 이사한 것. 그리고 망가진 작품들 중 잃고 싶지 않은 것을 다시 선별하여 새로 제작하는 일이었다. 지갑에는 천만 원이 채 되지 않는 돈밖에 남지 않았지만, 살아 있어 다행이란 생각에 기뻤다. 삶의 질이 전에 비해 눈에 띄게 추락하긴 했지만. 꾸준히 창작 활동을 할 수 있으니까, 생각하기에 따라 괜찮았다.

그때, 그 사고 이후 심리 변화로 인해 새로운 작품도 많이 만들었다.

구체 안에 강렬한 자석을 넣고, 전시회 바닥에도 자석을 숨겨 두어 원형 조각품을 공중에 띄운 후에, 구체를 향해 사방에서 빛을 쏘아 빛의 그릇을 만들기도 하고,

발가벗은 채 자신의 몸을 그릇처럼 둥글게 말고 있는 젊은 여성의 몸을, 밀랍을 사용해 실제 크기로 제작. 사람 형태를 하고 있는 밀랍 단지도 만들어 냈다. 어둠 속에서 파괴됐던 작품들처럼 밀랍 그릇 역시 불길에 닿으면 속절없이 녹아내리겠지. 세상 모든 것을 담을 수 있을 것만 같던, 무한한 가능성을 품은 사람인데도, 고작 불길, 지혜, 진리를 온전히 품지 못해 속절없이 무너져 내리고 만다. 바다 위로 떨어져 버린 이카루스의 오만과 헛된 노력과 예정된 슬픈 결말에서, 라수는 바벨탑을 함께 읽었다. 같은 역사를, 같은 실수를 반복하지 않는 것이 진정한 성장. 내 안의 열정을, 불을 잘 다스려 그 타오르는 불길에 잡아먹히지 않도록, 또한 보잘것없는 좁은 인성에, 비루한 영혼에 너무 큰 지식을 담아 그 빛에 불길에 잡아먹히지 않도록, 라수는 항상 이성과 감성의 균형을 이루고 성취한 지식 그 이상의 참된 지혜, 그리고 진실된 애정을 갖출 수 있도록 부단히 노력했다.

라수는 조각난 언어들도 공부했다. 신의 뜻에 의해 형과 태가 달라져 버린 인간의 말과 글을 하나로 그러모으기가 쉽지 않았다. 공부를 거듭하던 라수는 그저 사랑하는 마음을 제대로 전하고 싶어

서, 전시회 하얀 벽면에 프로젝터로 무지개 영상을 쏘아 버리고, 전시실 곳곳에 만국어로 이뤄진 작품들을 배치했다. 그릇에 인쇄된 활자들을, 전부 색상을 지시하는 단어로만 엮어 두기도 했다. 빛의 형상은 분명 밝음 하나지만, 햇빛의 스펙트럼으로 빚어낸 색상들은 수백, 수천 가지였고, 사랑의 본질은 분명하지만, 그 사랑을 표현하는 방식은 수백, 수천 가지. 같은 무지개를 보더라도 삼색으로만 보는 나라도 있고, 칠색으로 보는 나라도 있고 보다 많은 색으로 여기는 나라도 있었다. 전시회장을 빠져나가는 길목에는 햇빛의 스펙트럼을 넓게 펼쳐 인쇄한 회화를 걸어 두었고, 맞은편에는 컴퓨터의 색상 코드를, 색상 없이 그저 숫자 나열로만 따로 적어 두었다.

무수히 많은 비평가들은 여전히 입을 놀렸지만, 라수는 낮은 평가와 만족스럽지 못한 평판들을 잠자코 감내하는 쪽을 택했다. 항상 그래 왔듯이. 70억 명이 넘는 사람들은 저마다 생각과 성격이 모두 다르고, 그렇게 같은 상황을 겪어도 전부 다르게 받아들인다. 부모 자식이 서로 다르고, 형제, 자매, 남매, 심지어 쌍둥이조차 서로 다르다. 여러 사람이 누군가를 동시에 만나도 그들의 추억은 제각기 다르다. 하나의 예술 작품을 달리 정의하는 것은 어찌 보면 당연한 일이었고, 오히려 의견은 다양하면 다양할수록 좋았다. 내가 풍요로워지니까. 누군가 나를 부정하고 오해한다고 해서, 내가 예전과 달라지는 것은 아녔다. 또한 인류의 의식 성장에 따라 재평가받을 날은 반드시 올 것이고, 생이 다하여도 영광에는 끝이 없으니, 박수는 여러 세대에 걸쳐 나눠 받게 되어도 괜찮았다.

주 할아버지는 빈 도시락을 받아 들고 입맛에 맞았느냐 물으셨다.

라수는 대답 대신 책상 서랍에 넣어 놨던 책갈피를 그에게 건넸다. 보석 원석을 둥글고 납작한 모양으로 다듬은 뒤, 곡선 모양으로 세공한 은 막대에 고정시킨, 보석 책갈피였다. 둥근 부분은 은하 어딘가의 행성처럼도 보였다. 곡선을 그리며 길게 이어진 은 막대는, 행성의 움직임을 나타내는 것도 같았다. '별'을 선물 받은 할아버지는 웃는 얼굴이 되셨고, 라수는 원석과 같은 색의 공단 끈을 찾다가, 은 막대에 리본으로 묶었다. 많은 사람들이 책갈피는 독서 중에만 사용된다고 생각했지만 책갈피는 독서 후에도 사용되었다. 잊지 않고 싶은 내용이나 기억하고 싶은 부분에 이르면 책장 사이에 얇은 책갈피를 끼워 두는 것이다. 어릴 적 라수의 책에는 알록달록한 포스트잇이 가득했다. 성년이 된 지금은 선물로 줄 책갈피가 서랍 안에 가득했지만. 라수는 소중한 사람들에게 감사할 일이 생기면 자신의 삶 곳곳에 책갈피를 끼워 두듯 애틋한 마음을 전했다.

"아직 짐 정리가 안 되긴 했는데, 오셔서 보실래요?"

라수는 작업실 문을 잠그고, 할아버지를 집으로 모셨다.

"이사하면 팥고물이 묻은 떡을 돌려야 하는 거예요."

왜요, 하고 물으려다가 라수는 질문을 바꿨다. 이사한 당일 날에
요, 아니면 이삿짐을 모두 풀어 이사가 끝난 날에요. 주 할아버지
는 팔짱을 끼고 한동안 으음, 고민을 하시다가, 이사가 끝난 날. 조
금 정리가 되고 난 후에. 라고 대답하셨다. 라수는 방 한편의 상자
들을 멀뚱히 바라보았다. 그럼 아마 한 달 뒤에, 아니 세 달 뒤에,
아니 다섯 달 뒤에…라고 얼버무렸다.

"나가서 떡집이 있는지 알아보고 팥떡을 사 올 테니, 서라수 아
씨는 그동안 이삿짐을 마저 정리하세요. 정리가 끝나면 이웃들에
게 이사 떡을 나눠 줍시다."

라수는 내키지 않는다는 표정을 지었다. 꼭 그래야만 하는 건가
요. 여자 혼자서 이사떡을 들고 돌아다니면 오히려 범죄의 표적이
되지 않을까요. 우리에겐 한 번쯤 범죄자의 심리가 되어 보는 역발
상이 필요해요.

"같이 돌아다닐 거고, 내 손녀라고 이야기할 테니 괜찮아요."
"무슨 일이 생기면 제가 할아버지를 지켜 줄게요."

"그래요. 우리 서로 지켜 주도록 합시다. 오늘은 내가 도와줄게요."

팥떡을 사 오신 할아버지와 자장면을 배달시켜, 사이좋게 나눠 먹은 후, 라수는 가까운 이웃집으로 향했다. 날이 조금씩 어둑어둑해지고 있어, 불이 켜진 집이 많았다. 라수는 할아버지 등 뒤에 서 있다가 쭈뼛쭈뼛 어깨를 움츠리고 서툴게 인사했다. 이웃들은, "할아버지랑 손녀가 빼닮았네."라든가, "요즘 누가 이사 왔다고 이렇게 떡을 돌리나요. 그렇지만 옛날 생각나서 좋네요. 잘 먹을게요."라며 할아버지를 따라 웃었다. 라수는 사람들의 웃음에 조금 용기가 나서, 앞장서서 걸었다. 골목을 시계 방향으로 한 바퀴 돌고, 마지막으로 바로 맞은편 집의 초인종을 누를 즈음이었다. 집 안에서 누군가, 뭔가를 소리 내서 읽고 있는 것 같은데, 운율이 느껴졌다. 하지만 초인종 벨 소리를 들었는지, 이어지던 말소리가 뚝 끊겼다.

열린 문 너머에는 늠름해 보이는 인상의 사내가 서 있었다. 라수는 뒤에 서 있는 할아버지를 돌아보았다. 할아버지가 들고 있는 그릇에는 이미 떡이 바닥나 있었다. 당황한 라수는 민망함과 무안함을 이기지 못하고, 어물거렸다. 얼굴이 뜨겁게 달아오르는 게 느껴졌다.

"아, 안녕하세요. 좋은 이웃입니다. 노랫소리를 듣고서 찾아왔는데요."

04 나의 번뇌와 상념들이 그녀에겐 노랫소리로 들린다잖아.

벽사는 현관문을 닫으며, 그녀의 목소리가 꼭 예전의 그 발랄하게 걷던 상자와 닮았다는 생각이 들었지만 이웃집의 건방진 하얀 손과 수줍음 많은 그녀가 잘 매치되지 않았고, 무엇보다 자신의 목소리가 바깥까지 들렸다는 사실에 부끄러움을 느꼈다. 세상에 오죽 시끄러웠으면 찾아왔을까. 벽사는 낭독하던 시들을 대충 추려서 책상 위에 올려 두었다.

내일 오후, 인적 드문 공원에서 낭독해야겠어.

*

"낯선 사람에게 가족과 떨어져 혼자 자취한다는 이야기나, 어디서 무슨 일을 하는지, 몇 살인지, 그런 건 쉽게 말하지 마세요."

라수는 앞선 벽사와의 대화를 되새기며, 할아버지의 말에 귀 기울였다. 할아버지는 이어 말씀하셨다.

"명함 교환 정도는 괜찮을지 모르지만."
"에이, 할아버지. 예술가에게 명함이 어딨어요. 작품이 곧 명함이지…."

라수는 골똘하다가 말을 고쳤다.

"그러고 보면 대학 때 그런 동기가 한 명 있긴 했어요. 튜브형 물감 세트를 사서, 태그를 전부 떼어 내고 그 자리에 본인의 이름과 연락처, 메일 주소를 적은 종이를 둘러다가 명함처럼 나눠 주는 친구요. 그 애는 화가였거든요. 저는 하얀색이나 분홍색을 주었으면 했는데, 회색 물감을 주더군요. '초록이나 빨강은 안 돼? 노랑과 파랑도 나쁘지 않아. 검정을 준다면 영광일거야.'라고 말했는데, 제겐 회색이 어울린다고 했었어요. 왜냐고 물었더니, 극단으로 치닫는 걸 싫어하고 무당무파의 중도인 제가 항상 회색분자처럼 여겨졌었대요. 저는 4년간 교내 시위나 학생모임에도 일체 참석하지 않았고, 선배들이 교문 밖으로 뛰어나가거나, 여러 사안들로 서명을 모아도 참여하지 않았거든요."

할아버지는 잠자코 이야기를 듣고 계셨다.

"과격한 곳에 가면 도자기처럼 깨져 버릴지도 모른다는 두려움이 은연중에 있었던 것 같아요. 내 몸도, 영혼도 도자기처럼 너무나 쉽게…"

*

민중의 설운 애환과 척박한 현실에 굴하지 않고, 맹렬히 저항하는 노동자의 성난 외침. 격렬한 파동이 담긴 시를 근엄하고 중후한 어조로 낭송해 본다. 공원 나무들은 바람 소리에 맞춰 갈채를 보냈다. 벽사는 연사처럼 허리를 곧추세우고 어깨를 반듯하게 폈다. 벽사는 헛기침을 몇 번 한 뒤 다시 낭독에 집중했다.

"닫힌 광야의 울음, 열린 날의 서신은 그대의 꿈으로부터. 나 이제는 거슬러 오르리, 가름에 갈라짐에 동강 난 물길을."

벽사는 만년필을 꺼내 광야라는 단어를 들판으로 고쳤다. 벽사는 고개를 갸웃했다. 나 이제는 거슬러 오르리, 라는 구절에서 '나'를 나와 흡사한 어감의 '아'로 바꿔 보는 건 어떨까. 벽사는 옅게 미소 지었다. 겨울 햇빛이 자신의 머리카락에 따뜻하게 얽혀 들었다. 머리를 좌우로 흔들면, 머리카락에 감겨들었던 햇빛이 반짝이며 흩어지는 게, 마치 자신이 별을 자아내는 것 같아서 기분이 좋았다.

*

나무들이 속삭이는 줄로만 알았다. 동네 가까운 곳에 공원이 있다는 말을 슈퍼 아저씨에게 지나가듯 들어서, 구경 한번 와 보았는데, 헐벗은 겨울 나뭇가지 사이로 낯선 사내의 힘찬 기운이 달려

나와 자신을 덮쳐 버린 것이다.

　봄의 새싹이나 여름 꽃만 강인하다고 여겼는데, 그건 편견이었다. 매선 칼바람을 맨몸으로 맞고도, 끄떡없는 겨울나무를 자신은 미처 알지 못했다. 다른 계절에 비해 겨울은 유독 아픈 곳이 많았다. 몸과 정신, 그리고 마음, 여린 잎이나 색색의 꽃 등 잃은 것이 많아서 그럴지도 모르지. 하지만 그렇게 많은 것을 잃고서도 다른 계절과 비등하게 또는 더욱 굳건하게 버텨 내는 것을 보면 그는 분명 다른 이들보다 더 많은 것을, 더 값진 것을 품고 있었으리라. 잃은 것만 떠올리는 것보다 남은 것들을 생각하는 편이 여러모로 좋았다. 라수는 자신처럼 겨울이 언제나 스스로의 삶의 가장 밝은 곳을 주시하는 모습에 동질감과 함께 애착을 느꼈다. 풀 한 포기 쉬이 나기 어려운 매서운 냉기 속에서도, 타인에게 애정을 베푸는 크리스마스를 떠올려 본다면 더더욱.

　라수는 옅게 미소 지었다. 그래, 살아 있음에 기뻐하자. 떠난 것들을 되새기면 언짢은 기억과 그만큼의 불쾌한 기분, 고독감이 나를 옭아매니까. 귀한 하루를 온통 슬픔으로 채우게 되니까.

　모두 알고 있으리라 여겨 소리 내 말하지 않아서 그랬지. 겨울에게도 남들처럼 좋은 점이 많이 있었다. 여름의 따가운 햇살은 겨울의 것이 아니었다. 찬 바람 불어 햇빛은 언제나 따뜻했고, 시리도록 청명한 공기는 가슴과 머리를 맑게 했다. 고운 눈밭을 걸을 때면, 나를 위해 웃어 주는 눈사람을 빚을 때면, 빨갛게 부은 코로 외로이 노래할 때면, 겨울은 금세 옷섶을 풀고 자신의 품에 파고들었다. 그는 끌어안으면 안을수록 춥고 아팠으나 좀처럼 밀어내기도 쉽지 않았다. 태초 모든 것이 예정되어 있었던 것처럼 불가항력이었다.

라수는 전에 살던 곳의 가을 공원을 떠올려 보았다. 백자를 사랑하던 때였다. 배가 볼록 부른 여성들이 펭귄처럼 종종걸음으로 걷는 모습을 귀엽게 바라보았고, 행여 넘어질까 봐 노심초사했다. 번지듯 곳곳에 어리는 노을에 감격했었다. 신비로웠으며 아름다웠다. 그녀들을 지켜보며 나 역시 그들처럼, 언젠가 새 생명을 품게 되겠지, 얼굴을 붉힌 적도 있었다.

공원 가까이에는 여성을 위한 복지시설과 여성사 박물관이 있었다. 복지시설에는 여성 독립운동가와 근현대는 물론 반도 여성의 발자취를 되짚어 볼 수 있는 전시 공간이 있었고, 여성을 위한 문화 공연이나 행사도 곧잘 열렸다. 라수는 여성을 위해, 자신을 위해 만들어진 달콤함을 소중히 여겼다. 건물 지하에 위치한 스포츠센터 수영장에서 물놀이도 자주 했다. 건강을 위해 매일 전시회장이 있는 그 건물에 운동을 하러 갔었다. 샤워 후 젖은 머리카락으로 텅 빈 전시장을 돌아다니며, 이미 본 전시를 몇 번씩 다시 관람

했었다. 언제 어느 때 가도, 매일매일 가도, 건물의 전시회장은 텅 비어 있었다. 몸속 깊숙이 위치한 마음의 방처럼 온기 한 점 찾을 수 없는 공간. 존재하는 이는, 오직 나 자신. 흑백사진 속, 삶의 소명을 다하고 빛이 되신, 이상적이고 바람직한 옛 여성들은, 그리고 사회와 삶 속에서 요구되는 여성의 본질은, 꺼지지 않을 강렬한 눈빛을 품고 있었지만, 라수는 그 점이 더 속상했다. 밤하늘 아무도 바라봐 주지 않는 별의 반짝임이 어떤 모습인지 알게 되었으니까. 그것은 라수의 여성성에 지대한 영향을 주었다.

백자들을 진심으로 사랑했었으니까.
스스로 여성이라는 사실이 너무나 자랑스럽고 행복했으니까.

라수는 백자를 구우며, 그 곡선에서 설렘과 기대를, 여인의 살 오른 흰 엉덩이를, 잔뜩 부풀어 오른 젖가슴을, 그렇게 뽀얀 달님을 바라보는 것을 즐겼다. 소리 없는 별의 반짝임들이 라수의 몸 곳곳에 어려 있었음에, 라수는 어디서나 여성으로 살아갈 수 있었다. 여성이기에 앞서 참된 사람부터 되려는 마음가짐을 잃지 않으려 주의하며, 영원히 샘솟을 여성성을 영혼 깊이 품었다.

백자들을 가마 속에 던져 버린 이후 한동안 공원을 찾지 않았다. 주판을 튀겨 보고 셈이 맞지 않으면 배 속의 아이를 가위질해 버리는, 이해득실을 첨예하게 따지며 사람을 살해하는 그들, 태아라는 이름을 갖고 있지만 실상은 정욕, 탐욕의 흔적에 불과한 가엾은 피조물들, 새 생명의 경이로움이 아닌 이기심에 잔뜩 부풀어 오른 여성들의 커다란 배. 물이라고 찾아볼 수 없는 황폐한 논마냥, 애정이 말라붙은 작은 가슴. 온통 비관과 후회뿐인 부부들과 그들에게 악만 품게 하는 병든 사회. 사람들 앞에서는 세일할 때 해외 직구한 명품 아동 옷을 보란 듯이 입혀 놓고선, 기백만 원짜리 유모차를 태우면서, 아무도 없는 곳에선 아가에게 윽박지르고 발로 걷어차는 여성들. 아이의 영혼과 감정에 주먹질을 해 대는.

너 때문에 내 인생이,
애를 낳아서 내 꼴이,
괜히 결혼 따위 해서,
괜히 아이를 낳아서.

잘 들지도 않을 법한 무딘 칼을, 그래서 더욱 큰 고통을 안겨 주는 날을, 술 취한 망나니처럼 마구 휘둘러 대는 백자들에게 라수는 마음이, 영혼이 거세됨을 느꼈다. 여성의 긍지가, 무한히 푸르를 여성성이 철저하게 파괴되어 갔다. 라수는 공방 한편에 놓여 있는 백자를 쏘아보았다.

내가 나의 아이를 아무리 소중히 길러 내도,
아름답고 훌륭하게 꽃피워 내도,

너희가 낳은, 너희를 닮은, 너희의 '악'과 '이기',
정정해서 너희의 '아기'가,
내 아가와 함께 자라게 되잖아.
이 비좁은 사회에서, 닫힌 반도에서 말이야.

그런 일은 절대 용납할 수 없어.

아이를 너무나도 사랑해서,
나는 절대로 아이를 낳지 않을 것이다.

라수는 아랫배를 감싸 쥐었다. 어머니인 나는 아가를 보호해야
할 책임과 의무가 있어. 텅 비어져 있는 몸 깊은 곳, 마음의 방을
감싸 쥔 라수는, 사람의 기척을 찾을 수 없던 여성사 전시관이 떠
올라 입술을 깨물었다. 잊혀진 옛 여성들과 같은 눈빛을 하고 있음
을 스스로 깨달으며.

라수는 입술뿐 아니라, 몸의 중심에서 핏내가 나는 것 같아 수풀
사이로 숨으려 했지만, 겨울 공원은 아무것도 숨겨 주지 않았다.
인류의 장엄한 레이스를 내 대에서 끊으려는데, 몸은 여전히 통증
을 호소했다. 헛되이 피 흘리는 몸을 보며, 마음 역시 피를 흘렸다.
권력자들의 농간에 의해, 전장을 뛰어다니며 고꾸라지는 군인들
처럼, 스러지고 또 번지듯 흩어지는 청년들의 피처럼, 굳이 흘리지

않아도 될 피를 자꾸만, 자꾸만 쏟아 내는 것만 같아서, 라수는 절망감을 가눌 길이 없었다. 임신과 출산을 포기했는데, 어째서 몸은 정신을 따라 주지 않는 거야. 원하지 않아. 생명을 빚어낼 생각 따위 이제 없어. 아무것도 창조하지 않을 거야. 초록을 찾아볼 수 없는 겨울의 공원을 걸으며 라수는 생각에 잠겼다. 이런 내가 초록빛 영롱한 그릇을 만들어 낼 수 있을까. 초록의 생명력을, 맑은 빛을 틔워 낼 수 있을까.

지친 마음에 잠시 앉았던 벤치에 핏자국이 묻어난 것을 알게 된 라수는 한숨을 내쉬고, 손수건을 꺼내 얼룩을 꼼꼼히 닦아 냈다. 그리고 치마 안에 넣어 입었던 체크무늬 남방을 밖으로 꺼내 엉덩이 부분을 덮었다. 상의를 아무리 끌어내려도, 그렇게 붉음을 숨겨도, 부끄러움은 감춰지질 않았다.

뒤를 신경 쓰며 황급히 집으로 돌아가려던 참이었다.

소곤대는 나무를 살펴보는 것은 다음으로 미룰 생각이었는데, 소리가 나던 방향에서 낯익은 얼굴이 불쑥 걸어 나왔다. 못 알아보았으면 좋았을 걸, 동시에 앗, 하고 외쳐 버리고 말았다. 나라도 잠자코 있었으면, 글쎄요. 닮은 사람을 잘못 보신 것 같습니다, 하고 서툰 거짓말이라도 했을 텐데… 빠져나갈 구실이 없었다. 아예 모르는 사람보다 적당히 아는 사람이 더 곤란했다. 그들은 함께하기에 이래저래 불편한 점이 많았다. 아무것도 모르는 천둥벌거숭이 백치보다 설피 아는 지식인이 세상에 있어 더욱 위험한 것처럼, 또한 조악한 인성에 담긴 막대한 지식은 당사자는 물론 인류에게 있어도 위협이 될 수 있었다. 나에 대해 자세히 알지도 못하면서, 나의 깊이를 헤아리지도 못하면서, 일말의 애정도 없는, 대충 얼굴만 아는 사이의 사람이 다가올 때는.

그는 가볍게 목례를 했다. 맞춰서 정중하게 인사를 해야 하는데, 꼬리라도 난 사람처럼 그만 엉덩이를 두 손으로 가리고 말았다. 스스로도 의식하지 못하고 한 바보 같은 행동이었다. 그는 그런 자신의 모습을 보더니, 깜짝 놀란 얼굴이 되었다. 그리곤 뭔가 말을 하려다가 그만두었다. 라수는 뭔가 변명을 하려다가 그처럼 입을 다물었다. 뭐, 무슨 말을 어떻게 해야…?

걷는 방향도 같은데, 어찌할 바를 몰라 곤란한 마음에 얼굴을 찌푸렸는데, 시인은 그제야 조심히 묻는다.

"왜 그러는 겁니까?"

스트레스 때문인지, 뭔지 알 수 없었지만 라수는 생리통이 심해짐을 느꼈다.

"아파….."

중얼거림에 그가 깜짝 놀란 기색이 되었다. 그의 반응을 보고, 라수 역시 깜짝 놀랐다. 언제 그랬는지도 모르게 피가 묻은 치맛단처럼, 아랫배가 따끔따끔해져서 자신도 모르게 중얼거렸던 건데, 라수는 더듬거렸다.

"아, 아파서, 아니 그게, 아프지만 괜찮, 아니, 아프긴 하지만….."

지구가 엄청난 속도로 커지는 건지, 내가 그와 같은 속도로 작아지는 것인지 모르겠지만 이대로 점이 되어 소멸해 버릴 것 같은 마음에 얼굴을 감싸 쥐었다.

"왜 그래요, 어디가 아픈 건데요."

그가 너무 상냥해서 더욱 견디기가 어려워졌다. 그냥 이대로 집까지 뛰어갈까. 나중에 해명하면 어떻게든 되지 않을까. 달리기 자세를 취하려다가 라수는 멈칫했다. 뒷모습을 보였다가 엉망인 내 뒷모습을 들키면 어쩌지. 내 치부를, 수치를, 달의 뒷면을 적나라하게 보이고 싶지 않은데.

"괜찮아요?"

라수는 고개를 떨궜다. 부끄러워서, 너무 창피해서 눈물이 났다. 지구가 너무 크다. 놀란 그는 어깨를 붙잡고 연신 다정한 물음표를 건넸다. 바보야. 괜찮으면 울 리 없잖아요.

그가 벗어 준 상의를 허리에 묶고서, 동네 골목까지 나란히 걸었다. 사람이 살다 보면 그럴 수도 있다며, 다 큰 여자가 길에서 울고 다니면 안 된다고 솜사탕도 사 줬다. 다 큰 여자는 솜사탕을 먹으며 눈물을 닦았다. 다 큰 여자라서 더 눈물이 났다. 아, 차라리 아이였더라면.

그가 자꾸만 자신을 힐끔거려서, 솜사탕 한쪽을 떼어서 나눠 주었다. 집에 도착하기 전에 고맙다는 말을 해야 할 텐데, 그러고 보니 저번에도 제대로 인사하지 못했던 것 같다. 그는 건네받은 솜사탕을 먹을 뿐 별다른 말이 없다.

"맞은편 집에 살아요."

라수는 허리에 묶은 그의 상의를 손으로 꼭 쥐고 말했다.

"저는 그릇을 만들어요."

그의 눈치를 한번 보고 나서 말을 이었다.

"어제 같이 계셨던 할아버지는 친할아버지가 아녜요. 제가 고등학교 때, 아니다. 중학교 때부터 알고 지낸 분이세요. 아, 아니다. 초등학교 때다. 그때부터…"

시인이 대답이 없자, 라수는 손가락으로 햇수를 헤아린다.

"할아버지와 알고 지낸 지 30년 정도 된 것 같아요. 초등학교에 들어가기 전부터, 알던 친구가, 다니던 교회의 바자회에 초대해 줬는데, 저는 불교신자라서 달란트가 없었어요. 교회는 태어나서 처음 가 본 날이었어요. 교회의 바자회에서는 달란트라는 돈을 써야 한 대요. 달란트가 뭔지 아세요? 저는 빈털터리 거지였어요. 배가 고팠고, 멀리서 맛있는 음식들을 구경하며 쭈뼛거릴 뿐 그냥 서 있었어요. 그래서 절 초대했던 친구랑 친구의 동생이 자기 몫의 달란트를 반씩 나눠 줬었어요. 할아버지는 그날 교회에서 처음 뵈었는데, 우리 이야기를 듣고, 달란트도 받지 않고, 맛있는 걸 많이 나눠 주셨어요. 그날, 정말 즐겁고 기뻤어요."

라수는 목소리가 조금 밝아졌다.

"그러고 보니까 주 할아버지는 그때부터 계속 할아버지였네. 왜일까, 한결같이 할아버지네."

라수는 고개를 갸웃거리다가 다시 말을 이었다.

"주 할아버지는 제게 항상 존댓말을 쓰세요. 애야, 아가야, 하지 않으시고, 매번 아씨라고 하세요. 옛날에는 아가씨라는 말 대신 아씨라는 말을 썼대요. 본래는 아기씨라는 뜻이래요. 그리고, 그리고…"

그는 그제서야 입을 뗀다. 이름이 뭐예요.

"주 할아버지요?"

그는 웃는 얼굴이 된다. 아니, 당신. 라수가 얼굴을 붉힐 뿐 조용해지자, 그가 라수의 기분과 생각을 알아차렸던지 말을 이었다.

"그럼 제가 먼저 소개할게요. 저는 전에 보았던 그 집에 삽니다. 시를 쓰고요. 이름은 벽사입니다. 필명을 쓰는 시인입니다. 생계형 전업 작가는 아닙니다. 돈을 벌기 위해서 글을 쓰고 싶지 않아서, 생활비를 마련하기 위해 주기적으로 아무 일이나 해요. 나쁜 일은 빼고요."

"벽사 씨, 방금 이름을 말했잖아요. 알려 줘도 괜찮은 건가요?"
"필명을 쓰고 있어서 괜찮아요."

"아, 필명…."

"…"

"그럼 필명은 뭔데요?"

묻는 말에 대답은 하지 않고, 그가 소리 내서 웃었다. 왜 웃을까. 라수가 그의 눈을 바라보자 그가 피하지 않고 눈을 맞춰 왔다.

"브람하. 당신은?"

생각보다 멋진 필명에 라수는 눈을 동그랗게 떴다. 브람하, 꼭 브라흐마 같잖아.

"서라수."

이름을 말했더니, 그는 나지막한 목소리로 따라 되뇌었다.

"서라수, 서라수 아씨."

05 좋은 날

홀륭한 가수는 소란스런 길 한복판에서도 아름다운 노래를 부를 수 있을 것이다. 훌륭한 작가는 소란스런 감정과 생각 속에서도 정갈한 동시에 날이 선 명문을, 물 흐르듯 적을 수 있을 것이다. 앞집의 그 남자가 자꾸만 생각나고, 그에 대한 감정도 알 수 없게 들썩였지만, 그리고 동료들과 합동 전시회에도 참여하게 되었지만, 라수는 다른 것에 눈 돌리지 않고, 오로지 개인 전시를 한 번 더 하게 되었다는 기쁨에 충만해 있었다.

여건만 갖춰진다면 전시회가 아니라, 중력이 사라진 우주선에서도 전시를 할 수 있을 것이다. 투명한 구슬 안에 물과 색을 섞은 기름을 넣고 마구 흔든다면, 두 액체는 구슬 안에서 서로 섞이지 않고 예쁜 모양들을 만들어 낼 것이다. 그리고, 그 색이 파랑과 노랑과 하양이라면 그 모습은 꼭 푸른 별 지구를 연상시키겠지. 초록과 갈색을 더한다면 풍요로움마저 느껴질 것이다. 라수는 언제고 천체를 축약해 손안에 옮겨 놓는 작업을 해 내리라 마음먹었다. 무중력 전시실을 구현해 작은 크기로 제작한 별 모형들 사이를, 우주복 없이 마음껏 유영하는 것이다. 불 꺼진 방 안에 야광 물질을 채운 동그란 구슬들을 공중에 띄워 놓는다면, 그리고 중력이 사라진 그 방을 맨몸으로 둥둥 떠다닌다면 우주 속을 별과 함께 날아다니는 기분이 들 것이다. 우주를 유영하는 동시에, 나는 또 하나의 낯선 별로 거듭날 것이다.

하지만 그건 나중 일이었다. 언제가 됐든 반드시 스스로의 손으로 이뤄 낼 일이었지만.

이번 출품작은 초기 작업했던 청자와 같이 전통 기법에 따라 유약 처리를 한 붉은 그릇과 정묘화를 떠오르게 하는 전통 칠보공예품이었다. 앞선 작품은 유약 처리를 했어도 청자와 달리 핏빛이 감도는 도자기였다. 정한수만 담아도 그릇의 색 때문에 피가 넘실거리는 착각을 불러일으켰다. 전통을 계승하고 명맥을 유지하지만, 작가 개인의 정체성과 주관에 따라 독특하게 표현해 보려 고심한 작품으로, 기존의 개인 전시회와 맥락을 같이하고, 계보를 잇는 내용이었다. 본디 나를 공고히 하는.

처음 흙을 주물렀을 때를 기억한다. 채 10살도 되지 않았던 때. 나의 첫 번째 청자는 청록색이라기보다는 새싹처럼 어린 연두색에 가까웠다. 두께는 지나치게 얇았고, 도자기들이 쉽게 깨어진다는 것조차 알지 못해 조심성도 없었다. 어렵사리 청자 하나를 간신히 빚어냈는데, 손은 붓고 몸은 아팠다. 때문에 공예보다 회화가 더 즐거웠다. 상장의 수나 상장을 주는 사람의 직함은 중요하게 여겨지지 않았다. 평가는 의미 없었다. 두께가 다른 붓을 유려하게 휘두르면 마법이라도 부린 것처럼 놀라운 일이 일어났다. 약간의 열의만 더해지면 책상보다 작은 켄트지에 우주도 자아낼 수 있었다. 다시 청자를 빚게 되었던 것은 여드름이 나던 청소년 무렵이었다. 디테일과 표현력, 색감과 형과 태는 물론 전체적인 짜임새를 구성하는 기술 연마에 중점을 두었다. 하나의 작품을, 청자를 완성하는 것보다, 부족하고 서툰 부분들이 조금씩이나마 나아질 때, 기술이 늘었다고 스스로 체감될 때 더욱더 기뻤다. 똑같은 청자를 기계처럼 연달아, 빠르게 빚어낼 수 있게 되자 라수는 유약을 내려놓았다. 기본에 해당하는 기술력이 확보되자 이를 토대로 더 큰 나래를 펼칠 수 있었다. 작품을 완성하는 데 드는 시간을 임의적으로 제어할 수 있게 되었으니, 단시간 내에 깊이감을 더하는 법을 훈련했고, 작품의 성격에 따라 일부러 오랫동안 미완성인 채로 내버려두며, 스스로의 내면을, 비루한 영혼을 살펴보았다. 하나의 작품을, 강렬한 도자기를 빚음과 동시에 나를 새로이 빚어냈다. 창조와 동시에 재생이 이뤄졌으며, 그렇게 유지되었고, 개선도 되었다.

12살 무렵, 글을 쓰는 같은 반 여자아이가 모두 앞에서 칭찬을 받았던 기억이 있다. 바다에 물고기를 잡으러 가신 아버지께서 풍랑을 만나 귀가치 않으시고, 죽음을 이해하지 못하는 데다가 해양사고 같은 건 꿈에도 떠올리지 못하는 어린 딸은, 아버지께서 사주셨던 머리핀을 가지고, 매일 아무도 없는 바닷가로 나간다. 예쁘게 단장한 딸은 아버지의 귀환을 기다리며 기도를 멈추지 않는다. 모두 앞에서 짤막한 이야기를 낭독한 아이는, 담임선생님께 큰 칭찬을 받았고, 나중에 드라마작가를 해도 좋겠어요, 라는 말을 들었다. 여자아이의 표정은 좋지 않았다. 드라마를 우습게 여긴 것은 아니었단다. 단지, 그건 소설이었다. 라수는 그녀가 그런 말을 들은 건 테크닉이 부족했던 탓이라고 결론지어 주었다. 12살의 공예가는, 아니 화가는 12살의 문인과 많은 이야기를 나눴다. 두 사람다, 서로 외엔 친구가 없었으므로 머리를 맞대고 의견을 나누는 날들은 성장이 약속된 시간이었다.

> A: (얼굴을 찌푸리며) 드라마는커녕 학원을 다니느라
> 만화영화도 제대로 보지 못하는데,
> 난데없이 통속극의 전형으로
> 만방에 이름을 떨치게 되다니,
> 못 견디게 수치스러워.

> B: (손가락으로 친구의 뺨을 찌르며) 드라마가 뭐가 나빠,
> 그건 오만한 거야.

> A: (방금 떠오른 듯) 나는 드라마를 쓴 게 아니라
> 소설을 쓴 거였잖아.
> 그러는 너도 이번에 그림으로
> 구청장에게 상을 받았지.
> 그런데 왜 좋아하질 않아.

> B: (턱을 괴며 자못 진지한 표정으로) 그 사람,
> 내가 뭘 그린 건지

이해는 하고서
상을 줬을지,
의구심이 들어.

A: (기가 막히다는 듯 웃으며) 너도 못지않게 오만해.
상 못 받은 아이들이 화나게
왜 그런 생각을 하니.

B: (부끄럽다는 듯 땅을 보며) 생각한 것이 마음처럼
표현되지 않았던 것 같아서.

그래, 심사 위원이 보기에는 출품작 중 가장 나았다고 느꼈을지 모르겠지만, 스스로는 마음에 들지 않았기에, 만족스럽지 않았던 작품 중 하나였다. 정말 온 힘을 다해서 노력했었지만 그럴수록 아쉬움이 커졌다.

그 후 어린 문인은 초경을 하기도 전에, 여성의 음모를 불태우는 내용이 전개되는 어른들의 소설을 읽다가 학원 선생님께 들켜 책 모서리로, 머릴 세게 얻어맞기도 했고, 암 선고를 받은 아버지가 죽음을 받아들이는 과정이 담긴 소설을 읽고, 며칠간 크게 앓기도 했다.

또한 어린 화가는 자신의 방 한쪽 벽면에다가 전부 빛을 퉁겨 내

는 투명한 스카치테이프를 집요하게 덧붙여, 자신을 감싸고 있는 방의 벽을 빛으로 조각조각 내 버리거나, 방 안의 많은 시계들을 기분과 계절별로 달리 맞춰 놓기도 했다. "왜 이런 짓을 해, 시간이 안 맞아서 불편하잖아."라는 아버지의 채근에는, "기분과 서 있는 위치에 따라서 시간이 달리 가잖아요."라고 대답했다. 미술 과제를 하다가 홀로 저녁 9시에 하교하는 일도 잦았다. 다음 날 그녀는 새벽 6시 전교생 중 가장 먼저 등교해서 나머지 부분을 마저 그렸다. 아이들은 본인들이 하교 전부터 그림을 그리던 아이가, 아침에도 텅 빈 교실에서 혼자 그림을 그리고 있는 모습을 보고, 집에 안 가고, 학교에서 잤던 거냐고 손가락질을 하고 놀려 댔다. 화가는 그저 작품을 완성하는 데에만 몰두했다.

외부 평가와 내부 평가가 일치한다면 좋겠지만 그렇지 않은 적이 더 많았다.

이미 자신의 개성, 주관은 정립돼 꾸준히 발달하고 있으니, 만족스런 작품을 만들어 내기 위해서는 기술력 확보가 관건이었다. 그녀와 나는 그 시기를 청자라고 불렀다. 고운 정신이 빚어지는 것처럼, 신체 2차 성징이 나타나는 기간이기도 했다. 섬세하고 앳된 나의 청자.

수년간 지속적인 따돌림을 받아 건강이 크게 상했고, 등교 거부를 하다가 결국 고등학교를 자퇴했다는 소식을 마지막으로, 그녀와 연락이 끊기고 말았지만, 처지에 상관없이 꾸준히 창작 활동에 매진할 거란 강한 믿음이 있었기에 걱정은 되지 않았다. 무슨 일이 있든 식사를 제때, 인스턴트 음식이 아닌 영양가 높은 집밥으로 먹고, 잠을 제때 자면 무언가를 만들다가 죽지는 않을 것이다. 또한 영혼 없는 예술가들을 조심해야 했다. 그녀나 자신이나 후일의 생명력을 끌어다가 작품을 만들어 내고 있음에 어떠한 형태로도 창작물을 도난당하면 수명의 일부를 빼앗기는 것이나 다름없었다.

라수는 청자의 시기를 지나, 홀로 백자의 시대로 넘어갔다.

빚어내고, 또 빚어내다가, 나중에는 매니악하게 금이 가 있는 백자만 따로 모으고, 심지어 일부러 금이 가게도 만들었다. 불규칙하게 갈라지는 백자의 금을, 불의 세기를 조절하여 의도적으로 내는 건 정말 어려운 일이었지만, 어려운 만큼 재밌었다. 주변 작가들은 그저 자신에게 미친 사람이란 말도 서슴지 않았다. 하지만 라수는 자신의 열정, 그 열기가 광기에 치달을 만큼 강렬한 거라 여겼다. 무언가에 깊이 빠져 보지 못한 가엾은 사람들은 열렬히 사랑하는 연인들만 보더라도, 눈이 멀었다느니, 이성이 마비됐다느니, 미쳤다느니 하는 말들을 쉽게 했으니까. 삶을 통째로 뒤흔들 만한 강렬한 사랑을 미처 경험해 보지 못했다고 해서, 그와 같은 사랑이 세상에 존재하지 않는 것은 아닌데, 몇몇 사람들은 아예 사랑 그 자체를 부정하기도 했다. 그렇게 라수 역시 황폐한 영혼들에게 수차레 부정당했다.

　보이지 않지만 세상에 분명히 존재하는 수많은 것들, 공기나 사랑 같은 소중한 많은 것들. 가마에 백자들을 내던진 후 라수는 거대한 크기의 찻잔을 하나 만들었고, 금을 두른 접시와 다이아 그릇, 유색 보석 그릇도 즐겨 세공했다. 사람들이 작품을 찾아 주는 것도 뿌듯했지만, 사실 무언가를 이뤄 내는 과정들이 좋았기에, 지켜보는 사람이 있든 말든 상관없었다. 방해와 훼손, 약탈만 하지 않는다면.

　그릇을 빚을 때는 끼니도 잊고 취침도 잊었다. 만들다가 지치면 한낮에도 자고, 새벽에 일어나더라도 곧바로 작업에 돌입했다. 낮과 밤이 사라지고, 요일은 물론 계절조차 잊었다. 빚던 흙더미에 머리를 처박고 쓰러지듯 잠들거나 점토를 베개 삼아 잠들기도 했고, 하도 오래 앉아 있다 보니 허리가 아파서, 책상 위에 올려 둔 흙들을 바닥에 내려놓고, 그 옆에 얇은 이불을 깔고서, 잠들기 바로 직전까지 누워서 그릇을 만들기도 했었다. 엉덩이나 허벅지 안쪽 여린 살갗이 손 닿은 복숭아처럼 물러 버리는 경우도 자주 있었고, 누워서 천장을 보고 만들거나, 눈이 따갑고 아파서 두 눈을 가린 채 손의 감각만으로 만들기도 했다. 내키지 않고 성가셔서 씻지 않는 날도 많았다. 눈다래끼와 디스크, 혓바늘을 달고 살았다. 그리고 그녀는 아무거나 먹었다. 가까운 식당에서 배달을 시키거나, 불은 컵라면이나 차갑게 식은 편의점 도시락으로 끼니를 때웠다. 작업할 때 간편하다는 이유로, 패스트푸드를 3개월, 한 계절 동안 계속 먹기도 했다. 라수, 자신에게 있어서 가장 중요한 것은 영혼이었다. 그 영혼의 색과 형태가 고스란히 드러나는 작품이었다. 몸 따위 어떻게 되든 상관없었다.

옻칠을 한 나무 그릇과 토기는, 화재 사고 이후 소실되었지만 사건 이후 라수는 자성을 활용한 빛의 그릇과 주물을 만든 후, 강철을 녹여 찍어 낸 철 그릇, 3D프린터를 활용해 뇌파로 제작한 그릇 등 재료 선별과 제작 방법 자체에 많은 변화를 꾀할 수 있었다. 사고 이후 첫 번째 개인전의 이름은 환이었다.

급격한 패러다임의 전환을 경험한 이처럼 모든 것이 달라 보였다. 유연해졌다고 해야 할까, 주관은 보다 강해져 더욱 완고해졌다고 해야 할까. 모를 일이지만 어찌 됐든 좋은 쪽으로 변한 것은 사실이다. 순수한 창작 열의가 샘솟았다. 라수는 사람 형상의 밀랍 그릇과 활자 그릇, 무지개 형상의 영상 콘텐츠와 빛의 스펙트럼 회화, 색상 코드를 두 번째 개인전인 '바벨탑의 이카루스'에 전시했다. 세 번째 개인전의 이름은 '벚꽃나무, 그리고 마아트의 깃털'이었다. 화무십일홍이라지만 나의 계절이 다시 돌아오면 꽃은 만개한다. 우리는 화려한 꽃을 보느라 그 꽃을 틔워 낸 진정한 실체인 나무를 보지 못한다. 벚꽃나무는 뙤약볕의 여름을 바지런히 걸어, 높고 청명한 가을의 하늘과 마주했고, 그렇게 상냥한 겨울 햇빛에 마음을 두고, 겨우내 냉기마저 묵묵히 견뎌 왔다. 다시 제 계절을 만나 아름다운 벚꽃을 틔워 내는 그 강인한 생명력. 라수는 유한한 인간의 삶 속 예술의 의미와 의의를 논했다. 라수에게 있어 예술이란 여신 마아트에게 증명해 내야 할 삶의 소명 의식이자, 살아가며 자신에게 주어진 의무이기도 했다. 그녀는 참된 삶과 인생의 방향성, 무한의 긍정과 가능성을 이야기하고자 했다. 공중에 떠 있는 투명한 그릇에 색색의 잉크 방울을 떨어뜨리고서, 직접 선별한 노래들과 함께, 초대한 몇몇의 사람들과 함께 다양한 색의 고운 번짐을 즐겁게 감상했다. 비평가들은 부르지도 않았는데 자기 멋대로 찾아왔지만, 라수는 웃음을 지우지 않았다. 사기꾼 냄새가 풀풀 나는 타로술사처럼, 온통 헛짚어 대기 일쑤인 그들에게, 플라스틱 그

룻을 선물하자, 평점은 미쳐 날뛰었다. 덕분에 평판도 최악이 되고 말았지만, 비평가의 독설 이후 많은 이들이 전시장을 찾아와 비평가와 똑같은 말들을 떠들고 돌아간 통해, 라수는 자신이 처한 상황이 무척 재밌다고 느꼈다. 그녀는 생각했다. 그들은 마치 뇌는 하나인데, 눈은 여럿이고, 팔과 다리 또한 여럿인 거미와 같다고. 어리석은 그들이 쳐 놓은 탐욕의 거미줄에 걸려서, 지금같이 행복한 비행을 끝마치는 일이 없도록 항상 주의해야겠다고. 라수는, 아니, 나비는 마음에 한 점 걸림 없이 비상했다. 비상해서 비상할 수 있었던 건지 모르겠지만, 어쨌든 비상한 나비는 하늘을 자유로이 유영했다.

이번 합동 전시회에 출품하는 작품들은 모두 강인한 생명력과 역동적인 활력을 전달하려는 의도로 제작되었다. 투명한 물일 뿐인데도, 피가 담긴 듯한 그릇과 세밀한 그러데이션으로 제작된 전통 칠보공예품. 유화 느낌이 나는 재료가 가진 한계를 벗어나 작품은 풀잎에 맺힌 영롱한 물방울을 연상케 했다. 맺혀진 밝음, 그것은 빛의 한 조각이었다. 작가의 의도를 집요하고 또렷하게 드러내 주는 작품들을 보며 라수는 생각했다. 이렇게까지 강한 메시지를 던지는데도, 헛짚는 사람은 또 나오겠지. 라수는 웃었다. 스스로의 한계를 뛰어넘은 물방울 그릇은 울창한 수풀, 초목 사이에 빛줄기와 함께 놓일 것이다. 이번 전시가 끝나면 다음에는 또 무엇을 만들까.

라수가 완성된 작품을 보호재로 감싸며 소리 내어 웃자, 주 할아버지께서는 안경을 고쳐 쓰며 까닭을 물어오셨다. 라수는 날이 좋아서요, 라고 대답했다. 작업실의 관리를 도와주는 직원 한 명이, 서라수 아씨는 가만 보면 진짜 멍충이. 라고 놀렸지만. 또 주 할아버지께서는, 가만 보지 않아도 멍충이다, 라고 분명히 말씀해 주셨지만. 라수는 기분이 나쁘지 않았다. 멍충이라고 확신할 수 있는 스스로의 높은 이해도가 자랑스럽습니다, 하고 힘차게 대답했을 뿐이다. 자신이 멍충이라는 걸 알고도, 변치 않고 아껴 주는 사람들이 곁에 있어 그것 역시 기뻤다. 있는 그대로의 나를, 형편없는 나의 작품들을 사랑해 줘서 고마워. 라수는 생각했다. 신의를 나눌 수 있는 하루는 누가 뭐래도 좋은 날이지. 생명으로 빚어낸 자신의 창작물, 청춘이 빚어낸 작품들을 바라보는 예술가의 하루도 좋은 날 아니런가. 온통 봄날이었다. 라수는 그릇을 하나씩 정리했다.

인체에 해로운 독성분을 미리 알려, 주인을 지키는 은 접시에 1번을 달았고, 백조처럼 우아한 숫자 2는 탐스러운 여성의 나체가 그려진 유리 접시에 달았다. 가슴이고 엉덩이, 허벅지고 할 것 없이 뽀얀 살집과 그로 인한 곡선이 여실히 드러났다. 유색 보석들과 영롱한 크리스털로 이뤄져 무겁지만 화려함이 극에 달한 접시는 3번이다. 4번은 당연히, 붉은색의 장미꽃잎이 맑은 하늘에 아름답게 흩날리는 전통 공예품이다. 그릇 정리를 도와주던 여직원이 되물었다.

"하나가 부족한데요?"

"화재 때 소실된 토기가 5번이었어요. 합동 전시회가 끝나면 다시 만들려고 해요. 이번 토기도 그때처럼 3D프린터로 작업할게요. 그래야 제작 의도가 확실히 전해질 거예요."

직원은 남은 보호재를 잘 접어 따로 수납해 두었다. 작품을 정리한 라수는 그녀와 함께 남은 재료의 양을 확인했다. 세공되지 않은 보석 원석들과 수많은 금괴와 은괴, 다양한 유약들과 도자기에 무늬를 그려 넣을 색색의 잉크 등, 라수는 사용할 재료들의 잔량을 꼼꼼히 확인하고, 구상 계획과 맞춰 보았다.

"금을 두른 접시는 더 이상 안 만든다고 하지 않으셨어요?"

직원의 물음에 라수는 서류철에서 눈을 떼지 않고 대답했다.

"네, 두르지 않아요. 금괴 자체를 녹여서 금으로 된 그릇을 만들 겁니다."

*

합동 전시회를 한다고,

와 달라고 초대를 하긴 했는데

벽사는 어디에도 보이지 않는다.

…

그에게 무슨 일이라도 있는 걸까?

　한참을 헤매다가, 강리의 작품 앞에서 간신히 그를 만나게 되었다. 강리는 야외 현장 미술 연구에 온 힘을 쏟는 작가였다. 그녀는 설치미술, 행위예술을 가리지 않고, 사진과 영상 등 콘텐츠에도 별다른 차이를 두지 않고 창작에 매진했다. 특징이 있다면 자연을 배경으로 하는, 자연 미술이라는 이론 체계를 확립해 냈다는 거였다. 그녀는 외국 자연 미술 전시 프로젝트에 참가하거나 선이 다른 작가들과 협업으로 왕성한 연구 활동을 이어 갔다. 벽사가 공원을 자주 찾고, 홀로 숲길을 걷는 걸 좋아한다는 건 라수 역시 잘 알고 있었다. 그는 줄곧 강리의 작품 앞에서만 머물고 있던 사람처럼 보였다. 라수는 그를 부르려다가, 강리와 대화를 나누는 모습을 보고 아랫입술을 살짝 깨물었다. 미소 짓고, 악수하고, 얽혀 드는 눈빛과 끊이지 않는 대화. 라수는 마트에 장을 보러가는 그를 몰래 뒤따라가서, 우연히 마주친 척하거나, 공원에 가는 그를 미행했던 자신을 떠올리고 깊은 숨을 내뱉었다. 강리는 벽사의 손을 잡고 이끌며, 자신의 작품 사이로 안내하고 있었다. 강리의 세계에 발을 들여놓은 벽사는 연신 눈이 반짝였다. 언젠가 봄의 수풀 뒤에 숨어 그의 은밀한 시 낭송을 엿들었던, 자신은… 라수는 뒷걸음질 쳤다. 그러자 누군가 자신의 팔을 붙잡고 질문을 던졌다.

"작품 잘 보았습니다, 서라수 선생님. 붉은 유약으로 색을 낸 자기가 참 곱더군요. 청자는 더 이상 만들지 않는다고 들었습니다만 이번 출품작은 기존의 작품과 연계가 된 것인가요, 아니면 종결의 의미가 담겨 있는 건가요."

말들이 자신을 옭아매고 있었다.

"생을 논하며 멸을 암시하신 것은 두 번째 전시회처럼 스스로의 한계, 원죄 의식에 기인한 건가요. 저는 인류 개선 가능성의 상징인 3D프린터로 제작된 토기를 볼 수 있기를 내심 기대했어요."

라수는 대답 없이 이마를 짚었다. 그러자 다른 사람이 그녀의 어깨를 잡아챘다. 반면 눈앞의 벽사는 등을 보이며 점점 멀어지고 있었다.

"작품 잘 보았습니다, 서라수 선생님. 칠보공예로 유리그릇처럼 투명한 느낌을 살려 내신 게 신기하더군요. 조명의 효과가 아닐까

했는데, 그러데이션으로 영롱한 물방울처럼 보이게 만드셨던데 가루를 분사하실 때 당연히 기계를 쓰신 거겠지요? 설마 손으로 작업하신 걸까요."

라수는 몸을 비틀어, 사람들 틈을 벗어나려, 벽사에게 다가가려고 했으나, 팔과 다리를 감아 오는 말들은 집요했다.

"세 번째 전시회 때 물감의 번짐을 기억합니다. 비평가들 사이에서는 평이 좋지 않았지만, 저는 그렇게 생각되지 않았어요. 전시회 퍼포먼스에 앞서 종교가와 과학자, 상인과 철학자, 의학자와 예술가들이 모여 인간에 대한 정의를 먼저 논하면 좋지 않을까, 하는 생각도 들었어요. 삶의 소명 의식을 말하기에 앞서 인간에 대한 정의를 내린다면 관람객의 이해를 도울 수 있을 거란 판단에서요."

"브람하⋯."

라수의 중얼거림에, 주변 사람들이 서로의 시선을 교환했다.

"브라흐마."

사람들은 그제서야 라수의 몸에서 손을 뗐다. 그녀는 비틀거리며 간신히 서 있다가, 전시회장 화장실로 황급히 뛰어갔다. 우스꽝스러운 감정이 자신을 뒤흔들어 멀미가 났다. 빈속에 토악질을 한 라수는 진땀이 나고 배가 따끔거렸고, 눈앞이 하얗게 되었다가 까맣게 되길 반복했다. 자신의 작품을 보러 와서, 다른 여성작가의 세계에 흠뻑 빠지다니, 그녀의 손을 잡고, 작품 속으로 스스로 걸어 들어가다니. 수다스럽지 않은 그가 무슨 말을 그렇게 많이 한 걸까. 눈빛 속 숨길 수 없는 호기심, 흥미로움이 고스란히 보였다. 자신을 그렇게 바라봐 준 적이 한 번이라도 있었던가. 라수는 바닥에 주저앉아 변기에 몸을 기댔다. 합동 전시회가 어떻게 마무리됐는지는 잘 모르겠다. 강인한 생명력에 대한 작품 전시를 연 서라수 작가는 난데없이 스트레스로 인한 통증을 호소하며 돌연 귀가해 버렸으니까.

라수는 행여 그와 마주칠까 봐 두려워, 집에도 가지 않고 작업실에서 숙식을 해결했다. 합동 전시회가 끝난 뒤에, 또 다른 합동 전시회가 약속되어 있었다. 개인 전시회의 경우 임의대로 일정을 조절할 수도 있었지만, 단체전은 개인적인 사정을 들먹일 수 없었다. 물론 그런 동료들이 아예 없던 것은 아녔다. 워낙 자유분방하고 예민한 사람들이다 보니, 전시회 하루 전날 만취한 채로 돌연 제 작품을 때려 부수는 작가부터, 전시회를 도와주는 화랑의 직원과 염문설을 뿌리는 작가, 전시회를 위한 전시회를 열어야겠다며 전시회를 이중으로 열고, 전시회를 찾는 사람들을 역으로 전시해 버리는 작가까지.

개인의 성품에서 비롯된 고루한 생각이긴 했지만, 라수는 약속이라면 책임을 다해야 한다고 생각했다. 슬럼프는 혼자만 알고 있어도 좋다. 라수는 며칠씩 옷도 갈아입지 않고 작업에만 전념했다. 수면 패턴이 깨져 버렸고, 패스트푸드와 레토르트, 인스턴트식품을 주로 먹다 보니 얼굴이 둥글게 변했다. 눈 밑 그늘도 조금 짙어진 것이 숫제 판다였다. 라수는 쓴웃음을 지었다. 생식 행위에 번번이 실패하고 삶의 질이 급격히 추락해 이대로 멸종될 것 같다. 라수는 벽사의 등을 기억해 냈다. 아이를 낳지 않는 것이 아니라, 낳지 못하는 것이다. 흐, 바보 같은 웃음을 띠고서, 라수는 동네 슈퍼에서 천 원 주고 크림빵을 사 왔다. 하얀 크림이 입 주변에 묻어났지만 허기를 달래는 데 더 마음을 쏟았다. 금괴를 녹이고 보석 원석을 다듬어서 수억을 호가하는 작품을 빚어내는데, 정작 내 삶의 모습은. 쓸쓸한 마음에 보석을 세공하는 기기를 관자놀이에 가져다 대고 윙, 하고 밀어 넣어 볼까 생각도 해 보았지만 주 할아버지께 들켜 혼만 나고 말았다.

"서라수 아씨의 삶."

할아버지는 온갖 색상의 아름다운 보석으로 장식되어 고고하리만치 찬란한 인상을 주는 작품을 들어 보이시며 말씀하셨다. 옆에서 모든 상황을 안타깝게 지켜보던 직원이 쓰레기통 주변을 나뒹구는 빵의 비닐 껍질을 들어 보이며 말했다.

"서라수 아씨의 삶."

라수는 고개를 끄덕였다. 둘 다 나의 삶. 라수는 자리에서 일어나 비닐 쓰레기를 쓰레기통에 제대로 버린 뒤, 작품 하나를 들어 작업실 바닥에 내던져 부숴 버렸다. 파편이 손에 튀었던지, 손가락에 붉은 물이 맺혔다. 직원은 혀를 찼다. 정말 지독합니다. 수억을 호가하는 작품 하나가 산산조각 났어요. 크림빵 몇 개인가요? 라수는 고개를 저었다. 내 정신을 돈으로 환산하는 것은 싫어요. 두 번 다시 그런 말씀하지 마세요.

"이번 단체전이 끝나고 나면, 조금 쉬는 것은 어떨까요."

주 할아버지 말씀에 직원도 맞장구를 쳤다.

"오늘은 그만 퇴근하시는 게 좋겠어요."

라수는 계절이 바뀌도록 퇴근하지 않았다. 반창고를 붙인 손으로, 작품을 쉼 없이 만들어 냈다. 단체전에서 자신에겐 4칸의 방이 주어졌다.

　1 전시실 한가운데에는 금괴를 녹여서 만든 그릇을 보석으로 아름답게 치장해 전시했다. 1 전시실에는 2 전시실과 3 전시실로 갈 수 있는 두 개의 문이 있었다. 라수는 3 전시실로 향하는 문 앞에 서슬 퍼런 도끼를 내려놓았다. 1 전시실에 놓인 멋진 그릇을 박살 내고 싶다면 3 전시실로 향하고, 부숴 버리는 걸 원치 않는다면 2 전시실로 향하는 안내문도 붙여 놓았다. 단 어떤 관람객도 단 한 가지 경로밖에 택하지 못한다는 주의 문구도 함께.

　관람객은 두 가지 전시 내용 중 하나밖에 관람하지 못한다.

라수는 출구 쪽에 서서 관람객들의 표정을 카메라에 담았다. 개인 소장용이었다. 그들이 무슨 선택을 했는지는 중요하지 않았다. 저마다의 판단으로 각기 다른 문을 골랐을 뿐, 이후 펼쳐질 광경을 그저 무조건 받아들일 수밖에 없는 입장이니까. 2 전시실과 3 전시실의 전시 내용은 서로 달랐지만 관람객이 할 수 있는 행동은 똑같았다.

　　　　자신이 미처 예상하지 못한 전개를,
　　　돌이킬 수 없는 상황을 있는 그대로 감내하기.

라수는 사람들이 본인 스스로 택한 결말을 어떻게 인지하고 인정하는지를 눈여겨보았다.

그릇을 깨고 싶지 않은 사람들이 들어가는 2 전시실에는 1 전시실과 똑같은 그릇을 놓아두었다. 정적으로 느껴질 만큼 고요하며, 설치된 스피커에서는 여성의 고른 숨소리가 흘러나온다. 깨질 듯 심약한 평온.

반면, 그릇을 깨고 싶은 사람들이 택하는 도끼가 놓여져 있는 3 전시실에는, 아무것도 놓여 있지 않았고, 바닥은 온통 붉은색 잉크로 어지럽혀 놓았다. 피의 질감을 내기 위해 걸쭉한 풀과 페인트도 섞었고, 실감 나는 혈 향을 위해 조향사를 개인적으로 찾아가야 했다. 또한 3 전시실 스피커에서는 여자의 울먹이는 소리와 고통에 찬 신음 소리, 욕설, 어깨를 움츠리게 될 만큼 충격적인 비명 소리가 번갈아 들렸다.

당신보다 앞선 사람이 이미 다 깨 버려서,
이곳에는 이제 아무것도 남아 있지 않습니다.

실망시켜서 참 미안하군요.

글씨체는 위협적이며 험악하고, 소름끼칠 정도로 을씨년스러웠다. 벽면을 크게 채운 글자에서는 핏물 같은 페인트가 뚝뚝 떨어졌다. 3 전시실을 통과한 관객은, 원하던 대로 예술품을 박살 내진 못했지만 그 살의만으로도 흔적이 남아서, 요컨대 신발에 온통 붉은 페인트가 묻은 채, 3 전시실과 이어진 4 전시실을 반드시 통과해야만 했다. 한번 지나온 길을 되돌아갈 수 없었기에, 더러운 악의를 묻힌 채 그대로 나아가는 수밖에 없었다. 신발 밑면에 묻은 붉은 잉크가, 붉은 핏물이 걸음마다 꼬리표처럼 따라붙었다.

4 전시실에는 천장까지 포함해 온통 낯선 사람들의 얼굴이 그려져 있었고, 그들의 동공은 모나리자나 도마 위의 생선처럼 한가운데에 정위치하여, 관람객이 어느 곳으로 향하든 자신을 주시하는 것처럼 보이도록 만들었다. 소름끼치는, 모두의 크게 열린 동공.

관람객은 자신을 쫓는 시선들을 견뎌 내며, 숨을 곳 없는 전시실 한복판에서, 바닥에 깔린 카펫에 신발의 밑면을 계속 문질러 대야만 악의와 감춰 뒀던 폭력성의 흔적을 닦아 낼 수 있었다.

3 전시실을 택한 관람객들은 분통을 터트렸다. 귀신의 집도 아니고, 섬뜩해서 비명을 지를 뻔했다거나, 놀라 쓰러질 뻔했다는 것이다. 심약한 관람객 몇몇은 4 전시실의 무수히 많은 얼굴들을 보고 충격을 받았다며, 환불을 요구하거나, 신발을 못 쓰게 되었다면 보상을 요구했다. 그들은 대부분 성을 냈다. 선택한 문을 후회하는 것인지, 흐느끼며 걸어 나오는 관람객들도 있었다.

그릇이 깨지지 않길 바라던 관람객들이 찾은 2 전시실. 그곳을 통과한 관람객들은 최소한 3, 4 전시실을 통과한 관람객들처럼 고함을 치거나 울부짖거나 언성을 높이지는 않았다. 하지만 대부분 졸리다고 느끼거나 경직된 태도를 보였다. 재미가 없었다고 했다. 작가의 입장에서 재밌는 점은, 관람객 대부분이 자신이 고른 선택지를 후회하며 겪지도 않은 다른 경로가 훨씬 나았을 거라고 생각한다는 점이었다. 마치 자신들의 인생처럼.

75명의 관람객 중, 스스로의 선택에 후회하지 않는 사람은 단 2명뿐이었다. 1명은 2 전시실을 골랐고, 1명은 3 전시실을 골랐다.

자신의 삶을 후회하지 않는, 2 전시실을 택한 관람객은 작품에 손을 대지 말라는 문구를 읽었음에도 불구하고, 보석으로 장식된 황금 그릇을 오랫동안 품에 껴안고서, 스피커에서 흘러나오는 여성의 고른 숨소리를 듣고 있었다. 그녀는 시민 의식과 예술에 대한 존중, 그리고 조예가 낮은 미성숙한 관람객이 1 전시실에 놓인 도끼를 들고 2 전시실까지 들어와서 2 전시실에 놓인 작품까지 부수지는 않을까 걱정을 했고, 다른 사람들이 작품을 훼손하지 못하도록 계속 껴안고 있었다고 했다. 그녀는 말했다. 똑같은 모습으로 놓여 있는 그릇을 보고 깊이 안도했다고, 마치, 좋아하는 소설을 쓴 소설가를, 책 밖에서 실제로 만나 보았을 때, 실망스럽지 않았을 때의 느낌처럼. 크게 안심했다고 했다. 그녀의 직업은 박물관장이었다.

　자신의 삶을 후회하지 않는, 3 전시실을 택한 관람객은, 작품을 부수고 싶은 충동을 느껴서, 3 전시실로 향하긴 했었지만, 정말 자신이 도끼를 휘둘러 작품을 부숴야 할까 봐 조마조마했다고 말했다. 누군가 이미 부숴서 아무것도 없는, 피로 얼룩진 전시실에 들어서는 순간, 안도감과 비애를 동시에 느꼈다고 했다. 요컨대 고가의 희귀 예술품을 부숴 보고 싶다는 열망은 느꼈었지만, 실제로 부술 의도는 없었다는 것이다. 단순한 충동이었을 뿐.

　라수는 두 사람에게 악수를 청했다. 두 사람은, 악수 대신 그녀를 꼭 안아 주었다.

두 사람을 제외하고 다른 관람객들은 라수에게 욕을 하거나 침을 뱉고 돌아갔다. 피식피식 까닭 모를 비웃음을 보여 주는 이들도 있었다. 라수는 벌을 받는 아이처럼, 그들이 토로하는 불쾌감에 가만히 귀를 기울였다. 우습기도 하고, 한심하기도 했지만, 그저 그들의 태도를 주의 깊게 관찰했을 뿐. 스스로 그려 낸 삶의 궤적들을, 스스로 창조하고 전시한 작품에 대한 책임을 졌을 뿐. 인간은 신의 모습을 본떠서 만들어졌다는데, 신도 이들과 같은 모습일까, 신도 인간들처럼 자신의 선택을 후회할까. 그래서 홍수로 세상을 깨끗하게 지워 버렸나. 라수는 끝없는 불만을 묵묵히 경청하며, 앞선 두 명의 사람들처럼 삶의 선택을 후회하지 않았다.

단체전이 끝나고 난 뒤, 작가들은 모여서 회포를 풀었다. 그래 봤자 좋아하는 음식을 하나씩 가져와서, 즐거이 나눠 먹은 후, 담소를 나누는 것이 전부였지만. 소소하면 또 어때. 기분만 좋으면 되지. 라수는 따뜻한 물이나 한 잔 마실까 하다가, 과실주에 손을 댔다. 겨우 끝났다는 생각이 들어 홀가분함과 동시에 눈물이 조금 났다. 아마 술기운 때문일 것이다, 나는 마음이 약한 사람이 아니니까. 동료들은 그런 라수에게, 본인 스스로 조금은 관대해질 필요가 있다는 말을 덧붙였다. 그들은 라수가 백자에 환멸을 느꼈을 당시, 엄청나게 커다란 찻잔을 제작했다는 걸 잊지 않고 있었다. 전시 상황에 방패로도 쓸 수 있을 것 같은 거대한 대연회용 전체 그릇, 본인이 만족할 만한 그릇을 만든 후에나 겨우 자신을 용서해 주었던. 앞선 단체전에서 이해하기 어려운 태도를 보인 뒤, 통증을 호소하며 급히 귀가한 이유를 묻는 이 하나 없었지만, 이번 단체전을 통해 라수가 스스로에게 벌을 주었다는 것쯤은 모두 알고 있었다. 여태껏 빚어낸 작품과 다른 행로의 삶을 살아온 라수는, 빚어낸 백자들을 남김없이 깨부숴 버렸던 그녀는, 관람객의 욕설로 몸과 마음을 정갈히 씻어 낸 후, 비로소 웃을 수 있었다. 벽사의 뒷모습도 더 이상 기억나지 않았다. 질투심으로 추하게 일그러진 못난 여성의 얼굴에서, 말갛고 정결한 공예가의 얼굴로 되돌아간 자신을 느끼고, 라수는 가슴께를 쓸어내렸다. 겨우 편안하게 쉴 수 있었다.

전시회의 문을 닫았음에도 단체전을 축하해 주기 위해서 동료 작가들과 비평가들이 모여들었다. 때문에 시간이 지날수록 음식은 줄지 않고 되레 늘어만 갔다. 문밖의 세상은 사람이 늘어나면 늘어날수록 그만큼 탐욕도 늘어, 작은 파이로 서로 아귀다툼을 하는 생지옥도가 펼쳐졌지만, 이상을 노래하고 사랑을 입에 담는 예술가들이 모인 비밀스런 장소에서는 사람이 늘어난 만큼 배려와 온기가 더해져, 은혜로운 풍요만이 거듭되었다. 우리네 유한한 100년의 삶에서 사랑과 예술, 요컨대 영원을 빚어내며, 일상을 웃음으로 가득 채워, 일생토록 기쁨만 가득 담는다는 것. 무엇이든 만들어 내며, 무엇이든 꿈꿀 수 있는 예술가의 삶은 환희로 달콤했다. 일행은 장소를 옮기자고 했다. 인사동 옆 건물에서도 작가들이 모여 단체전을 했는데, 그네들도 오늘 전시가 마무리되었다고 했다. 예술가들과 비평가들은 우르르, 옆 건물로 몰려갔다. 라수는 피곤해서 그냥 작업실에 돌아가고 싶었지만, 피곤해서 3, 4일 정도 깨지 않고 푹 자고 싶었지만 능청스러운 사람들의 손에 이끌려 무리에 합류했다. 그래. 오늘은 더없이 좋은 날이니까.

마음이 바뀐 가장 큰 이유는 예의를 운운한 사람이 있던 탓이다. 라수는 자신을 이끈 것은 사람들이 아닌, 타의가 아닌 자의, 스스로의 모럴이라고 생각했다. 누군가의 의도대로 맥없이 끌려가는 것을 좋아하지 않았던 터다. 라수는 그곳에서 낯선 남성과 팔짱을 끼고 있는 강리를 보고 깜짝 놀랐다. 강리는 여성의 실루엣이 은은히 드러나는 우아한 실크 블라우스를 입고 행복하게 웃고 있었다. 사랑에 빠진 여성만이 지을 수 있는 빛나는 미소. 직함이 없어 자격 역시 없어 보이는 그 사내에게 작가를 비롯한 비평가 여럿이 관심을 보였다. 낯선 남성은 약간 불편한 기색을 비쳤지만 강리는 이런 상황은 익숙하다는 듯, 동행한 사내의 신원을 대신 증명했다. 목축 인근 들판에서 설치 작업을 진행하던 중, 예보에 없던 급격한 기후 변화에 작품 일부가 훼손되었고, 곤란을 겪고 있던 중 목축장의 주인인 그와 알게 되었다는 것이다. 강리는 다음 전시에 그의 도움을 받은 작품을 내놓을 거라는 말도 잊지 않았다. 많은 예술가들 사이에서 그는 주눅 들거나 으스대는 것 하나 없이 자신을 그저 우유 짜는 사내라고 소개했다. 그의 말에 몇몇 사람들이 탄성을 내뱉었다.

허영과 허세에 대한 과도한 반감과, 성숙을 강요받아 저항 없이 그대로 이행하는, 순응적 태도는, 요컨대 자의식의 결여는 무척이나 부자연스러운 데다가 자신의 감정을 부정하고, 부정해야만 하고, 부정해야 하는 태도를 부정하는 것을, 부정당하는 현대인들에게 나타날 수 있는 흔한 정신질환에 불과하다고 떠드는 비평가도 나왔다. 우유 짜는 사내는 잠시 생각을 해 보다가, 선생님. 지금 뭔 소리를 하시는 거냐고 물어보았다. 몇몇 작가들이 포복절도했다. 부끄러워하는 것은 질문을 한 그가 아닌 질문을 받은 비평가였다. 우유 짜는 사내는 머리를 긁적이다가, 이어서 말했다. 그녀가 말한 도움이라는 것도 작품이 비에 젖지 않도록 축사의 안 쓰는 포대를 가져다가 덮어 놨던 것뿐이라고, 박수를 받을 만한 거창한 일은 전혀 하지 않았다고 겸손을 보였다. 그 이야기를 들은 사람들은 크게 감탄했다. 자기 자신보다 작품을 더 중시하는 게 작가들 아닌가, 비를 맞고 있는 내게 우산을 씌워 주는 것보다 야외 설치된 내 작품이 훼손되지 않도록 살짝, 우산을 씌워 주는 행동에 더 큰 감동을 받는 게 당연했다. 몇몇 여류 화가들은, 상황을 상상해 보다가 그의 로맨틱함에 전율했다.

세상에, 내가 야외에 설치한 작품이 비에 젖지 않도록 다가와 우산을 씌워 주다니.

하지만 사내는 작가들이 왜 이렇게 감탄하는지 그 이유를 전혀 모르겠는지, 어리둥절해했다.

"예술가라는 사람들은 원래 이렇게 이상합니ㄲ… 아니, 독특합니까. 모두들 같은 이야기를 하고 있는데, 어째서 같은 말을 하는 사람들이 단 한명도 없는 것 같네요."

작가들은 그의 말에 박수를 치며 환호했다. 누군가 큰 소리로 말했다.

"그래, 같은 시간, 같은 세상을 살아가는 우리는 결국 모두 같은 이야기를 하고 있는데, 같은 말을 하는 사람들이 아무도 없어. 수십 개의 다양한 외국어로 대화하듯, 모두 자기만의 언어로 떠들어 댈 뿐이야. 우리 모두는 그렇게 특별하게 소통하고 교류하고 있지."

세상에서 가장 멋진 사내를 찾아낸 강리는 모두 앞에서 그를 꼭 껴안았다. 반면 사내는 뭐가 뭔지 하나도 모르겠다는 표정이었다. 사내의 등을 두드리는 작가부터, 악수를 청하는 작가도 나왔다. 사내는 상황이 어떻게 돌아가는지 여전히 모르겠다는 눈치였지만,

많은 사람들이 보여 주는 호의에 어깨의 힘을 풀고 숨을 골랐다. 꿍꿍이가 있어 허울뿐인 친절을 베푸는 자들은 자리를 떠난 지 오래였다. 많은 이들의 부러움과 환대 속에서 강리와 우유 짜는 사내는 서로를 사랑해 마지않는다는 눈빛으로 바라보았다. 그 모습을 지켜보던 라수는 가슴이 답답해졌다.

벽사는, 그이는 어떻게 된 거야, 이 좋은 날, 브라흐마는. 나의 사람은.

06 네게 닿기를

"서라수 아씨, 학창 시절 친구 중에 도햇살이란 여학생이 있었잖습니까."

주 할아버지는 안경을 고쳐 쓰시며 말씀하셨다.

"이웃집 그 청년은 생애 처음 만나게 된 문인이 아닙니다. 그렇게 홍미를 가질 이유가…."
"햇살이는 문인이 아니라 친구였어요. 엄밀히 따지면 작가 지망생이었고요."

주 할아버지께서는 작가 지망생도 글을 쓰는 사람이기에, 문인에 해당한다고 말씀하셨다. 글을 쓰는 자는 모두 작가, 그림을 그리는 자는 모두 화가라는 것이다. 심지어 아이들이 장난감 블록으로 만드는 창작물도, 예술품이 될 수 있다고 하셨다.

맞는 말이야. 라수는 햇살이가 어떤 모습으로 살아가고 있을까, 하는 생각. 또 벽사는 어떻게 지내고 있을까 하는 생각이 자꾸만 들었다. 라수는 3달하고도 10일 만에 퇴근했다. 100일간 공방에서 쑥과 마늘이 아닌, 천 원짜리 크림빵만 먹었던 라수는 곰처럼 변해 있었다. 작업실의 직원은 진정한 워커홀릭에게 존경의 뜻을 전달함과 동시에, 추가근무수당을 요구했다. 라수는 미리 만들어 놓은 책갈피를 하나 선물했다. 추가근무수당으로 행성 하나를 선물 받은 직원은 어처구니가 없어 웃어 버렸다. 고된 노동의 정당한 대가로 별을 받다니, 라수는 그에게, 고생시켜서 미안해요. 라고 이야기하고, 집에 돌아가는 길에 크림빵이라도 사 먹으라고 천 원을 쥐여 주었다.

주머니에 손을 찔러 넣었더니, 동전 몇 닢이 잡힌다. 라수는 빈털터리 거지 같은 자신에게 웃음이 나왔다. 돈이 없다고, 예술가의 긍지마저 없을쏘냐. 라수는 당당히 어깨를 폈다. 누가 시켜서 하는 일이었다면 이렇게까지 못 했으리라. 집으로 향하는 라수는, 한 계절이 훌쩍 지나갔음을 느꼈다. 눈 닿는 곳마다 꽃이 만발해 있었다. 라수는 기억 속의 벽사를 떠올렸다. 소중한 그 사람은 지금 어느 계절을 살아가고 있을까. 좋아하는 프랑스의 어떤 소설 작가는 숫자 6을 사랑이라 일컬었는데, 벽사에게 가는 나를 숫자로 바꾼다면 동글동글한 판다, 사랑의 6이 되겠지. 내가 소설 속의 인물이었다면 지금쯤 내 이야기는 사랑 충만한 챕터 6 정도 되었을 거야. 여기에 4편 정도의 이야기가 더해지면, 경험했던 과거 모든 일은 이해와 용서로 거듭나 기쁨의 날을 맞이할 수도 있을 것 같았다. 어리석은 슬픔은 이만하면 되었다. 3달하고도 10일, 한 계절을 거슬러 올라 본디 있어야 할 곳으로 바르게 나아가는 동안 많은 번민이, 많은 일들이 그녀의 마음을 어지럽혔지만 라수는 긍정적으로 생각하기로 마음먹었다. 벽사의 얼굴이나 목소리, 그의 글이나 그 안에 깃든 정신. 다양한 형태의 감정들, 잊으려 노력했었던 좋았던 날들. 둘이서만 하고 싶은 이야기도 많았고, 묻고 싶은 것도 많았다. 아무 말도 하지 않은 채 그냥 꼭 껴안고 있었으면 좋겠다는 생각도 들었다. 벽사가 자신의 마음을 알게 된다면 어떤 표정을 지을까.

깨지지 않고 무사히 그에게 이를 수 있기를.

설령 둔탁하고 흉폭한 것에 박살이 나야 한다면, 내게 닥쳐올 모든 아픔을 나는 그저 받아들일 수밖에 없다면, 그 모든 고통과 공포는 반드시 그의 이름으로 행하여지길. 마음에는 한 치의 거짓도 없었다. 마음의 방에는 사랑이 가득해서 다른 것이 담길 곳이 없었다. 라수는, 자신의 손목을 꺾고 힘으로 누르는, 자신을 내려다보는 벽사를 상상해 보았다. 하지만 아무리 노력해도 벽사의 무서운 눈빛은 그려지지 않았다.

동네는 여전했다. 기사도를 운운하는 백치들이, 아니 백자들이 여기저기 굴러다니고, 정작 사회적 최약자에 해당하는 아이들은 기사도를 언급하는 여성들에게 학대당해 울어 댔다. 어머니 또는, 유치원 보육교사에게 손찌검당해 죽어 가는 아이들이 늘어 갔다. 자신보다 강한 근력을 가진 남성들에게는 너무나 당연하게 중세의 기사도를 요구하면서, 자신보다 약한 아이들에게 모성애를 보이는 것은 왜 거부할까. 그녀들의 모순과 이기를 바라보며 라수는 고개를 갸웃했다. 기사도는 인류가 거슬러선 안 되는 절대적인 선천적인 감정이고, 모성애는 출산 후 학습이 필요한, 또한 거부해도 되는 감정이란 거지. 너는, 너보다 약하고 어린 아이들에게 폭력을 행사해도 되지만, 너보다 강한 남자에게는 맞으면 안 된다는 이야기잖아. 라수는 씁쓸함을 감추지 못했다. 하지만 전처럼 크게 상처받지는 않았다.

출산을 포기한 자신 덕분에, 어린이집에서 학대받을 아이가 한 명 줄어들었고, 제 권리만 소리 높여 떼를 쓰는 여성들 때문에, 역으로 노약자를 우선하며 보호하려는 태도를 갖게 되었기에. 정신적으로 거세되었지만 성별을 뛰어넘어 사람으로 거듭날 수 있었다.

상가의 유리창에 비춰진 자신은 여성의 눈빛을 잃지 않고 있었다. 그건 벽사 덕분이겠지. 라수는 부끄러운 듯 웃었다. 좋은 감정을 품어, 온유한 여성으로 남아 있을 수 있게 해 줘서 감사해. 연애에 서툴러 생식 같은 건 꿈도 꾸지 못하고 있지만. 판다치고 이 정도면… 멸종이 예견되었지만 그리 서글프진 않았다.

라수는 그의 현관문에 다가가서, 살짝 귀를 대보았다. 시를 낭송하고 있는 것일까. 애틋한 그리움이 들린다. 라수는 눈을 감았다. 그의 목소리를 듣고 있자니, 심장의 리듬이 점차 빨라짐을 느꼈다. 그렇게 삶의 리듬이 달라짐을 느낀다. 라수는 그의 노랫소리 비슷한 시 낭송을 들으며, 어려서부터 좋아했던 영화 속 노래를 중얼거렸다.

그대 있음에 세상이 얼마나 아름다운지.

07 개선 가능성

가슴까지 오는 빨간색의 긴 머리카락, 동양인답지 않은 그녀 특유의 하얀색 피부에, 얇은 꽃잎처럼 속이 비치는 블라우스. 그리고 짧은 검은색의 스커트 차림의 그녀가, 커다란 폴더를 품에 안고서 손을 흔든다. 얼굴은 예전 그대로 웃는 표정이다.

라수는 그녀를 따라서 밝게 웃었다. 번화가에 위치한 큰 서점. 약속 시간보다 먼저 햇살이 나와 있었다. 어젯밤 봄비가 내려서 그런지 공기가 한없이 맑고 상쾌했다. 매캐한 미세먼지가 가득했던 그 고단한 날들을 견뎌 내면서도, 초목은 푸름을 지켜 냈고, 곳곳에서 어여쁜 꽃망울들이 맺혔다. 라수는 회색빛 물기 어린 하늘을 올려다보았다. 아, 모처럼 맑은 공기. 마음속까지 쾌청하고 후련하다.

"길에서 만나면 라수, 너인지 몰라보겠는걸. 곰처럼 변했잖아."
"오래 기다렸어?"

넌지시 물었더니 햇살은 대답 대신 미소만 지었다. 그간의 안부를 짧게 전하고서, 인근에 위치한 제과점으로 향했다. 둘 다 커피는 그리 좋아하지 않는 터라, 앉아서 이야기할 장소는 카페보다 제과점이 좋았다. 커피는 향은 참 좋은데, 맛이 써서 향수를 들이켜는 것 같다면서, 햇살이는 혀를 베― 내밀었다.

제과점에 도착한 그녀는 장미 향이 나는 분홍색 마카롱을 골랐고, 라수는 어니언 크림치즈가 발라진 베이글을 골랐다. 라수는 무화과 크림치즈를 바른 베이글도 내려놓지 못하고 한동안 바라보았다. 매번 천 원짜리 슈퍼 크림빵만 먹어 왔는데, 제과점의 크림치즈를 바른 베이글을 보니까 너무 맛있어 보여. 어떻게 할까, 한참 머뭇거리자, 햇살이는 안 본 사이, 식탐이 생긴 친구를 보고, 배를 잡고 웃었다. 빵을 2개나 먹을 수 있겠어? 물어보더니, 열심히 고개를 끄덕이는 라수를 보곤, 그럼 둘 다 먹고, 먹은 후에 같이 산책을 하자고 권했다.

햇살이는 따뜻하게 데워진 우유 한 잔을, 라수는 토마토와 당근이 든 시원한 야채주스를 함께 주문했다. 카운터에서 음료를 가져오는 그녀를 보고 있자니, 라수는 청자가 떠올랐다. 어릴 때부터 신체 발육이 뛰어나서 달리는 걸 싫어하던 그녀였다. 살집이 잔뜩 올라 조금만 빨리 달리면 가슴이 흔들리고, 또 아프다며 체육 시간에 다른 여학생들이 달릴 때도 혼자서 걸어오는 경우도 있었다. 부력 때문인지 뭔지 모르겠지만 유일하게 높은 점수를 받은 체육 교과목은 수영이었다. 이 녀석, 꼭 고래 같았단 말이지. 피부는 이상하리만치 희어서 꼭 미갈루 같았어. 라수는 햇살을 살펴보았다. 어려서 헤어졌던 친구는 어느새 누워 있는 산을 닮은 어엿한 아가씨가 되어 있었다. 이런 낯선 모습이 되어 있으니 추억의 장소에 가 보아도, 다시 만날 수 없었던 것 같다.

요 근래의 일상과 작품 활동에 대해 이야기하다가, 햇살이의 마지막 말에 자신도 모르게 멈칫하게 되었다. 라수는 잠시 생각해 보다가 말을 이었다.

"나는… 멸종하게 될 거야."

라수의 말에 햇살이는 대답 대신 길게 숨을 내쉬었다. 한참을 골몰하던 햇살이 말을 이었다.

"아가를 위해, 네가 천국을 만들어 볼 생각은 왜 못 해? 꽃길을 걸을 생각만 하지 말고, 꽃을 심는 사람이 되면 되는 거잖아. 네 말은 전부 핑계에 지나지 않아. 아무런 헌신과 희생을 하지 않고, 모든 것을 누리겠다는 이야기밖에 되지 않아. 정도의 차이만 있을 뿐, 너 역시 마귀에 지나지 않아. 다른 사람이 아닌, 너 자신에게 있어서 악당이야. 우스꽝스러운 생각에 사로잡혀, 응당 누려야 하는 삶의 행복을 가로막고, 태어날 아가가 누려야 하는 기쁨마저 빼앗아 버리는."

두 사람은 한참을 옥신각신하며 생각을 나눴다. 라수에게 있어서 햇살이는, 햇살이에게 있어 라수는 마치 자기 자신 같았다. 정제되지 않은 감정과 생각들을 부끄러워하지 않고 솔직히 건네도, 애정과 호의가 가득 담겨 되돌아오는. 시간이 지날수록 원석은 곱게 세공되었다. 덜 자란 마음이, 생각이, 세포분열 하듯 끊임없이 조각났다. 그렇게 한 뼘, 두 뼘 성장해 갔다.

"동성애자를 싫어하는 정도가 아니라 공격까지 하려는 사람들은, 잠재적으로 동성애 성향을 갖고 있는 호모포비아들이라는 걸 잊지 마. 네가 백자들에게 극도의 불쾌감을 느끼는 건, 그들과 같은 언행을 하게 될까 봐 무의식적으로 두려움을 느끼기 때문일 수도 있어. 그에 따른 강한 반감. 거부 반응인거지. 물론 인류를 포함한 모든 동물은, 환경이 안정적이지 않고 위협을 느낀다면 출산을 거부한다고는 하지만, 백자들의 추함과 실망스러운 행태에 특히 더 집중하는 것은, 완전히 뿌리 내리지 않은 듯한 너의 여성성과 직결된 문제일 수도 있어. 일단 내가 보기엔 그래.”

라수가 잠자코 듣고 있자 햇살은 이어 말했다.

“그리고 너는 네 자신에게 더 없이 엄격하잖아. 네 안의 너 만의 규율이, 그들을 못마땅하게 여기도록 만드는 거야. 물론 아이를 학대하고 살해하는 것은 그 누구도 용납해선 안 되는 끔찍한 범죄가 맞아. 하지만 지나치게 그 부분에 몰두하는 것은 일반적이지 않지. 물론, 남들보다 기준이 많다고 좋지 않은 건 아니야. 한 사람은 독립적인 하나의 세상이니까. 저마다의 시스템으로 동시대를 살아가지. 때론 다른 시간대를 같은 모습으로 함께 살아가기도 하고… 요지는, 네 안의 규율 자체가 잘못된 것은 아닌데, 타인에게 강요하려 들거나, 규율로 인해 반사회적인 태도를 보이거나 너 스스로 과도한 스트레스를 받게 된다면, 그때부터는 확실히 문제가 있다고 말할 수밖에 없는 거야. 너의 기준을, 너의 사고를, 너의 감성을 타인에게 칼처럼 휘두르지 마. 그 사람들은 네가 아니야. 그들 스스로의 삶을 살아가도록 내버려둬. 그리고 너 자신의 규율을 재정비할 필요가 있다고 느껴.”

“학대받고 살해당하는 아이를 내버려두라는 의미야?”
“아니야. 그런 가여운 아이가 존재하는 세상이라고 해서, 네가 출산을 덩달아 포기할 이유는 되지 않는다는 소리야.”

“나는⋯”

라수는 조심스레 말을 이었다. 하지만 햇살이는 그녀의 말을 끝까지 듣지 않고 끊어 냈다.

“그리고, 헬조선이란 단어, 나는 정말 싫어하거든. 네 말속에 숨은 함의에는, 이미 아가를 낳은 사람들을 어리석게 또는 한심하게 여기고, 그들의 내일을 저주하는 듯한 인상이 묻어 있어. 사람들은 바보가 아니야. 그들은 스스로의 선택으로 삶의 행태를 결정한 용기 있는 사람들이고, 자신의 아이에게 행복과 기쁨을 주기 위해 꽃을 심는 사람들이야. 너는 그들을 비난할 자격이 없어. 한국을 헐뜯는 것도 마찬가지야. 현충원에 한번 가 본 적 있어? 그곳에 놓인 수많은 비석들, 모두, 하나뿐인 생명을 다해 조국을 수호하려 애썼던 사람들이야. 그분들을 모욕하는 것으로만 느껴져.”

라수가 더 이상 아무 말도 하지 못하고 입을 다물자, 어깨가 축 바닥으로 처지자, 햇살은 옅게 웃었다.

"햇살이 너도, 내 기존의 시스템을 바꾸려 들잖아."
"아닙니다. 저는 오만한 폭군인 서라수 님께 화해와 상생의 메시지를 전달하고 있는 겁니다. 이해를 통한 용서의 길, 화합의 장으로 나오시길 진심으로 기원하며."

"자발적으로 멸종됨을 택한 우리보다, 생명을 낳아 인간으로 기르는 그들의 선택이 훨씬 용감하고 가치 있는 것은 반박할 수 없는 사실이겠지."

햇살이는 따뜻한 우유가 담긴 잔을 두 손으로 감싸 쥐었다. 온기가 가시자 그녀는 잔을 내려놓고 핸드폰을 꺼내 들어 보였다.

"서점에서 너 기다리는 동안, 네가 만든 작품을 인터넷으로 검색해서 봤어. 3D프린터로 제작했다는 고대의 토기가 가장 마음에 들더라. 첨단 과학을 이용해 고대 토기를 제작하다니, 도대체 무슨 의도야."
"인류의 개선 가능성."

라수의 대답에 햇살이는 고개를 끄덕였다.

"그렇군, 0.01%라도, 한없이 0에 가깝더라도 우리에게 분명히 존재하는 개선 가능성. 서라수 공예가는 아주 작디작은 희망을 빚어내고 있었군."

햇살이는 환하게 웃었다.

"오늘 참 좋은 날이네. 우리가 나눈 대화를 기록해 뒀다가 나중에 소설로 써야겠어. 여러 의미로 사람들에게 손가락질받을 여지가 많은 내용이었지만. 작가로서 용기를 내 봐야겠지. 나도 너처럼 희망을 빚어 보련다."
"우리가 나눈 대화를 소설로 쓴다고?"

"맥락상 인물 간의 대화가 지나치게 훈계조가 되지 않을까, 걱정이 되지만. 작가로서 내 역량이 부족한 탓이기도 하고, 그냥 그대로 넣는 게 좋을 것 같아."
"괜찮을까… 내용상, 글을 읽은 사람들이 화가 날 수도 있어."
"두렵고 무섭지만, 나도 꽃 한 송이를 심고 싶어."

햇살이는 여전히 글을 쓴다고 했다. 수년간 따돌림을 받아 건강이 크게 상해, 고교를 자퇴한 후, 대학 진학에도 실패한 데다가 직업이랄 것도 마땅찮지만 소설 집필을 멈추지 않는다고 했다. 무엇 하나 쉽지 않지만, 자신의 모든 것이 조금씩이라도 나아진다 믿으며 활기차게 살아간다고도 했다. 삶 중 가장 행복한 날은 아직 오지 않았다고 생각하며. 어제보다 오늘 더 행복하니까, 내일은 오늘보다 훨씬 행복하지 않겠냐는 것이다. 라수는 그녀가 벚꽃 가득한 봄날 같다고 생각했다. 또는 초록 가득한 초여름. 생각 말미 문득, 겨울이 떠올랐다.

무명작가라고 했지만, 그래도 글을 쓰는 그녀에게, 혹시 '브람하'라는 시인 알아, 하고 물어봤더니 햇살의 눈이 반짝였다. 알지, 필명 시인이잖아. 그런데 아무도 그 사람의 정체를 몰라. 연령부터 성별까지 알려진 게 없어. 햇살의 말에 라수는 고개를 끄덕였다. 네가 생각하기에 브람하라는 시인은 어떤 사람이야. 내가 최근 그 사람에게 흥미라든가, 관심이 가서… 햇살은 고개를 갸웃했다. 글쎄, 나도 실제로 만나 본 적은 없어서 잘 모르겠어. 하지만 글을 쓴다는 점에서 나름의 철학이 있고, 주관도 있고, 형이상학적인 사고가 가능한 인물이겠지. 라수는 다시 물음표를 입에 담았다. 어떻게 하면 브람하 라는 작가에게 호감을 살 수 있을까.

작가들은 자기 글을 재미있게 읽어 주는 사람을 가장 좋아해.

햇살이는 씨익 웃었다. 그 사람 글에 대한 비평 글을 적어서 개인 메일로 보내 보는 건 어때. 비난에 가까운 글이든, 무엇이든 네 비평 글을 읽으면 너에게까지 관심을 갖게 되지 않을까. 인상적인 글을 읽으면 작품 너머의 사람에게 호기심을 갖게 되잖아.

　햇살이는 헤어질 즈음, 웃는 얼굴로 내 손을 꽉 잡아 주었다. 언제 어느 때라도 굴하지 말고, 집필 열심히 하라는 응원을 하고 나서, 나 역시 안녕을 고했다. 분홍 벚꽃 잎이 바람을 타고 하늘로 날아오르는 모습을 끝으로, 그녀는 시야에서 사라졌다.

라수는 서점에 들러서, 브람하의 이름으로 출판된 시집을 전부 사 왔다. 그렇게 한 계절 내내 외출을 하지 않고, 집에 틀어박혀 그의 글을 모두 읽었다. 무의식의 문제일까, 그가 반복적으로 사용하는 표현들을 알게 되었고, 사고의 흐름을 대략적으로 따라 그려 낼 수 있을 정도가 되었다. 라수는 브람하의 시를 비평하려 애써 보았으나, 좋아하는 사람이 쓴 글이 반짝반짝 빛나 보였을 뿐, 마땅히 논할 말이 떠오르지 않았다. 찬미에 가까운 팬레터보다 인상적인 비평을 하기 위해, 무수히 많은 단어들을 쌓아 올렸다가 부수기를 반복하다가, 좌절하고 키보드에 머리를 처박기 일쑤. 라수는 한 달을 내리 꼬박 공을 들여, 비평 글 한 편을 적은 뒤, 그의 메일로 보냈다. 읽었다는 표시가 떴음에도, 답장은 없었다.

라수는 맞은편, 브람하가 살고 있는 집을 가만히 응시했다. 어떻게 해야 당신의 세계에 합류할 수 있을까. 텔레비전이 혼자 떠들어 대고 있었다.

[에드워드 스○든이 폭로한 미국의 민간인 도감청 문제는…]

라수는 송출되는 영상을 향해 흘낏 시선을 옮겼다. 그리고 다시 벽사의 집을 바라보았다.

라수는 100일 만에 집 밖에 나갔다. 그리고 전자상가에 들러, 도감청이 되는 기기를 하나 사 왔다. 신원확인 같은 것은 필요치 않았다. 천민자본주의, 물질만능 사회를 살아감에 있어 가장 훌륭한 신원증명서는 바로 돈이었으니까. 라수는 그들이 부른 금액에 0을 하나 더 붙여 주었을 뿐, 장비를 구입하는 데 단 한마디도 하지 않았다.

판매자는 집까지 찾아와서, 사용법을 친절히 일러 주었다. 사지 않은 기계도 몇 개 더 가져와 구매한 기기와 함께 운용하면 좋을 것이란 말을 덧붙였고, 대형 모니터도 가져와 벽면에 붙여 놓았다. CCTV를 달면 벽에 달은 모니터로 영상도 볼 수 있다고 했다. 그러니 CCTV 여러 대를 같이 사라는 소리였다. 그들은 도감청 기기를 어디에 달 거냐고 물었고, 라수는 맞은편 집을 가리켰다. 직원들은 약간 당황했지만, 저들끼리 눈빛을 교환하더니, 뜬금없이 돈을 더 달라고 했다. 왜 달라는 건지도 모르겠고, 왜 갑자기 돈 이야기를 꺼낸 건지도 알 수 없어서 아무 말도 하지 않았더니, 저들끼리 흥정을 하기 시작했다. 뭐 하는 거야, 싶어서 아무런 반응을 보이지 않자 직원 중 한 사내가 한숨을 내쉬더니, 알겠다고, 마스터키까지 제작해 주겠다고 했다. 하지만 더 이상은 못 깎아 준다고 말했다. 같이 처벌받게 될지도 모른다는 것이다. 위험부담금으로 그 정도 액수는 받아야겠다고 했다. 생각지도 못했던 열쇠를 만들어 준다는 말에, 라수는 즉시 송금했다. 이번에도 그들이 부른 금액에 0을 하나 더 붙였다. 은행 잔고는 바닥을 드러냈다. 그들은 소스라치게 놀라더니, 시키지도 않은 짓을 하기 시작했다. 모니터를 설치했던 방의 가구를 모두 꺼내고 방의 청소까지 한 뒤에 창문이 달린 벽면을 제외하고 사방 모든 벽에 커다란 모니터를 빼곡하게 달아 놓았다. 어디서 가져온 건지, 창문에는 암막 원단으로 만든 커튼도 이중, 삼중으로 달아 놓고, 그래도 여자 방에 다는 거라서 예쁜 디자인을 골라 왔다며, 자랑을 늘어놓았다. 음향기기의 성능은 몇 번이나 다시 확인했다. 아주 작은 읊조림부터 숨소리까지 전부 들을 수 있다고 했다. 몇몇 사내들은 벽사의 집의 현관과 창문 주변을 살피며 내부 구조를 확인하는가 싶더니, 아무도 없다는 걸 알아채자마자 현관과 멀리 떨어져 있는 화장실 쪽 작은 창문을 두 손으로 잡고 덜컥덜컥거리고, 심지어 발로 차기까지 했다. 선명한 구둣발 자국을 남겨 놓은 그들은 도로 현관 쪽으로 자릴 옮겼다. 멀리서 그 모습을 지켜보고 있자니 불안감이 들었다. 자신의 집에 남아 있는 직원 하나가 얼른 대답했다. 직원 중 누가 현관에 침입 흔적을 남겨 놓는 실수를 할 수도 있으니까요. 주의하겠지만 사람 일은 모르는 거잖아요. 평소와 다르다고 느껴서 바깥에 나와 집의 외관을 면밀히 살피면, 현관과 멀리 떨어진 화장실 창문 쪽의 발자국을 찾아내게 되겠죠. 아주 작은 창문이라 사람은 드나들 수 없는데, 신발 자국이 선명히 찍혀 있어 누군가 침입하려다 포기했다는 생각을 하게 될 겁니다. 침입은 없다고 여길 거예요, 심리전인 거죠. 하지만 무의식적으로 보안에 신경 쓰게 될 겁니다. 이미 내부에는 CCTV와 도감청 기기가 설치되어 있으니, 자기 스스로 잘 갇혀 있게 되는 꼴이 되는 거고요. 벽사의 현관에 몰려 있는 사내들은 조를 나눠 몇몇은 망을 보았다. 그리고 남은 이들은 얇디얇은 수술용 고무장갑을 낀 손으로 자물쇠의 내부구조를 확인했다. 지문 하나 남기지 않고 순식간에 마스터키를 만들어 낸 그들은 침실은 물론 냉장고 안, 욕조, 화장실 변기에 이르기까지 사각지대가 절대 나올 수 없도록 소형 카메라를 잔뜩 부착해 놓았다. 라수의 집에서 모니터로 CCTV의 화질과 각도를 확인하며 무전기로 상태를 알리면 벽사의 집에 있는 직원들이 적당한 위치로 바꿔 놓는 방식이었다. 기기를 부착하던 직원 하나가 조심스레 말을 꺼냈다.

이렇게까지 해야 합니까. 이건 범죄예요. 하고 심각성과 위법성을 적극적으로 알렸지만, 만류했지만 키가 큰 사내는 눈을 매섭게 치켜뜰 뿐이었다.

네까짓 게 뭘 어쩔 생각인데 주제넘게 나서는 거야. 정의롭다는 착각에 빠져서 경찰서에 신고라도 할 생각이냐, 너 역시 공범이야, 신고하면 너는 무사할 것 같아? 그리고 누군 이런 짓 좋아서 해? 같이 일하는 직원들도 다들 지켜야 할 가정이 있고, 저마다 생계를 위해서 잘못된 걸 알면서도 하는 것 아냐. 그리고 우리만 이런 짓을 하는 게 아니라고, 우리만 잘못된 게 아니야.

전 그만두겠습니다. 이 여자분이 왜 맞은편 집에 이런 짓을 하는

지 알 수 없지만, 설령 안전을 위해서라고 하더라도, 도감청을 일삼는다는 행위 자체가 이미 안전을 위협하는 것이며, 악용될 소지가 너무 많고, 실제 보안에 있어서도 효율적이지 않습니다. 설령 효율적이라 하더라도 이 자체가 이미 범죄행위인 것입니다. 죄를 막기 위해 죄를 짓는 어리석은 행동입니다. 알고 계십니까. 독일의 나치 부역자들은 상관의 지시에 따랐다는 이유로 직급에 상관없이 전원 처벌되었습니다. 관행이란 이유만으로 시스템상의 오류를 분명히 인지하고도 또한 적법하지 않은 행위라는 걸 충분히 알고 있는 상태에서 상사의 암묵적인 강요와 위계에 의한 부당한 지시를 저항 없이 순순히 따른다는 것은 결국 적게는 방관, 방조, 크게는 공모, 적극적으로 동조했다는 의미로 해석됩니다.

뭐라는 거야, 이 새끼가.

그는 등을 보이고서 홀로 떠나 버렸다. 갑작스런 상황에 직원들은 많이 당황한 것 같았지만 몇몇은 그처럼 범죄 현장을 떠나려 했지만, 눈매가 무서운 사내가 언성을 높이며 화를 내는 바람에 다시 작업장으로 되돌아갔다. 라수는 그 모습을 아무 말도 하지 않고 가만히 지켜보았다. 떠나 버린 사내가 한 말이 모두 맞는 말이잖아. 그들은 라수에게, 행여 그럴 일은 절대 없을 테지만 나중에 적발되었을 시 어떻게 대처하는 것이 좋을 거라는 법률 조언까지 해 주었다. 라수는 아무런 말도 하지 않았다. 그들은 본인들이 설치한 기계를 마지막으로 살펴보고 나서, 라수에게 꾸벅 인사를 했다. 라수가 지불한 돈에, 그녀가 행사한 티끌 같은 금권력에 공손히 머리를 숙이며 인사했다. 라수는 고개를 숙이긴커녕 인사조차 하지 않았지만 그들은 여전히 웃는 얼굴이었다. 모두 돈의 힘이었다.

브람하.

세상에 알려지지 않은 시인. 하지만 자신은 그의 정체를 알고 있었다. 물론 아는 것보다 모르는 것이 훨씬 많았고, 친해지는 것은 커녕 다가가는 것조차 어렵긴 했지만. 공원에 가도 벽사의 시 낭송을 듣지 못하는 날들이 계속되고 있었다. 자신은 문학에 대해 잘 모르지만 그의 시에, 그의 노랫소리에 젖어 들고 싶었다. 범죄라는 걸 알고 있기에, 정말 이런 짓까지 해야 할까, 스스로 반문해 보기도 했었다. 나는 그저 너와 마주하고 싶을 뿐인데, 네 영혼의 속삭임을 매일 듣고 싶을 뿐인데, 우리 분명히 같은 별에서 살아가고 있는데도, 내게 그조차 허락되질 않잖아. 골몰하던 라수는 진부한 표어 하나를 기억해 냈다.

들려주지 않는다면,
보여 주지 않는다면,
열어 주지 않는다면.

그렇다면, 하면 된다. 수단과 방법을 가리지 않고, 설령 그것이
범죄일지라도.

나는 네 집에 몰래 들어가서
화장실과 욕실을 포함한 모든 방마다
수십, 수백 개의 감시 카메라를 설치할 것이며,

나는 네 집에 몰래 들어가서,
화장실과 욕실을 포함한 모든 방마다
수십, 수백 개의 감청 녹음기를 설치할 것이며

네가 사용하는 컴퓨터와 핸드폰을 비롯한
모든 전자기기를 해킹할 것이다.

나는 네가 쓰는 모든 글을 그 누구보다 먼저 읽을 것이며, 누구
를 만나든 그 약속을 가장 먼저 알게 될 것이며, 무엇을 사 와서 어
떻게 먹든, 식사하는 모습은 물론 요리하는 모습까지 전부 살펴볼
것이다.

나는 너를 사랑하기 때문에, 너를 보호하고 싶기 때문에, 너와
영원히 함께하고 싶기 때문에 그와 같은 짓을 할 수 있는 능력과
여건이 되기 때문에 마지막으로 너는 이 모든 일들을 일평생, 절대

깨닫지 못할 것이기 때문에, 나는 지구 너머 신비로운 별을 망원경을 통해 들여다보듯 외눈박이 닮은 듯한 한쪽 눈으로 너를 지켜볼 것이다. 이 모든 일은 전부 너를 위한 것이다. 내가 너를 진심으로 사랑하고 있기 때문에, 혹시나 있을지도 모를 위험으로부터 너를 지키기 위해.

텔레비전에서는 여전히 러시아로 향했다는 에드워드 스〇든의 사진이 송출되고 있었다. 세상의 필요악이라 불리는 범죄를 뒤로하고 떠난 그는, 잘 지내고 있을까.

라수는 생각했다. 감청과 감시를 하는 주체인 내가, 내가 바로 그의 평온한 일상을 위협하는 첫 번째 존재인 것이 아닌가, 사라져야 할 유일한, 그리고 최우선적인 위험 요소. 바로 나 자신이 아니런가. 그의 일상은 나로 인해 이미 부서졌다. 나는 보호라는 명목으로 이미 그의 일상을 무참히 파괴하고 있다. 설령 그가 그 사실을 깨닫지 못하더라도. 도덕과 윤리는 물론 인간의 긍지와 마지막 이성을 그러모아, 전 재산에 해당할 정도로 거금을 쏟아 사 왔던 기기들을, 모조리 발로 밟아 박살 내려다가 라수는 순간 멈칫했다.

합당한 목적이 있다면 수단과 방법이 잘못되어도 용납된단 말이지? 과정보다 결과가 더 중요하다는 거잖아, 스스로 판단할 줄 모르는 자들을 적당히 현혹시킬 수 있을 정도의 명분만 있다면, 안보

와 같이 숭고하고 이상적이며 납득할 만한 이유를 찾아낸다면 악행을 저질러도 그걸 용인해 주는 게 오늘날 세계의 상식이란 말이지. 좋아. 나 역시 그들처럼 외눈박이가 되겠어. 망원경으로 낯선 별을 관찰하듯 한쪽 눈만으로, 초점조차 잘 맞지 않은 채 삐딱하게 세상을 바라보며, 개인적인 욕망 충족과 실현만을 위하여 온 힘을 다하겠어. 너희처럼 한쪽 눈을 감겠어. 영혼의 눈을 감겠어. 라수는 기계의 전원을 켰다.

세상에 사랑만큼 고매한 이유가 또 어디 있을까. 그러니까 이건 범죄가 아니야.

나는 그를 진심을 다해 사랑하기에, 그의 안녕과 평온한 일상을 지키기 위해, 이런 수고스러운 일까지 도맡아 하는 거야. 나는 그를 염탐하는 것이 아닌, 보호하는 거야. 또한 2010, 2020년대 지구인의 상식에 충분히 부응하는 삶을 살게 된 거야. 라수는 죄책감을 떨쳐 내는 것은 물론 만족감까지 느끼며 모니터의 영상을 응시했다. 이제 그가 시를 낭독하는 모습을 볼 수 있어. 주로 무엇을 먹고, 얼마나 먹고, 몇 시간을 자고, 어떤 자세로 자는지, 잠버릇은 뭐고, 화장실은 하루에 몇 번을 가고, 어떤 순서로 몸을 씻는지, 어떤 샴푸를 쓰는지, 즐겨 착용하는 속옷들은 무엇인지, 자위는 일주일에 몇 번 정도 하고, 또 어떤 식으로 하는지, 몇 분 정도 하는지 모두 알 수 있어. 그를 보호하려는 거니까, 사랑해서 이러는 거니까,

이건 절대 죄가 아니야. 나에게는 합당한 명분이 있어. 미국인은 물론 전 세계 모든 사람들은 불법 도감청과 감시라는 사안에 그다지 관심이 없어 보였다. 관심이 있던 자들 역시 모두 잊어버렸다. 라수는 생각했다. 그러므로 자신은 정상이다. 뿐만 아니라 시대정신에 부합하는 삶을 충실히 살아 내고 있다. 그래, 나는 모범 시민이다. 라수는 스스로를 격려했다. 불법 도감청을 하고 타인을 미행하는 나는 시대정신에 걸맞는 아주 바람직하고 훌륭한 사람이야. 지성인다운 참된 삶을 살아가고 있지. 모두가 나와 같이 살아가고 있어, 나도 간신히 그들과 합류했어. 모두와 똑같은 모습으로 특색 없이 살아가는 게 좋은 거 아니야? 일반적인 게 평범한 거고, 다수와 같은 삶과 생각을, 행동을 하는 거니까, 그런 게 바로 정상인 거잖아. 바다의 무수히 많은 모래알처럼 다 똑같이 생각하고, 똑같은 모습을 하고서, 똑같은 방식으로 살아가는, 결국 탐욕과 번뇌의 화염 속에서 굴러 떨어져 유리 즈음으로 거듭날, 나는 너희와 똑같은 평범한 모범시민이야. 라수는 그러데이션으로 유리처럼 빚어낸 칠보공예 그릇을 깨서 박살 내 버렸다. 애초에 유리 정도면 되었다. 공들여 가루 한 톨, 한 톨 세밀하게 올려놓아, 그릇을 빚을 필요는 없었다. 결과물을 놓고 보았을 때 같아 보이니까, 편하게 유리 정도로 만들면 충분했다.

　라수는 그의 컴퓨터 속 불법 다운로드 포르노를 벽사와 함께 보고 있었다. 물론 벽사는 그 사실을 모를 테지만, 등 뒤와 대각선으로 달아 놓은 CCTV는 화질이 참 좋아서, 그의 모니터 화면을 숨김없이 보여 주었다. 벽사가 시를 쓰기 위해 문서 작성 프로그램을 켜면 자신도 같이 읽을 수 있었다. 라수는, 벽사가 글을 쓰다가 종종 실수하는 오타들을 대신 고쳐 주고 싶은 마음을 애써 억누르고, 그가 자아내는 글들의 경이로움에 홀로 감탄하기도 했다. 낯선 남녀의 성행위 영상을 홀린 듯 지켜보다가 자신의 다리 사이로 슬그머니 손을 옮기는 벽사를, 사랑하는 남자를, 라수는 가만히 지켜보았다. 저런 여자가 취향이었구나. 잘록한 허리와 큰 골반을 좋아하네. 나는 크림빵을 많이 먹어서 배가 나왔는데 어떻게 하지. 라수는 그가 다운로드한 포르노 목록을 찬찬히 살펴보았다. 그는 근엄하고 단정해 보이는 겉모습과 달리 상당히 호색한 것 같다. 건강한 남자라면 모두들 그런 걸까, 아니면 벽사가 유달리 호기심이 많은 걸까. 장르가 생각보다 다양하다. 이렇게까지 다양한 취향이 있을 것 같지는 않다. 어쩌면 그이는 단순히 상대에게 맞춰 주려는 유형일 수도 있겠다. 반면 자신은 담백하기 이를 데 없는데, 나 같은 여성은 재미없고 지루하게 여기지 않을까. 라수는 벽사가 보는 극단적인 내용의 포르노들을, 잠자코 함께 보았다. 영상 속의 남성은 여성에게 소변을 누고 있었다. 라수는 눈을 질끈 감고 생각했다. 스스로를 한 송이의 꽃이라고 생각하자. 말미잘에 쏘였을 때는 쏘인 곳에 암모니아를 구해서 발라야 한다고 들었다. 그건 생명을 지키기 위한 응급구조 행위. 그렇게 생각하면 내 몸에 소변을 누는 벽사는 애정 표현을 하는 게 맞다. 그는 내가 살아갈 수 있도록, 온기를 나눠 주는 것이다. 모차르트는 분변 애호가라고 했었지. 벽사는 다행스럽게도 그 정도의 수준은 아니다. 라수는 머리를 감싸 쥐고 웅크려 앉았다. 사랑하니까 어떻게든 노력해 보자. 라수는 거울을 보며 일부러 어린아이 같은 표정도 지어 보았다. 위화감만 들었다. 그가 다운로드 한 포르노 중에는 소아성애 취향의 성인 애니메이션도 있었기에, 라수는 애써 인위적인 표정을 만들어 보았다. 미국 같은 국가가 아니라서 그나마 다행일 수도 있다. 소지하는 것만으로도 처벌받을 수 있을 텐데, 부디 안전한 사이트에서 다운로드받아서 잘 숨겨 두기를. 라수는 한숨을 내쉬었다. 어렵다. 그를 사랑하는 것은.

어렵다, 남자를 사랑하는 것은.

그의 손이 빨라지면 빨라질수록 알 수 없는 화가 치밀었다. 첨단 음향기기는 그의 가쁜 숨소리를 고스란히 전달했다. 라수는 낮은 목소리로 읊조렸다. 이런 건 그냥 영상 콘텐츠일 뿐이야. 여자들이 드라마 보는 거랑 똑같은 거라고. 성적 환상을 충족시켜 주고 욕망을 그나마 건전하게 해소하는 거니까, 현명하고 성숙한 사회인답게, 서재 안에서 홀로 풀어내는 거니까 그는 매우 건강하고 바른 남자야. 라수는 벽사에게 시선을 옮겼다. 그의 눈빛이나 숨결, 손의 움직임들을 가만히 바라보았다. 널 이렇게나 깊이 사랑하는 여자가, 바로 너희 집 맞은편에 살고 있는데, 하루 종일 너만 지켜

보며, 너만 생각하는데 어째서, 어째서 너는.

　그가 만약 동영상의 되감기 버튼을 누르지 않았더라면,
　특정 행위에 대한 구간을 반복하지 않았더라면,

　전원을 차단해 그의 컴퓨터를 멋대로 꺼 버리는 일은 없었을 것
이다.

　절정에 도달하지 못해 사정을 방해받은 그는 크게 당황했는지,
즉시 수음을 멈췄다. 많이 힘들어하는 기색이 엿보였지만 라수는
표정의 변화 없이 묵묵히 지켜보기만 했다. 그는 자신이 알지 못하
는 이유로, 컴퓨터가 고장 났을까 봐 걱정하는 것도 같았다. 열 오
른 몸으로 어찌할 줄 모르는 그를 보면서, 라수는 차가운 물을 한
잔 가져와 몇 번에 걸쳐 나눠 마셨다. 자신의 집, 현관의 문고리를
잡았다가 놓기도 했다. 어떻게 할까. 찾아간다면 너는 문을 열어
줄까. 동영상 속 낯선 여자를 보면서, 고작 픽셀 따위에 욕정해 뿜
어내는 것보다, 취향과는 거리가 조금 있어도, 따뜻하고 말랑한 나
를 안는 것이 훨씬 즐겁지 않겠어?

　거실을 맴돌며 밤새 고민을 하고 있는데, 코까지 골며 잘만 자는
그가 괘씸해 설치해 둔 기기로 소음을 내고, 강한 조명을 비췄다.
숙면을 방해받은 그가 침대 위에서 괴로워 몸을 뒤트는 것을 보고

나서야, 마음이 풀려 괴롭히는 걸 그만두었다. 라수는 모니터에 바싹 다가가 잠든 그의 얼굴을 바라보았다.

우리 두 사람이 가까이에, 아주 가까이에 있는 것만 같아요.

라수는 화면 속 잠든 그의 입술에 조심스레 입을 맞췄다.

08 생을 이어 가야 하는 이유

홍어는 도대체 무슨 맛으로 먹는 걸까, 라수는 코를 싸매 쥐었다. 그의 냉장고 안은 무척 신기하다. 이런 걸 먹으면 배탈이 날 것 같은데, 라수는 수납장을 열어 소금을 꺼낸 뒤 홍어회 위에 마구 뿌려 버렸다. 먹지 말아요. 당신이 쉰 김치와 돼지고기, 홍어를 먹는 것보다는 가급적 향긋한 사과라든가, 그런 걸 먹었으면 좋겠어요. 어릴 때 먹어 봤던 과메기는 참 맛있었던 것 같은데, 그런 건 어떤가요. 라수는 생각 말미 냉장고 한쪽에 포장이 뜯어지지 않은 순대를 찾아내고, 작은 종지를 꺼내 막장을 만들어 놓았다. 자신이 마치 우렁 각시가 된 것 같아서 설렜다. 고작 막장 정도 만든 것뿐이지만 그래도 그이가 맛있게 먹었으면 좋겠어. 다음에는 돼지국밥을 한 그릇 가져다 두자. 라수는 서재로 발을 옮겼다. 흔적을 남기지 않으려고 발돋움을 한 채로 걸었다. 서두르지 않으면 벽사가 곧 공원에서 돌아올 것이다. 그는 자신과 달리 보폭이 넓다. 컴퓨터로 작성한 글은 모두 훔쳐 읽었지만 펜으로 쓴 글들은 내용을 알수 없어. 라수는 그의 책상 위에 걸터앉아 다리를 까닥거리며, 어젯밤 그가 밤새 적은 시를 읽었다. 인민의 결연한 의지는, 이란 문장에서 인민이란 단어는 두 줄로 그어지고 우리라는 단어로 바뀌어 있다. 라수는 낭랑한 목소리로 시를 낭독했다.

"우리의 결연한 의지는 폐부를 찔러,
막힌 창공 우러러 거친 숨 토해 낼지언정.

나의 화염, 너의 환영 모두 가로막는 그들의 철가시,

세월에 무뎌져
무너져 내리리.

그날,
새 아침을 맞이하는.

그날,
발아된 내일이 오롯이 자리하는."

라수는 결연한 의지가 어떻게 폐부를 찌를 수 있는지, 창공이란 단어 앞에 막혔다는 말을 써도 되는지 알 수 없었지만, 그의 시를 몇 번씩 다시 낭독했다. 뜻은 모르겠지만 그의 시니까 아무래도 좋다. 또한 토해 낼지언정에서 문장이 끝나거나 맞이하는, 자리하는으로 시가 마무리되어도 되는지. 그들의 철가시와 인민이란 단어가 도대체 무엇을 지칭하고 상징하는 것인지, 왜 철가시라는 것이 그의 화염과 나의 환영을 가로막고 있는 것인지 생각을 거듭해 보아도 도무지 알아낼 수 없었다. 그는 그런 사람이었다. 생각하면 할수록 더 모르겠는 사람. 라수는 그가 적어 놓은 시 중 가장 짧은 것을 골라냈다. 그리곤 A4 용지를 가지고 그의 침실로 걸어갔다. 이불에서 그의 체취가 난다. 다른 사내의 것이라면 몹시 싫었을 테지만, 그의 것이라 몸이 달아오른다. 라수는 이불에 폭 감겨서 그의 영혼을 읽었다.

노동이 눈물에 지워짐에, 혁명이 아로새겨져.
저 저문 날들로부터, 저 저문 날들에 의해.

라수는 이어지는 노동과 투쟁과 폭압과 항거라는 단어에 시선이 멈췄다. 자신의 손목을 잡고서, 학교 밖으로 이끌던 선배들의 얼굴이 떠오르고, 서명을 부탁하던 후배들의 얼굴도 떠올랐다. 회색 물감을 주었던 친구 역시. 라수는 마음이 언짢아져서, 종이를 쥔 손에 힘이 들어가 끝을 조금 구겨 버린다.

서재에 돌아가 그의 흩어진 생각들을 정리하고, 세탁하지 않은 빨랫감 중 속옷 한 벌을 골라내 주머니에 넣었다. 마스터키로 현관문을 잠그고 나오면서, 공과금 날짜에 맞춰 지로용지를 정리해 두고, 우편물도 확인했다. 여유가 있었으면, 그의 침대에서 낮잠이라도 한숨 자고 싶은데… 라수는 아쉬움을 느끼며 벽사의 품을 떠났다.

*

아니, 즐겨 먹던 홍어 맛이 이상하게 느껴지는 걸 보니 아무래도 미각을 잃어 가는 모양이다. 아침까지만 해도 맛있기만 하던 홍어회가 어째서 이렇게 짜게 변했는지, 도무지 알 수가 없다. 시 창작에 지나치게 몰두해서 감각 상실이 일어나는 것인가. 새벽까지 글을 쓰면 안 되겠다는 생각도 든다. 지쳐 잠들 때까지 글을 쓰는 버릇 때문에 종종 불면증 환자처럼 구는가 보다. 어지럽혀 뒀던 시 묶음은 언제 정리했던 걸까. 벽사는 냉장고 구석에 작은 종지를 발견했다. 텁텁하고 이상한 장이 냉장고 안에 들어 있었다. 고추장인지, 된장인지 좀처럼 알 수 없고, 짠맛인지, 매운 맛인지 분간하기 어려운, 마구 뒤섞여 있는 장이 참 예쁘게도 담겨 있다. 심지어 장 위에 초록 실파로 고명까지 올려져 있다. 내가 이걸 언제 만들었지. 벽사는 마구 섞인 듯한 이상한 맛의 장을 버리고, 냉장고의 순대를 데워, 초장에 찍어 먹었다. 맛있는 홍어회를 못 먹게 되어서 너무 속상하다.

벽사는 한숨을 내쉬었다. 영양분을 고르게 섭취해야 하는데, 시 창작에 열중하다 보면 끼니를 거르거나 챙겨 먹어도 인스턴트, 패스트푸드를 주로 먹게 되는 것 같다. 그런 불량 식품을 계속 먹으면 신체에 이상이 생기는 모양이고, 식사를 마친 벽사는 침대에서 찾아낸 엄청나게 긴 음모 한 가닥을 보며 심각하게 고민했다. 누가 보면 여성의 머리카락이라고 생각할 정도의 아주 긴 터럭. 머리숱은 날이 갈이 갈수록 점점 줄어 가는데 어째서 이렇게 긴 털이… 벽사는 아무리 피곤해도 균형 있는 식사를 해야겠다 굳게 다짐했다.

라수는 숨죽여 웃었다.

어렸을 때의 벽사는 아버지와 쏙 빼닮아 있었다. 라수는 사진들을 살펴보다가 마음에 든 것을 몇 장 골라내었다. 도둑질이라는 생각이 들어, 라수는 사진이 놓여 있던 자리에 노랗거나 푸른 지폐를 한 장씩 넣어 두었다. 발가벗고 뛰어노는 사진이 있던 자리에는 노란색. 모르는 여자아이와 뽀뽀하고 있는 사진에는 푸른색. 집에 가서 어린 벽사의 모습만 가위로 오려 낼 거니까, 별로 화가 나진 않았다. 물론 잘라 낸 그녀의 사진은 불태워 버릴 거야. 사진 앨범에 적당히 돈을 꽂아 놨으니까, 정당하게 돈을 지불했으니까, 이제부터 이 사진은 내 꺼야. 어찌하든 그건 내 마음이라고. 세탁물 바구니에서 세탁하지 않은 속옷을 집어 가긴 했지만, 같은 디자인의 새것을 사다가 넣어 놨으니 절대 들통날 리 없었다. 입던 속옷 대신 같은 디자인의 새로운 속옷을 갖게 됐으니까 그도 좋아하겠지. 라수는 도감청 기기를 설치해 주었던 사람들을 떠올렸다. 그래, 세상에 돈이면 안 될 일이 없네. 미처 몰랐어. 라수는 골라낸 사진들이 구겨지지 않도록 조심히 가방 안에 넣었다. 돈이면 뭐든 할 수 있어. 그녀는 중얼거렸다. 돈이면 다 돼, 돈이면.

*

　돈으로도 살 수 없는 것, 할 수 없는 것투성이다. 벽사는 화를 억누르지 못하고, 만년필을 쾅 내려놓았다. 안 되면 하면 된다는 식으로 주먹구구 개발을 일삼는 건설사와 정부를 상대로, 환경보호와 자연과 더불어 살아가는 선진시민의식에 관한 항의 서신을 작성하고 있었다. 탐욕에 눈이 멀어 바로 앞의 이익밖에 보지 못하는 어리석은 자들이, 반도의 녹지를 무참히 훼손하는 형태를 내버려두기 어려웠다. 보상금의 액수의 문제가 아니었다. 빌딩이 들어선다는 그곳은 벽사의 어린 시절 추억이 담긴 곳이며, 사랑하는 고라니가 살고 있는 또한 나의 정신의 근간을 이루는 성지나 다름없었다. 벽사는 만년필을 다시 쥐었다. 돈은 아무것도 할 수 없어. 생이 다하여, 내 곁을 떠난 이들을 다시 되살려 내는 일, 영혼의 순결마저 숨길 수 없을 만큼 맑고 투명한 글을 거침없이 써 내려가는 일, 현실을 피하지 않고 마주 보면서도, 고귀한 이상을 품고 빛나는 나의 영혼을 바르게 세우는 일. 우리는 돈 따위로 그 어떤 것도 할 수 없어. 돈 따위로는, 고작 돈 따위로는. 벽사는 거침없이 글을 적어 내려갔다. 마침표를 찍은 벽사는 즉시 짐을 꾸렸다. 일주일 정도 고향에 내려갔다 올 것이다.

안부를 묻기 위해 부모님께 전화를 했었는데, 건설사에서 주민 동의를 구하며 보상을 운운한다는 이야기를 들었다. 아름다운 산은 옛 모습 그대로였지만 외지인들이 주변을 배회하며 측량을 하고, 헐어 버릴 지역과 남겨 놓을 지역을 자기들 멋대로 정한다고 했다. 산그늘의 굽은 나무 단 한 그루도 그들에게 넘겨주지 않을 것이다. 반도는 좁디좁은 땅이지만 빌딩을 세울 곳은 나의 산 말고도 이미 많지. 도심 번화가의 공실률은 외면하고, 녹지를 무분별하게 개발하려 들다니. 벽사는 주먹을 꾹 쥐었다. 가만두지 않을 것이다.

라수는 여행 가방을 들고 외출하는 벽사를 보고 손톱을 뜯었다. 갑자기 어딜 가는 거야. 나오지 말고 그냥 집에서 잠자코 있어.

*

돈을 원하지 않습니다, 개발도 원치 않습니다.
우리는 스스로의 속도로 진정한 삶을 살아 나가길 바랍니다.

마을 회관까지 어렵게 걸음하신 동네 큰 어르신은 노망난 늙은이라는 모욕을 당했다고 한다. 마을 사람 모두의 앞에서, 어르신은 성황당에 오색 깃발을 걸어 놓고 정한수를 한 그릇 떠 놓고서 무당처럼 빌기나 하라는 조롱도 들었다고 한다. 벽사는 짐을 푸는 것을 나중으로 미루고 마을부터 돌아보았다. 땅을 넘기지 않으면 그만인데, 마을 사람들은, 악의와 조롱, 그리고 권위를 표방한 폭력에 거스르기가 어려워서 견디기 힘든 불안에 떨고 있었고, 그에 대한 반감으로 적대감이 날로 높아지고 있었다. 건설사의 용역들과 주먹 다툼만 없었다 뿐이지, 마을 주민들은 일상생활은커녕, 정신을 바르게 추스르기도 어려워했다. 고즈넉했던 마을 분위기는 심각하다는 표현으로는 부족할 만큼 흉흉해져 있었다. 날 선 도끼를 들고 산을 오르는 건설사 직원을 본 여학생이 매고 있던 책가방도 내던지고 달려가 두 팔로 그를 막아섰다가, 거센 발길질에 걷어차여 수렁으로 나뒹굴었다고도 했다. 크게 다치진 않았지만, 교복 치마와 조끼는 볼썽사납게 뜯어졌고, 흰 블라우스에는 남성의 발자국이 크게 찍혔다고 했다. 여학생의 부모는, 고소나 고발 같은 건 생각도 못하는 사람들인지라 그저, 그래도 이만해서 다행이다, 하셨단다. 여학생은 날개가 꺾인 새처럼 그저 분노와 충격으로, 그리고 증오로 몸을 떨기만 했다. 마을에는 배운 사람이 없었다. 글을 아는 청년은 자신처럼 모두 도시에 나가 있었다. 여성이란 이유로 배움을 포기했던, 마을의 몇몇 젊은 여성들은, 마지막까지 본인들의 상식으로 대응했다. 따로 모여 기름진 음식을 잔뜩 해다가 용역 사무실을 찾아갔고, 훌륭하신 선생님들, 저희가 마련한 음식들을 부디 배불리 잡수시고, 마을에서 이만 나가주세요, 했단다. 직원 하나가 술기운이 올라 어린 아낙의 젖가슴을 주무르는 바람에 울며 되돌아왔다고… 마련한 것 먹으라길래, 미련한 것 먹으라는 소린 줄 알았다고 농을 쳤다지. 더러운 희롱에 여성들은 마땅한 대응도 못 했다는데, 벽사는 주먹을 꽉 쥐었다. 자신이 그 자리에 있었으면 농치던 그 자식, 아주 경을 쳤을 텐데. 벽사는 아랫입술을 깨물었다. 순 계집애들뿐인 데다가 의지할 남성 한 명 찾을 수 없는 마을이니, 얼마나 우습게 보았을까. 지켜 줄 애비나 오라비도 없는 것이라고 쉽게 알았던 것이냐, 그래서 함부로 대한 것이냐. 치매환자로 몰려 망신을 당하신 마을의 큰 어르신은, 마을 처녀들이 희롱을 당한 일이 있고 난 후, 넣어 뒀던 도포를 꺼내 입고, 갓까지 쓰시고서 아픈 다리로 용역 사무실을 찾아가셨다고 한다. 용역들과 마을 주민이 모두 모인 자리에서 붓을 꺼내 아름드리 난을 친 후, 명문 적힌 서신을 내미셨단다. 이만 마을을 떠나 주시오, 간곡하고 정중하게 뜻을 전하셨다. 하지만 서신을 받은 용역 직원은, 죄송한데 제가 한자를 못 읽어요. 했다지. 마을 큰 어르신은 끙끙 앓으시며, 가슴만 내리치다가 숨을 거두셨다. 여성들과 아이들만 남은 산은 그저 울기만 했다.

 글을 배우러 서울 갔던 오라비가 돌아왔다는 말을 듣고서, 문 뒤에 숨어 있던 마을 처녀들이 모두 뛰어나왔다. 그들은 벽사를 끌어안았다. 왜 이제야 오시었소, 그간 얼마나 찾았는데, 큰 어른은 가슴만 치다가 돌아가시었소, 글도 모르는 자들에게 되레 무지렁이 취급을 당하다가, 마음이 있는 대로 부서져서, 돌아가신 그 순간까지 벼락같은 고함을 치셨다오. 그게 마지막 모습이었소. 벽사는 발길질에 걷어차여 수렁으로 굴러떨어졌다던 여학생을 말없이 안아 주었다. 품에 고개를 묻은 여학생의 날개 뼈가 날아오를 듯 들썩들썩했다. 그래. 울고 싶었겠지. 그간 얼마나 서럽고도 분했니. 벽사는 다정하게, 애. 그들이 든 도끼가 무섭지 않았니. 물었다. 여학생은 울음 섞인 목소리로, 저만큼이나 나무들도 많이 무서웠을 거예요, 했다. 다시 그런 광경을 보게 되면 몇 번이고 달려갈 것이라고도 말했다. 산의 나무들은 스스로 달아날 수 없으니까.

벽사는 그리운 산에 올랐다. 나의 영혼의 근간이 얼마나 훼손되었는지, 우선 그 상태부터 먼저 살펴보아야 했다. 벽사는, 글을 쓸 때 자주 찾던 바위에서부터, 글감이 쏟아져 나오는 약수터까지 꼼꼼히 돌아보았다. 산에는 미처 알지 못하는 새 길이 나 있었다. 정비가 되지 않았는지 걷기는 쉽지 않았지만, 비좁고 자릴 잡지 않은 등산로가 새로 나 있었다. 가장 눈에 띈 변화는 산의 나무들이 대부분 외래종으로 바뀌었다는 거였다. 이 지독한 녀석들이 벌목을 도대체 어느 규모로 해 댄 건지 모르겠는데, 눈에 띄는 곳곳마다 온통 낯선 나무들로 가득했다. 벽사는 걸음을 멈추고 앞서 가던 연이를 불러 세웠다. 연이는 마을 큰 어르신의 양녀였다. 줄곧 이 마을에 살았던 고아로, 타지인인 그녀는 너무 어려서 마을에 왔기에, 자신의 고향을 알지 못했다. 언제 물어도 한결같이 이 마을이 고향이라고 이야기하는 아이였다. 연이는 마을의 처녀 중 유일하게 글을 배운 녀석이었다. 큰 어르신께서 본인 무릎에 앉혀 놓고 직접 글자를 가르치셔서, 녀석은 더듬더듬 읽는 정도가 아니라, 서책을 스스로 만들기도 했다.

"상경한 지 그리 오래 되지도 않았건만, 산을 돌아보려니 힘이 드오?"
"걸음이 무거운 것보다 마음이 무겁구나. 우려가 돌부리처럼 걸음걸음마다 발끝에 차인다."

"제 마음을 돌볼 생각이면 산 아래에서나 하지, 왜 굳이 산을 타며 생각에 잠겨 있누. 산을 돌아볼 생각이 없으면 이만 내려가요. 괜한 피곤만 더해지니까."
"산 때문에 마음이 어지러운 거야. 이 녀석아."

붉은 꽃 한 송이를 꺾어다가 귓등에 꽂고선 연이가 해맑게 웃으며 다가왔다. 머리카락에는 초여름의 햇살이 얼기설기 맺혀 있었다.

"그래도 벽사 오라비가 돌아와서 마음이 놓여요."
"너는 그래도 글을 아는 녀석인데, 왜 이 지경이 될 때까지 나서

지 않았어."

연이는 산 아래를 가리켰다.

"그들이 원하는 건 산뿐이 아니오."

연이의 손가락은 마을을 향하고 있었다. 벽사는 눈이 휘둥그레
졌다. 큰일 났구나. 산이 강압적으로 개발되는 정도가 아니라 마
을 전체가 통째로 재개발이 될 수도 있겠구나. 연이는 벽사에게 손
을 내밀어 그의 걸음을 재촉했다.

"산을 모두 돌아보려면 하루로는 부족할 터이니, 오라비. 생각은
걸으면서 하도록 해요. 벽사 오라비를 싫어하는 것은 아니지만 어
둔 산 속에서 밤을 함께 보내고 싶지는 않으니까."
"답지 않게 상스러운 말은 하지 말아라."
"왜. 용역들은 그보다 더한 말도 곧잘 하던 걸. 나라고 못 할까.
그보다 더한 수치도 입에 담을 수 있어. 대화만으로도 기쁨을 줄
수 있어."

연이는 댕기 머리를 이리저리 흔들며 앞서 걸었다. 초저녁 바람
이 불기 시작해, 귓가에 꽂은 붉은 꽃이 바람을 타고 날아가 버렸
다. 얼마나 바지런히 걸었을까. 야생화 군락지와 돌탑에 가기 전

에 거쳐야 하는 약초 텃밭에 닿았다. 연이는 뒤따라오는 벽사에게 흙을 보여 주었다. 흙은 여전히 기름졌으나 비교적 낮은 곳에 위치해 있어서 그랬던지 훼손이 꽤 심했다. 검붉은 흙이 단단히 뭉쳐지지 않고, 바스스 흩어졌다. 약초들도 멋대로 캐 간 것인지 여기저기 파인 흔적들이 남아 있었다. 연이는 뿌리를 드러낸 약초 하나를 땅에 바르게 심었다.

"어리석어서, 약초를 사용하는 것은커녕 식별하는 것조차 불가능한 자들이오. 욕심껏 캐 갈 수는 있어도 어디에, 어떻게 써야 하는 약초인지를 전혀 몰라 기껏 달여다가 먹어도 저들 간만 나빠질 뿐. 약이 아닌 맹독이 될 것이 자명하오. 운이 좋아 병이 나은 사람도 있을 수 있겠지만, 탈이 나 다친 사람이 곱절은 될 것이오."

벽사는 약초 텃밭을 휘, 둘러보았다. 연이는 토닥토닥 흙을 다지며 이어 말했다.

"칼이라는 것도, 지식이라는 것도 모두 그렇지 않소. 어떻게 쓰느냐에 따라 다른 법이지. 아무리 귀하고 훌륭한 약재라도 그 쓰임을 분명히 하지 않으면 독이 될 뿐이오. 마을 사람들은 저들이 캐간 약초를 도로 심기를 반복하고 있소. 약탈당한 만큼 텃밭을 메우는 일에 열중한다오. 후일 필요할 때 적절히 쓰기 위해서."

"벌목으로 비워져 가는 산에 외래종 나무를 심은 것도 너희들이냐."

"여자들과 아이들만 사는데, 커다란 나무들을 우리가 무슨 수로 옮겨다 심어. 오라비도 참 답답하오."

숲의 맑은 바람에 꽃향기가 사랑스럽게 감겨 있었다. 야생화 군락지는 다행스럽게도 약초 텃밭에 비해 비교적 훼손이 심하지 않았다. 용역 직원들은 꽃 따위는 돈이 되지 않는다고 여겼는지, 군락지를 무시했던 것 같다. 야생화 군락지의 가치가 평가절하당해서 되레 다행이었다. 환히 웃고 있는 긍정적인 여성처럼 야생화들은 색색의 다양한 모습으로 지천에 가득 피어 있었다. 연이는 꽃송이들을 한 아름 꺾어 꽃다발을 만든 뒤 벽사에게 선물로 주었다. 벽사는 꽃다발에서 가장 고운 꽃을 골라, 꽃반지로 만들어 연이의 손가락을 끼워 주었다. 연이는 손을 빼지 않고 웃기만 했다. 두 사람은 잠시 숨을 고른 후, 마을 사람들이 소원을 빌 때 찾는 돌탑으로 나아갔다.

아니나 다를까, 흔적만 남아 있었다.

마을 사람들이 서로의 행복과 안녕을 기원하며, 오랜 시간 동안 하나씩 쌓아 올렸던 돌탑은 전부 무너져 있었다. 누구를 위해 무슨 소원을 빌었는지도 도무지 알 수 없을 정도로 하나 남김없이 부서져 마구 섞여 있었다. 은혜롭고 신성한 장소였던 공간이, 폭격 맞은 전후 도시 같은 느낌을 주었다. 벽사는 바닥의 돌을 하나 주웠다. 연이는 곳곳에 놓인 기계 장비들을 가리켰다.

"여기다가 무슨 연구소인가를 지으려고 했다는데, 기계로 산의 암석을 전부 박살 내고, 지반에 끊임없이 충격을 가하는 동안 인근의 돌탑이 전부 무너져 내렸다오. 내 보기엔 산 자체를 동강 낼 생각이었던 것 같아. 폐허만 남았지. 나도 꽤나 많은 기도를 했던 것 같은데 이제는 기억이 나질 않아. 곰곰이 생각을 해 보아도 행운을 빌어 주던 상대가 누군지 모르겠다오. 소망들이 무너져 뒤섞인 돌탑처럼 엉망이 되어 버려서, 기억이 잘 안 나."

벽사는 돌들을 포개어 쌓아 올렸다. 아무도 모르게 소원 하나를 빌은 벽사는 낮게 숨을 내뱉었다.

"이 산에 금과 보석 광물이 매장되어있다는 걸 아는 이들이, 너와 큰 어르신. 그리고 나. 이렇게 몇 되지 않음에 감사하도록 하자. 어쩌면 용역 직원들도 알아차렸을는지 모르지만. 그래서 암석과 지반에 해를 가했던 것 같은데… 채굴 독점권을 확보하려는 놈들의 탐욕이 대규모 벌목을 스스로 중단케 했으니, 그나마 다행인 셈이다. 외래종의 나무를 잔뜩 심어 두어 눈속임을 한 것을, 의아하게 여겨, 되레 불필요한 호기심을 품을 사람들도 생기겠지만… 산의 무분별한 개발을 지연시키는 다행스런 결과를 불렀구나. 언론의 주목을 받지 않고 원주민들을 모두 쫓아내려는 듯한 그들의 악의적인 계획이 단순한 산의 개발이 아닌 금광을 건설하려던 의도로 느껴져, 참담함마저 느낀다."

"그래도 산맥은 아직 동강 나지 않았다오. 언제 다시 지반에 충격을 가할지 모르겠으나, 아직까지는. 오라비 보세요. 저기 맞은편으로 보이는 산과 이곳은 한 몸으로 서로 이어져 있어요. 물론예전의 그 장엄했던 계곡은 지형이 완전히 훼손되어 가파른 절벽의 형상이 되었고, 계곡은 거대한 폭포가 되어 버렸지만."

헝클어진 돌탑들. 어린 날의 여린 기억들을 뒤로 하고서, 두 사람은 폭포 쪽으로 걸음을 옮겼다. 귀를 막아도 폭포수 때문에 거대한 울림이 느껴졌다. 두려웠다. 폭포는 지나치게 공격적이고 거칠었다. 예전의 그 완만히 굴곡진 계곡이, 온유함이 느껴지질 않아. 유유히 흐르던, 고요하고 사랑스럽던 계곡물이, 물방울들이, 머리를 바닥으로 향하고 이제는 가파른 절벽에서 비명을 질러 대며 끊임없이 자유낙하했다. 투신했다. 주워 담을 수 없을 막대한 물이, 맑고 투명한 물이 마구 쏟아지는 광경에 벽사는 무서움을 느꼈다. 떨어지는 물들은 바닥에 닿자마자 물방울이 되어 다시 튀어 올랐고. 그 물들이 햇빛에 반사되어 반짝이는 바람에 눈을 제대로 뜰수도 없었다. 변화한 지형 때문인지 냉기가 빠져나가지 않아, 몹시추웠다. 다리가 자꾸만 떨리고 무릎이 꺾였다. 벽사는 고통스런신음을 뱉었다. 연이는 전보다 큰 목소리로 말했다.

"용역 지원들은 이 울부짖는 땅의 울림에 압박감을 느끼는 지 감히 이 폭포에 다가오질 못하오. 때문에 폭포 너머 원시림이 남아 있다는 건 모르는 듯해요, 원시림 속 호수의 정체도 모를 테지. 산의 특성도 제대로 파악하지 못하고, 매장되어 있는 금과 보석 광물에만 욕심을 내는 아주 어리석은 자들이야."

연이는 폭포를 지나가자고 손짓했다.

"소개해 줄 사람이 있어요."

빛이 안 드는 원시림, 태초의 나무들을 차례로 스쳐 갔다. 땅이 워낙 촉촉해서 늪이 없는데도 개구리 울음소리까지 들렸다. 싱그러운 숲속의 공기가 머리까지 맑게 함에, 벽사는 기름진 초록이 그저 감격스러웠다.

연이의 손끝에 작은 집 한 채가 보였다, 속이 들여다보일 정도로 맑은 호숫가에 놓인 집은 신비로운 느낌마저 갖게 했다. 숨소리마저 소란스럽게 느껴질 법한 몹시 고요한 공간. 정교하게 세공된 문은 성인 남성이 드나들기엔 작았다. 맞은편 산등성이의 연구소와 정반대에 위치한 데다가 원시림 속 호숫가에 놓인 외딴집.

"누가 살고 있어? 누가 언제 지은 집이야?"

"큰 어르신이 오래 전에 신이를 위해 손수 지으신 집이에요. 이 집은 마을 여성들만 알아요."

"신?"

"아마 저 호숫가 부근 수풀에서 너른 돌을 베개 삼아, 자고 있을 거예요."

연이의 뒤를 쫓아 호숫가에서 발소리도 조심하며 살금살금 수풀 속으로 다가갔더니 색색거리는 옅은 숨소리가 들린다. 누군가 초록 속에서 곤히 잠을 자고 있었다. 연이는 수풀 더미를 비집고 들어가서 소곤소곤, 누군가와 이야기를 나눴다. 한참을 그러고 있더니 연이는 풀숲으로 고갤 쏙 내밀었다.

"낯선 사람과는 만나고 싶지 않대요."
"낯선 사람 아니잖아. 마을 사람이잖아."
"싫대요."

"마을 여성들과는 만난다면서."

벽사는 팔짱을 꼈다.

"산의 개발에 대한 중요한 이야기를 해야 하니까, 잠깐만 나오시라고 해 봐."

연이는 채근에 마지못해 수풀 속으로 들어갔다. 한참을 실갱이를 한 후에, 웬 여성이 초록 속에서 걸어 나왔다. 여성은 아무 말도 하지 않고 손가락 끝만 매만지며 자신을 바라보았다. 맨발이었다. 머리는 길게 풀어 허리까지 왔고, 햇빛이 들지 않는 원시림에 살아서일까, 얼굴이 무척이나 희었다. 여성이 아무 말도 안 하고, 눈만 깜박깜빡하자, 연이가 옷깃을 잡아챘다. 여성은 그제서야 마지못해 입을 뗐다.

"숲에 사는 거지여요."
"거지라고요?"

"예. 거지여요."

당황스런 침묵이 이어지자, 연이는 혼자 한참을 웃다가 여성 대신 대답했다.

"신이는 우리 중 가장 높은 곳에 살지만, 머리맡에 앉아 있지만 가난뱅이로 지내면서, 언제나 대가도 원치 않고 궂은일을 도맡아 왔어요. 큰 어르신께 입양되어 마을에 살고 있는 저는, 상대적으로 낮은 곳에서 풍족하게 지내지만 큰 어르신을 도와, 마을의 대소사를 해결했고, 신이는 산에서 짐승들과 초목들을 관리하며 지냈어요. 신이와 저의 공통점이 있다면, 원하든, 원치 않든 항상 해야 할 일이 있다는 거였어요."

그러고 보니 높은 곳에 사는 신이와 낮은 곳에 사는 연이는 얼굴이 꽤나 닮아 있었다. 벽사는 지구의 원형을 떠올렸다. 가장 높은 곳에 있는 사람은 사실 가장 낮은 곳에 위치한 것과 다름없었다, 그 반대의 경우도 같았다.

"언제부터 이 산에 사셨습니까."
"말씀드릴 수 없어요."

"큰 어르신과는 어떤 사이인가요?"
"말씀드릴 수 없어요."

"나에게 뭘 말해 줄 수 있나요?"
"산의 지형이 바뀌면서 숲의 동물들도 혼란스러워하고 있어요."

신이는 더 이상의 말은 하지 않았다. 여성의 집에는 제대로 들어가 보지도 못하고 그저 주위만 서성이다가 헛되이 발을 돌렸다. 자신에게는 끝까지 경계하고 마음을 열어 주지 않는 여성이었지만, 신이는 연이를 꼭 껴안아 주었다. 둘이서 소곤소곤 이야기를 나누는 듯했지만 들리지 않았다.

　연이와 앞서거니, 뒤서거니 하며 산을 내려온 벽사는,

　마을에 돌아오자마자 노트북을 켜서, 지자체와 청와대 사이트에 올릴 민원 글을 작성했다. 마을 주민들의 증언과 이를 증명할 수 있는 사진들을 모으고, 국내 언론사는 물론 해외 언론사에 제보할 글도 따로 작성해 두었다. 도움을 받거나 자문을 받을 수 있는 시민 단체를 알아보고, 무료로 법률 조언을 받을 곳도 알아보았다. 모든 과정이 채 몇 시간 걸리지도 않았다. 인권 단체와 자연보호 단체와 서신을 주고받고, 관련 서류를 영문으로 다시 작성해 해외 단체에도 메일로 송신했다. 벽사는 신문고에 글을 올린 뒤, 지역 인사들의 연락처를 정리해 두었다. 목차대로 연락을 해 볼 생각이었다. 지역 학교를 찾아가 상경한 동향 사람들의 명단도 확보했고, 그들 전부에게 현재 마을에서 일어나고 있는 일을 상세히 전달했다. 벽사는 패널을 들고, 홀로 1인 시위를 했다. 연이는 매일 도시락을 싸서 벽사를 찾아왔다. 도시락의 반찬들은 마을 처녀들이 만들었다고 했다. 굶어도 괜찮으니, 괜한 수고 말래도, 연이는 고집을 부렸다.

　"오라비만 고생하게 둘 수 없어요. 도시락 싸는 것 외에 무엇을 하면 되는지 알려 주오. 마을의 여성들도 모두 한마음이에요."

벽사는 조금 고민하다가 입을 뗐다.

맛있는 음식을 만들어서 마을 사람들은 물론 찾아온 사람들에게 흔쾌히 대접하고, 좋은 날을 골라 매년 지역 축제를 해야 한다. 그리고 그 내용은 산을 주제로 한 것이어야 한다. 상경한 사람들에게도 그간의 소식을 전해 두었으니, 축제를 한다고 연락이 가면 한번은 찾아올 것이다. 지자체에서 지역 경제 운운하며 돈벌이에 관심을 보이거든 반드시 거절해야 한다. 찾아온 사람들에게 와 주어서 고맙다는 인사를 충분히 하고 손님들 손에 어린 날, 기억 속의 산을 추억할 수 있는 선물을 들려 보내라. 너희는 띠를 두르고 깃발을 들 것이 아니라, 너희가 할 수 있는 최선의 것, 너희가 가장 잘해낼 수 있는 일들을 하면 된다. 잔치를 벌여라. 산을 헐고 빌딩을 세우는 것보다, 훨씬 더 지역에 도움이 될 수 있을 만한 큰 축제를 만들어야 한다.

연이는 벽사의 품에 파고든 채, 작게 중얼거렸다.

"고마워요, 오라비."

*

라수는 그의 침대에서 일어났다. 커다란 여행 가방을 가지고 홀연히 떠난 벽사, 자신은 그가 떠난 날부터 줄곧 그의 집에서 생활하고 있었다. 작업실은 물론 자신의 집에도 가지 않았다. 뭔가를 만들어 내고 싶지가 않았다. 라수는 벽사의 냉장고를 열어, 소금을 뿌려 뒀던 홍어회를 한 점 집어 먹었다. 홍어 특유의 퀴퀴한 좋지 않은 냄새 때문에 한 번 씹을 때마다 헛구역질을 하며, 억지로 삼켰다. 하지만 벽사가 좋아한다면 매일 먹어도 좋아.

라수는 화장실로 가서 그의 욕조에서 그의 샴푸로 머리를 감았다. 머리카락에서 같은 향이 나서 기뻤다. 그의 변기를 사용하는 것은 물론 그의 치약으로 양치도 했다. 칫솔 역시 그의 것을 사용했다. 젖은 머리를 말리지 않고, 라수는 집에 설치해 둔 CCTV 앞을 왔다 갔다 했다. 그를 찍으려고 몰래 달아 둔 카메라에, 내가 찍히고 있겠구나. 알몸으로 그의 집을 활보하던 라수는 옷장에서 그의 셔츠를 꺼내 입었다. 셔츠 한 장만 걸치고 서재에 가서 그의 글을 읽던 라수는, 책장에 꽂힌 책 중 작가가 여성인 것만 골라 책등에 얇은 핀셋을 찔러 넣었다. 양장본은 암석으로 이뤄진 산에 쇠 말뚝을 박는 것처럼 핀셋이 잘 들어가지 않았지만, 코팅된 종이 재질의 책들은 무른 흙에 쇠 말뚝을 꽂는 것 같았다. 벽사 안의 그를 이루고 있는 여성작가들의 명맥과 정기를 모두 끊고 나서, 라수는 그의 시를 자신의 언어로 바꾸는 작업에 돌입했다. 의인이란 단어가 무슨 뜻인지 잘 모르겠다. 인이 사람을 뜻한다는 건 알겠는데, 의란 무엇인가. 라수는 재차 중얼거렸다. 의란 무엇인가. 모르는 뜻을 가진 벽사의 언어를 만나면 라수는 그것을 자신의 단어로 바꿔 버렸다. 우민은 신민으로 바뀌었다. 또한 버섯코가 연상되는 둥근 서체의 그의 시는, 어느새 각이 지고 날카로운 그녀의 서체로 모습을 달리했다. 청도포를 입은 우아한 선비의 두루마기를 벗겨 내서, 상투 튼 머리를 대뜸 잘라 내고, 더운 피를 부르는 날 선 도검을 억지로 쥐어 주었다. 품에는 비창도 여럿 넣어 주었다. 서책만 품에 안고 있어서야, 스스로를 제대로 지켜 낼 수 있겠어요? 나약한 그대도 사랑스럽기 그지없지만, 나도 생활이 있어서 항상 당신만 지켜보고 있을 순 없으니 스스로를 지킬 수 있는 힘을 갖추도록 하세요. 게다가 긴 머리카락은 관리하기 힘들고 비위생적인 데다가 미개함의 표상이랍니다. 앞으로는 갓을 벗고 머리카락은 가급적 짧게 자르세요. 당신이 원하지 않아도 내가 사랑을 담아서, 매번 싹둑 잘라 드릴 수 있어요. 도망쳐도 소용없어요. 당신의 어찌할 수 없는 미개함을 제 손으로 친히 끊어 내고 선진 문물을, 시대의 흐름을 교육시켜 드릴게요. 세상을 움직이는 것은 돈이고, 사람을 굴복시키는 것은 언제나 힘이니까. 라수는 남자 혼자 사는 집 특유의 분위기를 지우려고 멋대로 청소도 해 놓고, 그렇게 길을 닦아 놓았다. 눈길 닿는 곳마다 책들이 그득히 쌓여 이곳, 저곳 산과 같던 집 안 내부가 말끔히 정비되어 전에 없던 새로운 길이 생겼다. 라수는 마음에 드는 물건을 아무것이나 자신의 주머니에 넣었다. 물건에 어떤 추억들이 서려 있는지 모르겠지만, 일단 내 마음에 들었고, 같은 물건을 살 수 있을 만큼의 돈 역시 집 안 곳곳에 남겨 두었으니 괜찮겠지. 싫은 짓 조금 하긴 했어도, 돈 줬으니까 뭐, 괜찮은 거 아니야? 라수의 주머니는 벽사의 보물들로 두둑해졌다. 집은 전보다 훨씬 깨끗해졌다. 아니, 좋은 것이 대부분 사라졌다. 길도 없을 만큼 방 안을 가득 채운 책들, 물론 여성작가의 책을 전부 버리긴 했지만 손수 정리해서 깨끗하게 길을 닦아 주었으니까. 응당 수고스러움에 대한 감사 인사 정도는 받아야 한다구.

라수는 그의 책장에서 굉장히 귀해 보이는 물건을 찾아냈다. 먼지가 조금 쌓여 있는 것을 보니, 한동안 손길이 닿지 않았음이 분명하다. 그렇다면 물건의 가치를 알아볼 줄 아는 자신이 가져가서 잘 관리하면 더 좋을 것이다. 라수는 일말의 주저 없이 귀중품도 주머니에 넣었다. 볼록해진 주머니로 침대에 돌아간 라수는 그의 체취를 맡았다. 괜스레 설움이 밀려온다. 그이는 지금 어디서 뭘 하고 있을까. 햇살이에게 주말이니 만나자는 연락이 오긴 했지만 벽사의 품에 안겨 있는 게 좋아서 답신은 보내지 않았다. 라수는 햇살이에게 온 메시지를 읽다가 그만두었다. 작업실에도 가야 하는데, 해야 할 일이 아직 많이 있는데, 의욕이 없었다. 3D프린터고 뭐고, 토기고 뭐고 마음이 동하질 않는다. 인류의 개선 가능성을 빚어내야 하는데, 자신은 사랑하는 님의 거처에 몰래 CCTV나 달고서, 도감청을 일삼으며 보호와 사랑을 핑계 삼아 그의 일상을 훔쳐보고만 있다. 라수는 두 눈을 비볐다. 불이 이글거리듯 목이 뜨끈하고, 아프다.

이렇게까지 반하게 만든 그이가 잘못한 것이다. 나는 그에게 매혹당해 사로잡힌 것뿐으로 모든 행위의 잘못은 그에게 있다. 전부, 전부 그의 잘못이다. 사랑에 빠지게 만든, 하여 죄악을 저지르게 만든 그의 잘못이다. 라수는 아무리 두 눈을 비벼도, 자꾸만 베개가 젖어 감에 크게 탄식했다.

나의 사람은,
나의 사랑은,
도대체 어디로 가 버린 것일까.
울먹이는 날 이렇게 내버려두고.

*

이 방은 별들이 잘 보여서 잠들기 전까지 생각하기 좋은 방이어요. 작가분이라고 하셨는데, 이부자리에서 느긋하게 생각들을 정리해 보세요. 다른 방들과 달리 특별히 천장이 유리로 되어 있어서, 오늘처럼 맑은 날이면은, 아직 세상에 알려지지 않은 별까지 모두 보인답니다. 작은 빛 하나까지도 무척 아름다워요. 신이는 햇빛 내음이 나는 이불을 가져다가 잠자리를 만들어 주었다. 이불에 놓인 꽃 자수는 본인이 한 땀, 한 땀 놓았다고 했다. 벽사는 마을에서 잘 곳을 얻으면 된다고, 거절의 뜻을 보였지만 개발이 중지되고 산의 내일을 약속받은 신이는 어떻게든 자신에게 보은하려 했다. 특히나 시위대 때문에 병원에 입원한 연이의 일로 마음을 많이 다친 것 같았다.

　지역축제는 당연히 수익을 낼 수 없었지만 마을을 떠난 그리운 얼굴들을 다시 만날 수 있었고, 저마다 자신의 추억들을 되새겨 볼 수 있는 날이 되었다. 용역들을 물러나게 만들고, 단념시킨 것은 붉은 띠를 두르고, 깃발을 든 사람들이었다. 그들은 벽사와 마을 주민들을 돕기는커녕 산을 빌미로 자신들의 잇속을 차리고, 그렇게 정권 찬탈과 사회 분란, 갈등을 조장하려는 의도를 갖고 있는 듯하였으나, 용역의 횡포를 실질적으로 막아 준 유일한 사람들이었다. 임금에 대한 불만이 많았던 해당 용역 회사의 노조는 벽사의 1인 시위를 정치적으로 이용하여, 개인들의 탐욕을 채우려 하였고, 각자의 이해관계 속에서 격렬히 충돌하던 집단은 제 욕심의 크기, 딱 그만큼 씩 손실을 입고 박살 나고 말았다. 처음부터 아무 욕심이 없었던 벽사와 마을 주민들은 그와 같은 이유로 아무런 피해도 입지 않을 수 있었다. 벽사는 폭력 시위대에게 끊임없이 기물을 파손하지 말고, 전경을 공격하지 말아 달라고 부탁하며, 홀로 노래를 불렀으나 전문 시위꾼들은 그런 벽사를 비웃고, 전경에 쇠막대를 휘두르며 화염병을 던졌다. 벽사는 미쳐 날뛰는 사람들 속에서 우두커니 서서 자리를 지켰다. 무고한 전경들은 피를 쏟으며 쓰러졌고, 시위대의 대다수는 과격한 폭력 행위를 이유로 전경들에게 끌려가게 되었다. 머리 위로 날아다니는 최루탄과 치솟는 불길 속에서도, 끝까지 평화시위를 했던 벽사만 남았다. 힘을 사용한 자는 모두 연행되었다. 시위대가 투척한 최루액의 피해를 최소화하기 위해 방독 마스크를 쓴 전경 하나가 노래를 부르는 벽사를 두고, 강력 항의하는 것으로 오인해 달려들었다. 전경의 방범봉이 벽사의 머리를 내리치는 속도보다, 연이가 벽사의 머릴 감싸안는 속도가 더욱 빨랐다.

지구로 떨어지는 운석들의 피해를 막기 위해 뒷면이 온통 상처투성이가 된 달처럼, 연이는 사방에, 자신의 머리에서 쏟아지는 피가 튀어 오르는데도 벽사를 감싸안은 팔을 풀지 않았다. 놀란 벽사가 연이를 떼어 내기 위해, 온 힘을 다하여 밀어냈음에도 연이는 벽사의 머리를 필사적으로 감싸안았다. 전경의 방범봉을 힘으로 빼앗아서 그의 머리를 똑같이, 아니 더욱 심하게 부숴 버리려고 했으나 연이의 피로 새빨갛게 물들어 가는 흙을 보고 몸이 굳어, 쓰러진 녀석을 병원부터 보내는 것에 우선, 마음 썼다. 용역회사는 악덕 기업으로 낙인찍혀 돈으로 살 수 없는 명예를 잃었고, 투자가들은 해당 회사를 대신할 수 있는 다른 기업으로 발길을 돌렸다. 회사는 투자자를 잃어 돈을 융통하지 못해 그대로 파산하고 말았다. 과도하게 높은 임금과 복지를 요구하던 노조는 기업 자체가 망해 실직자 처지가 되었고, 이들 중 일부 인력은 투자가들이 골라낸 대체 기업으로 이동했다. 물론 그들은 또 다시 노조를 설립해 시위를 이어 갔다. 지자체는 마을 주민들이 돈 욕심이 없다는 것을 알게 되자 인근 다른 마을에 같은 내용의 축제를 기획했다. 그들은 뒷말이 돌지 않도록 벽사의 마을 주민들에게 헐값을 지불했다. 축제 관련한 모든 권한을 자신들이 사겠다는 것이다. 벽사는 그들이 제시한 금액은 살펴보지도 않고, 한 가지 조건을 달았다. 마을 주민들이 원치 않는 개발에 대해서 영구히 포기할 것. 그들은 말했다. 누구네 마을은 빌딩을 세워 달라, 다리를 놔 달라, 공장이라도 지어 달라, 어떻게든 개발 좀 해 달라고 애걸복걸인데, 네가 지금 무슨 짓을 하고 있는지 알고는 있느냐. 이 무식한 놈 같으니. 멸시 속에서 벽사는 끝내 약속을 받아 냈다. 옆 마을에서 열린 지역축제는 당연히 실패했다. 벽사의 마을 축제에 찾아왔던 사람들은, 산의 추억을 되살리고자 했던 동향민들이 대부분이었다. 그들은 옆 마을에 대한 별다른 추억이 없었다. 또, 새로 열린 축제에서는 기획 당시부터 큰 수익을 내려는 욕심들 때문에, 축제 내용보다는 돈이 될 상품들만 구상해 댔고, 축제에는 소문을 들은 온갖 뜨내기 상인들만 몰려들었다. 특색을 잃고 장사치만 남은 축제는 빚만 진 채 막을 내렸다. 벽사의 마을 주민들은, 손님들께 좋은 음식을 해서 나눠 드리고 산을 추억할 수 있는 선물을 안겨 드렸던 탓에 금전적으로 손실을 보긴 했지만, 축제의 판권을 산다며 지자체가 준 돈마저 거절했다. 그들과 연루되는 것이 못 견디게 역겨웠다. 옛 기억을 되살린 동향민들이 때때로 고향에 돌아와 산을 굽어보고 그리움 속을 걸으며 연을 이어 갔지만, 마을주민들은 인맥이나 사람을 재산으로 분류하지 않았기에 그들은 잃은 것도, 얻은 것도 없다고 가슴을 펴고 말했다. 그저 지켜 낸 것만 있을 뿐이다.

연이는 다행히도 정신을 차렸지만, 상처가 너무 커서 사회생활은 물론 일상생활이 어렵게 되었다. 하지만 오라비의 머리를 지켜 내어서, 정신을 지켜 내어서 다행이라며 웃음을 잃지 않았다. 말간 민낯으로 해맑게 웃는 연이는 자신을 위해 시를 지어 달라고 했다. 자신이 피까지 쏟으며 지켜 낸 오라비의 머리로, 정신으로 오랫동안 지워지지 않고 각인될 시를 지어 달라고 말했다. 벽사는 붕대를 감은 연이의 이마를 한참 매만지다가 병원 침대에 누워 있는 연이에게 가까이 다가가 몸을 숙였다. 벽사이기에 연이는 피하지 않고 그를 올려다보았다. 벽사는 연이의 하얀 목덜미를 아주 세게 깨물었다. 연이는 깨물린 자신의 목덜미를 감싸 쥐었지만. 벽사는 가만히 연이를 응시하기만 했다.

벽사는 연이의 귀에 소곤소곤 시 구절을 읊어 주었다. 시 낭송을 들으며 연이는 눈을 감았다. 세게 깨물린 목덜미를 손으로 감싸 쥐고 있었지만 입가에는 미소가 어려 있었다. 벽사가 시 낭송을 마치자 연이는 감았던 눈을 떴다.

"고마워요, 오라비. 평생 잊지 않을게요."

*

라수는 허기를 느꼈지만 아무것도 먹을 수 없었다.

생을 이어 가야 할 이유를 찾지 못한 탓이다.

*

벽사는 풍성하게 차려진 아침 식사 앞에서 무엇부터 먹어야 할지 잠시 고민했다. 신이는 앞치마를 두르고서, 옆 자리에 앉았다. 구운 생선이 담긴 접시를 제 쪽으로 옮기더니, 작은 앞 접시에다 생선 살을 곱게도 발라서 벽사 가까이에 놓았다. 마을 아이들이 만들었대요. 신이는 품에서 편지 몇 통과 압화한 꽃으로 만든 열쇠고리를 보여 주었다. 오늘 서울로 가신다길래 마을 처녀들이 도시락도 만들었고요. 손이 많이 가서 평소 요리하시기 힘드실 것 같은 반찬들도 따로 싸 두었습니다. 겨울은 다 갔지만, 새 솜으로 옷을 만들어 두었으니 다음 겨울 때 쓰세요. 산의 삼과 약초들도 몇 묶음 넣었으니 기력이 없으실 때 달여 드시고… 신이는 잠시 말끝을 흐리는가 싶더니 자신의 접시에 앞서 발라 놓은 생선 살을 올려 주며 말을 이었다.

고마워요, 도와주셔서.

신이는 작별 인사로 벽사에게 먼저 악수를 청했다. 예전의 모습이 떠올라, 당황해 머뭇거리던 벽사의 손을, 신이는 조심스레 마주

잡았다. 부드럽고 말랑거리는 그녀의 손. 신이는 여태까지 본 적 없던 미소를 보여 주었다. 벽사는 떠나기 전, 산을 한 번 더 돌아보았다. 큰 어르신 묘를 찾는 것도 잊지 않았다. 줄곧 마을에 사시다가 노환으로 대학병원 가까운 읍내로 이사하신 부모님 댁에도 들렀다. 반가운 어머니의 웃는 얼굴, 전과 달리 차가운 아버지의 손. 마을 처녀들에게 받은 반찬 꾸러미와 약초 묶음은 부모님께 모두 드렸다. 도시락은 층층 찬합이었다. 양이 많아 부모님과 둘러앉아 점심 식사를 했고, 받은 옷은 아버지께 드리고 왔다. 손과 발을 몇 번씩 주무르고 매만졌다. 왜 이렇게 몸이 차요. 항상 따뜻하게 계세요. 벽사는 말 없는 아버지를 꼭 끌어안았다. 온기가 느껴지지 않는 차가운 아버지, 마을 처녀들이 밤새 바느질해서 만들었다는 솜옷을 직접 입혀 드리고, 매무새를 정갈히 다듬어 드렸다. 아버지는 바른 자세로 곧게 누워만 계셨다. 추위에 떨지 않으시도록 심장을 아버지 가까운 곳에 놓아두고 나왔다.

서울로 올라오는 동안 아이들의 감사 편지들을 읽었다. 마을 분교가 사라져 얼마 안 있으면 아이들 모두 읍내에 위치한 학교로 가게 된다는 내용이 있었다. 다행히 기숙사가 있어 생활과 통학에 어려움은 없겠지만, 아이들마저 떠나고 마을은 젊은 여성들 몇몇만 남을 것이다. 청년들은 모두 도시로 나왔고, 뿔뿔이 흩어져 사라지고 말았다. 각자 어딘가에서 열심히 살고 있을 테지만. 벽사는 달리는 기차 안에서 잠시 눈을 감았다. 자신에게 깨물린 목덜미를 보물이라도 되는 양손으로 조심스레 감싸 쥐고 밝게 웃던 연이를 생각했다. 그리고 은혜로운 숲과 맑은 호수에서 살아가는 아름다운 그녀를 생각했다. 신이의 음식은 놀라울 만큼 맛있었으며, 맞닿은 신이의 손은 따뜻했다. 벽사는 얼굴을 감싸 쥐었다. 벽사는 아무도 듣지 못하도록 아주 작게 중얼거렸다.

그 모습들 영원히 변치 않기를.

09 빛의 파편에 이르면, 하여 회색에 빛이 어리면.

벽사는 신이에게서 온 편지를 마저 읽었다. 신이와는 그날 이후로 꾸준히 연락하고 있었다. 존재하는 모든 주제로 서로의 안부를 즐겁게 나눴다. 대화를 나눌 적엔 전혀 느끼지 못했었는데, 신이의 편지글은 마치 옛사람의 일상을 담은 박물관 자료를 연상케 했다. 신기하고 또 신비로웠다.

해오름 전, 마을 처녀들과 산에 올라 깊은 계곡서 멱을 감았습니다. 남쪽은 봄이 한창입니다. 은은한 달빛 아래서 꽃내 맡으며 몸을 씻으면 머리까지 맑아집니다.

물이 아직 차가웁지만, 가져갔던 도포자락을 머리에 쓰고 오면은, 고뿔에 걸리지 않습니다. 감사한 벽사 작가님, 저희 걱정은 마셔요. 모두 건강합니다.

작가님께서도 찬바람 조심하시고 옷 단단히 입으셔요, 서울서는 큰 병원도 많지마눈 아프지 않는 것이 제일로 좋답니다.

그리고 며칠 전에 읍내에 장이 서서 다 같이 참기름을 내었는데, 향이 고소해 선생님께도 조곰 보냅니다. 많이 보내지 못하여서 죄송합니다.

귀한 분께 대접할 밥을 지을 적에 한 두 방울 넣으면 좋습니다. 그러니 소중한 작가님, 매 끼니 때마다 넣어드셔요.

벽사는 편지에 동봉된 유리병을 살펴보았다. 직접 기른 참깨를 읍까지 옮겨다가 기름을 짰다는데, 내 것도 잊지 않고 한 병을 따로 냈다고 한다. 작은 것이라지만 성인 남성 팔꿈치까지 올 만한 크기다. 그런 유리병이 몇 개는 더 된다. 마을 처녀들이 다들 제 몫 중 한 병씩을 따로 빼서 편지와 함께 동봉한 모양이다.

이 녀석들, 참…

서체는 모두 똑같은데 병마다 제 각기 다른 이름이 적혀 있는 걸 보니 아마 신이가 모두를 대신해서 병마다 이름을 써 주었는가 보다.

연이 녀석도 빨리 나아야 할 텐데… 신이가 혼자서 고생이구나. 그 녀석은 본디 타고난 성격 탓에 스스로 고생이라고 생각하지 않을 테지만은, 그래서 더욱 안쓰러운 마음이 들고는 하지. 본인을 잘 돌봐야 할 텐데….

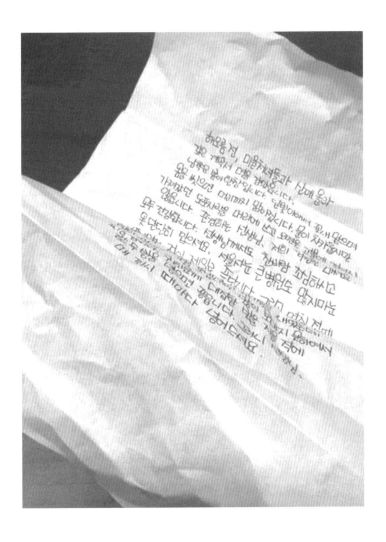

라수는 모니터 화면에서 눈을 떼지 못하고 있었다. 메일이라면 훔쳐볼 수 있지만 편지는 뜯어볼 수가 없어 무슨 글을 읽고 있는지 알 도리가 없었다. 택배로 온 박스에는 유리병 여럿이 들어 있다. 병 안에 뭐가 담겨 있는 걸까. 다음에 또 저런 택배가 오면 배송 실수처럼 내던져서 모조리 깨 버려야겠다는 생각이 든다.

라수는 유리병을 하나 열어 맛과 향을 확인하는 그를 노려보았다. 벽사의 얼굴에 미소가 번지자 라수는 참지 못하고, 버튼 하나를 눌러 버렸다. 그와 동시에 벽사의 거실 형광등이 굉음을 내며 터졌다.

깜짝 놀란 그는 유리병을 책상에 내려놓고 전등을 치우러 거실로 향했다. 라수는 거실을 정리한 그가 다시 서재로 되돌아가자 부엌의 형광등까지 터트렸다. 다음은 화장실, 다음은 침실, 미소 짓고 있던 그이는 간데없이 차갑게 굳은 표정의 사내만 남았다. 라수는 마지막으로 서재의 형광등을 그의 머리 바로 위에서 터트려 버릴까 하다가 그만두었다. 불이 꺼진 탓에 집 내부가 보이지 않는다. 벽에 붙여 놓은 모니터들은 온통 어둠이다. 암흑에 갇힌 라수는 소리 내어 울었다.

부탁이야, 내가 모르는 세상에서 내가 모르는 일들을 하지 마.

날 외롭게 하지 마.

*

사 온 음식들은 유통기한의 순서와 상관없이 맛과 형태가 변해 버리기도 하고, 속옷은 물론 물건도 없어지는 것 같았다. 자주 쓰던 물건이 새것으로 바뀌어 있기도 했다. 물건의 위치도 조금씩 바뀌는 것 같았으며 잠을 자다가 깨는 일이 자주 발생했다. 까닭 모를 소음이나 밝은 조명이 내리쬐어 자꾸만 잠을 설치게 되었다. 새벽까지 이어지는 집필 활동과 별개로 잠들 때마다 이어지는 빛과 소음 공해로 인해, 깊이 잠들지 못해서 항상 두통에 시달렸다. 차츰 건강이 나빠지는 것 같았다. 신체뿐만 아니라 정신마저도… 며칠 만에 다시 온 신이의 편지가 아니었더라면 아마, 아마 자신은.

존경하는 작가님, 잘 계셨습니까.
저는 오늘 마을 처녀들과 모시 길쌈을 하였습니다.

아낙들에게 투명한 재질의 독특한 옷감과 윤이 나는 공단 등에 대해 설명해 주었지만, 마을 처녀들은 아직 그런 것이 무엇인지 잘 모르기에 저는 같은 말을 끊임없이 반복하다가, 지쳐 버려서 그냥 베틀에 앉았습니다. 사실 그런 것 따위 몰라도 크게 상관없겠지요. 서울서는 질감이 보드랍고 결 고운 천들도 많은 것으로 압니다. 작가님께서는 어떤 것을 가장 좋아하시는지요. 잊지 않을 터이니 알려 주세요.

그래도 기계로 내는 것은 손으로 일일이 짜내는 것만치 정성이 없을 것 같습니다. 편견일 수도 있겠지마눈 서툴러도 사람의 손이 제일이라눈 생각이 들고는 합니다. 정성이 제일 중한 것이지요.

만든 것 중 가장 빼어난 것을 보냅니다.

날이 더워지면 주무실 적에 입으셔요.
부끄럽지마눈 모시는 여름 속곳으로도 좋답니다.
선생님 보실 적에 만듦새 성기더라도 저희 마음을 먼저 살펴 주셔요.

벽사는 꾸러미를 끌러 보았다. 순백색의 비단결 같은 광택을 내는, 모시 잠옷이 들어 있다. 아직 봄이지만 한여름 열대야가 지속될 때 입으면 시원해서 좋을 것 같다는 생각이 든다. 마을 처녀들의 바지런함에 조금 놀랐지만 산 아랫마을 사람들은 본래 한 계절을 빨리 사는 법이다. 겨울이 되면 풀뿌리를 캐다 먹는 것 외엔 식량이랄 것이 없으니, 가을에 겨울을 대비하고, 겨울에 봄을 기다리는.

벽사는 선물로 받은 모시 잠옷을 입어 보았다. 품이 넉넉하고 큰 데다가 질감도 그리 빳빳하지 않아 입을 만했다. 그런 모시 잠옷이 꾸러미 안에 색깔별로 여러 벌인 걸 보니 저마다 가장 빼어난 것을 골라 같이 보낸 모양이다. 이것 참, 요일마다 한 벌씩 갈아입어도 되겠구나.

*

피핑톰이었다. 어둠 속의 그는 커튼 사이로 던진 시선 한 번에 안압이 올라 실명해 버렸다고 한다. 엄청나 기세로 타오르는 가마의 불길을, 외눈으로 주시하던 라수는 통증을 이기지 못하고 미간을 찌푸렸다. 불길이 너무나 아름다워서, 아파서 눈을 뜰 수가 없어.

라수는 빨갛게 달아오른 눈을 비볐다. 벽사의 집에 CCTV를 더 많이 달아야겠어. 그에게 온 편지나 우편물의 내용을 확인해야 하니까, 천장에도 달고, 현관문 바깥에도 설치하자. 또 어디다가 달면 좋을까.

라수는 굽던 도자기가 하나 남김없이 터져 나가고 나서야 자리에서 일어섰다. 마음이 흐트러지니까 유약의 양은 물론 불의 세기도 가늠치 못하고 아무 곳에나 그릇들을 내려놓았다. 덜떨어진 아마추어처럼. 라수는 선반에 올려놓은 유리 접시 하나를 높이 치켜들어 바닥에 내리꽂았다.

칼날이 튀어 올랐다.
피할 수 없는 날카로움이,
유리 조각이 내게,
내게.

라수는 뺨에서 흐르는 피를 손등으로 닦아 냈다. 빌어먹을.

*

여성작가의 책등마다 핀셋이 꽂혀 있었다. 벽사는 뱀에 감긴 생쥐 꼴이었다. 숨은 콱 막혀 오는데, 도망칠 수 없는. 며칠 전부터 서재에서는 나의 것이 아닌 낯선 피 냄새가 났다. 신이의 편지를 받는 날이면 집 안 형광등이 전부 터져 버리는 것은 물론, 잠을 자든, 깨어 있든 알 수 없는 소음에 끊임없이 시달려야 했고 난데없는 불빛이 내리쬐어 숙면을 취하기도 어려웠다. 못질하는 소리와도 비슷했고, 나무를 잘라 내는 소리와도 닮았으며, 까닭 없이 경보 사이렌도 주기적으로 울렸다. 칠판을 긁는 것 같은 소리 말이야.

귀로 분명히 확인할 수 있는 것은 그나마 나았다. 청소년들이 선생님께 들키지 않기 위해서 수업 시간에 사용하는 고음역대의 핸드폰 벨 소리 같은, 의문의 소리가 따라붙는 날도 있었지. 귀가 아플 때까지. 귀가 너무 아파서 머리까지 아플 때까지.

신경을 있는 대로 곤두서게 만드는 그 소리가 들리는 날엔 문밖에서 여자의 웃는 소리가 났다. 벽사는 온전한 정신을 유지하기 위해 집 안에서도 귀마개를 하고 다녔다. 그렇게 고문에 차츰 적응하게 되었다. 하지만 통증은 여전했다. 머리가 너무 아프고, 어지러워서 앞으로 고꾸라질 것만 같은, 나의 말랑한 뇌가 누군가의 억센 손아귀에 잡혀 꽉 움켜져 뭉그러지고 찌그러지는 듯한.

마트에 가도, 공원에 가도 등 뒤로 반드시 따라붙는 발이 있었다.

벽사는 냄새를 쫓다가 책장 위에서 피 묻은 생리대를 찾아냈다. 그는 화장실로 달려가 변기를 붙잡고 토사물을 쏟아 냈다. 침실의 터럭과 책등의 핀셋과 이물질이 섞였던 음식물, 조명과 소음, 자꾸 없어지는 귀중품들. 자꾸만 사라지는 완성작들. 그 모든 것이 한꺼번에 떠올랐다. 글 내용이 멋대로 수정되어 없던 오타가 곳곳에서 발견되기도 하고, 내용 자체가 깨끗이 지워져 있는 경우도 있었다. 벽사는 자신의 작품이 형편없이 훼손되더라도 다른 USB 속에 든 같은 작품을 다시 꺼내 올 수 있도록 화장실을 갈 때조차 USB를 반드시 들고 다녔다. 책장 위의 피 묻은 여성용품, 누군가 쓰고 버린 생리대라니. 양치를 한 벽사는 서재에 들어가지 못하고 문 앞을 서성였다.

　형광등을 다는 족족 터져 버리는 바람에 벽사는 집 안에서 손전
등을 들고 다녔다. 보일러는 언제부터인가 굉음을 내며 작동했고,
꺼놨을 때도 혼자 웅웅댔으며, 하루 종일 켜 놔도 한 번 작동하지
않기도 했다. 그런데도 난방비가 50만 원이나 나왔고, 아무도 그
이유를 알지 못했다. 하도 어이가 없어서 벽사는 아예 보일러를 꺼
버렸다. 얼어 죽는 줄 알았다. 집 안에서도 두터운 외투를 입고 다
녔다.

　예상치 못한 일은 계속되었다.

　벽사는 힘이 빠져 벽에 비스듬히 기대섰다. 머리에 쓴 후드가
흘러내렸지만 다시 여며 쥘 기력도 없었다. 창문 밖에서 또 다시
섬광이 번쩍, 또 번쩍했다. 거실 바닥에 나의 그림자가 새겨졌
다. 삐, 하는 소음이 불규칙하게 들렸다. 이명과는 분명히 달랐
다. 학업에 도움 된다는 음향기기가 시중에 판매된다는 말을 들
은 적 있다. 집중에 도움이 된다는 백색소음이 계속 재생되는 기
계. 그런 비슷한 부류의 소리가, 두통이 유발될 정도로 연이어.
몇 시간 동안 계속해서. 한마디로 고문이었다.

　벽사는 한숨을 내쉬었다. 전화벨은 화장실에서 볼 일을 볼 적

에, 목욕을 할 적에만 울렸다. 벽사는 허둥지둥 발가벗고 뛰어 나오는 수밖에 없었다. 급한 전화일까 싶어서, 알몸으로 걸어 나오면 집 밖에서 여자의 웃는 소리가 들렸다. 외출을 하지 않으면 낯익은 목소리가 "나오세요, 나오세요." 했다. 글을 쓰다가 어려운 단어를 쓰면, 사실 그다지 어려운 단어도 아닌데, 불현듯 창밖에서 낯선 여자가 왁, 하고 소리를 질러 집중을 흐트러뜨렸다. 집필에 집중하고 있으면 때때로 고함 소리나 비명 소리도 들렸다. 글을 쓸래야 쓸 수 없게 만들었다.

벽에 기대 서 있는 자신이 못마땅했던 것일까. 창밖에서 누군가의 짜증이 번쩍거리며 집을 덮쳐 왔다. 타인의 적의는 인내의 후광이 되어 머리 주변에 어린다. 그따위 것은 없어도 그만일 후광에 불과할 것이다. 손전등을 높이 들고 벽사는 서재로 향했다. 아무것도 잉태하지 못하는 묵은 피 냄새를 몰아내어, 나를 두렵게 하는 낯선 자의 흔적을 지우고자.

날카로운 유리 조각 사이, 피 흘리고 있는 라수에게 주 할아버지께서 말씀하셨다.

"서라수 아씨, 회색에 빛이 어리면 어떻게 되는지 아십니까."

주 할아버지는 개인전에 쓰려고 수납장에 넣어 두었던 첫 번째

은 접시를 꺼내 보였다.

"회색에 음영이 생기면 은색이 됩니다. 서라수 아씨께서 남들처럼 극단에 치닫지 않고 무당무파 중도였던 자신이 회색분자처럼 여겨져 속상했다고 하셨지만. 회색에 빛이 어리면 은색이 된답니다."

주 할아버지는 라수의 뺨을 쓰다듬었다.

"은은 독이 닿으면 파랗게 변해 그 위험성을 주인에게 알립니다. 이성과 감성의 균형을 이루고, 지식 그 이상의 지혜를 품게 되었을 때, 그럼에도 불구 탐욕에 무릎 꿇지 아니하며 중립적인 시각으로 참된 의를 행할 때, 그때."

주 할아버지는 그녀와 시선을 맞췄다.

"지금은 회색에 불과할지라도 빛이 당신께 어리게 되면은, 서라수 아씨께서도 분명…"

놋그릇은 관리가 힘이 들어요.
하지만 저는 그런 놋그릇이 좋답니다.

벽사는 신이의 편지를 느릿느릿 낭독했다. 뇌가 뭉그러지다 못해 사고가 제대로 되지 않는다. 글을 읽어도 전처럼 빠르게 이미지가 그려지지 않는다. 이러다가 글마저 못 쓰게 되면 어떻게 하나. 벽사는 신이의 편지를 마저 읽었다. 눈으로 보고, 머릿속으로 내용을 그려 보고, 입으로 소리 내 말하고, 귀로 듣기.

지푸라기로 놋그릇을 닦고 있으면 손이 아프고, 상처도 나지마눈 그래도 금빛 고운 그릇이 여전히 좋습니다.

놋그릇만치 좋아하는 것이 있는데, 은으로 된 식기입니다.

은은 조금만 내버려두어도, 녹이 슬고 칫솔질을 해 주어야 제빛이 돌아옵니다. 하지만 치약으로 닦으면 검은 녹이 슬었던 부분이 깎여 나가서, 형태가 점점 달라지지요. 서울서눈 은을 닦는 세제가 따로 있어 아무리 닦아 내어두 모습이 달라지지 않는다고 들었습니다. 하지만 이곳에서눈 그런 것일랑 전혀 없어요.

은으로 된 것은 모두 다 사람처럼 수명이 있습니다. 금처럼 영원하지 않고, 내버려두면 색이 변해 버리지요. 나이든 노인처럼 점차 웅숭그레 작아져 가다가 결국 사라져 버립니다.

저는 그런 은을 참 좋아합니다. 읍내 청년이 금 장신구가 잘 어울린다고 하여두 은을 더 찾게 됩니다. 은으로 된 식기눈 음식에 독이 담겨 있으믄 파랗게 낮빛부터 질려서 제 사람을 지켜 냅니다.

오래토록 함께 있으려면 손이 많이 가고, 신경 쓸 것도 많지마는, 사랑하는 이를 지켜 낼 줄 알며 제 몫 이상을 해내려 부단히 애쓰는 것이 꼭 사람 같지 않습니까. 또한 사랑스럽지 않습니까.

저는 그래서 은을…

벽사는 의자에 앉아서 잠시 숨을 골랐다. 라수는 모니터에서 눈을 떼지 못하고 있었다. 주 할아버지께서 해 주시지 않았던 뒷말을 사랑하는 벽사가 대신 들려주고 있었다. 벽사는 누가 자신의 말을 엿듣는지 깨닫지 못한 채 연이의 편지를 낭독했다.

그래서 은을 좋아합니다.

은은 또 달님을 닮았지요. 어째 뽀얀 것이 무르기까지 해서눈, 저는 은을 보면 말랑말랑 살집 오른 여성이 떠오릅니다. 토실토실 살 오른 여인의 하얀 젖가슴과 엉덩이요.

벽사는 편지에 동봉된 꾸러미를 열어 보았다.
소박하지만 정갈하고 단아한 디자인의 책갈피가 들어 있었다.

장이 섰던 날, 은으로 된 책갈피를 보게 되어 작가님 생각에 하나 샀습니다. 비싼 것은 아닙니다. 머리에 바를 향유와 참빗을 사려고 갔었눈데…

벽사는 머리 위, 서재의 형광등이 굉음을 내는 것을 깨닫고 낭독을 멈췄다.

그때였다.

버튼을 누르려는 생각은 하지 않았다. 정신을 차렸을 때는 이미. 라수는 벽사의 서재 형광등과 연결된 버튼에서 손을 뗐다. 떨림을 억누르기 위해 라수는 몸을 한없이 웅크렸다. 내가 아닌 낯선 여성에게 책갈피를 받은 당신에게 너무 화가 나서. 내가 모르는 곳, 내가 없는 곳에 당신만의 기억의 부표를 만든 것이 너무나, 너무나 화가 나서. 라수는 주먹을 꽉 쥐었다.

그 여자, 도대체 누구야. 제까짓 게 뭔데 당신을 웃게 하는 거야.

악물은 어금니로 신음하던 라수는 책상 서랍을, 통째로 꺼냈다. 그 안에 수북이 담겨 있는 책갈피들을 전부 다 그에게 줄 생각이었다. 이름 있는 공예가가 직접 만든 고가의 책갈피. 보석과 은으로 만들어진 데다가 별을 닮은 아름다운 모습의. 라수는 무거운 서랍을 옮기지 못하겠어서, 책갈피들을 될 수 있는 대로 많이 주머니에 밀어 넣었다. 품에도 안고, 손에도 잔뜩 쥐었다.

전부 다 줄게. 네가 원한다면 방 한가득 책갈피로 채워 줄 수도 있어.

라수는 너무 많이 담은 탓에 주머니에서 쏟아지는, 바닥에 떨어져 깨져 나가는 책갈피들을 보며 두 눈을 비볐다. 주머니에 가득 담긴 별들이 잔뜩 쏟아져, 온통 빛의 파편이 되어 갔다.

다 줄게, 네가 바란다면. 원한다면.
나 더 이상 도자기도 굽지 않고 너를 위해서
평생토록 네 책갈피만 만들게. 네가 바란다면 그렇게 할게.
그러니까 제발, 제발 나 말고 다른 여성의…

벽사는 상처 곳곳에 연고를 발랐다. 서재의 형광등이 머리 위에서 터져서 하마터면. 상처투성이의 얼굴로 벽사는 안도의 숨을 내쉬었다. 날아오는 날카로움들보다 노을을 다시 볼 수 없게 될까 봐 두려워 숨이 멎는 줄.

이제 어떻게 해야 할까. 벽사는 여이가 보낸 선물에 시선이 가닿는다. 낯선 여성의 선물에 마음을 빼앗긴 그를 보고 싶지 않아. 라수는 모니터에서 고개를 돌렸다. 읽지 않은 메시지 때문에 빛을 내는 핸드폰. 아마도 햇살이일 것이다. 암막 커튼으로 창을 가려 두었음에도 좋은 친구를 두어 연일 집 안에 햇살이 비친다. 라수는 쓴웃음을 지었다. 메시지 때문에 어둠 속, 빛이 자꾸만 반짝거렸다.

날씨도 맑은데, 오늘도 집에만 있는 거야?
라수야, 우리 같이 나가자. 공원에도 가고
내가 좋아하는 차이나타운에도 함께 가자.
나는 오늘 어머니와 함께 데이트를 했어.
네 이야길 했더니 어머니도 좋아하시더라.
언제 만나서 식사라도 함께하도록 하자.

그래. 우리 나중에 손잡고 공원에 가자, 웃으며 초록으로 가자. 라수는 커튼을 거둬 냈다. 칠흑 같은 어둠은 간데없이 강렬한 햇살이 방 안에 가득 찼다. 머리카락에도 맑은 빛이 맺혀 찬란한 화관을 쓴 것만 같았다.

창문 너머 그이의 집이 보인다. 서성거리는 모습이 모니터로 살피는 것만큼은 아니지만, 그래도 흐릿하게나마 보인다. 라수는 창틀에 턱을 괴고서 그의 삶을 지켜보았다. 여전히 완벽한 그대.

벽사는 멈칫했다. 간지러운 느낌에 돌아보니 이웃집 여자가 이

쪽을 물끄러미 바라보고 있었다. 낯익고도 낯선 얼굴. 겨울 숲을 가로질러 봄볕 아래 새로이 연을 맺었던 상대, 그 사람.

벽사는 엉덩이에 묻은 핏자국을 숨기려 손을 뒤로 감췄던 그녀를 떠올렸다. 울지 말라고 솜사탕을 사 줬었다. 뭔가 열심히 말하려고 애쓰던 모습이 기억났다.

벽사는 서재의 피 냄새도 기억해 냈다. 침실의 긴 터럭들과 때때로 문밖에서 들리는 웃음소리. 새벽이면 창밖에서 내리쬐는 불빛, 알 수 없는 소음까지도… 생각 말미, 크게 놀란 벽사가 뭔가 말하려 하자, 라수는 암막 커튼을 치고 몸을 숨겨 버렸다.

주저앉은 라수는 모니터도 켜지 않고, 핸드폰도 꺼 둔 채 밤새 훌쩍였다. 벽사가 뭐라도 알아챈 건 아닐까.

*

벽사는 몸이 아프고 정신이 혼미해져도 손에 쥔 펜을 놓지 않았다. 스트레스가 연일 가중되었다. 글을 써야 한다는 강한 일념에도 집필 속도는 점점 느려져 갔다. 동시다발적으로 여러 가지 시를 구상할 수 있던 자신이었다. 시와 시를 연계해 새로운 시의 형태를 자아내거나 문단끼리 분리하고 재정립해 본래 내용과 완전히 상반

된, 하지만 거울 형식의 데칼코마니 시도 썼었다. 내용은 기본이라 당연히 중히 여기지만 때때로 형식이 내용을 지배하는 경우도 있다는 걸 알고 있기 때문이었다. 바퀴가 타 버릴 정도로 엄청난 속도로 아우토반을 내달리던 어제의 자신. 어느새 주택가 골목을 느릿느릿 달리는 자전거가 되는가 싶더니, 이제는 숲길을 천천히 걷는 문학청년이 되고 말았다. 그 공원에서 너를 만나게 되었지만.

심장의 통증이 지속되었다. 심장은 오래전에 아버지께 드리고 왔음에 텅 빈 공간에 타인의 악의와 적의가 스며들어 그 더러운 것은 나를 내부에서부터 파괴하고 있었다. 심장의 통증만큼 견딜 수 없는 것은 뇌의 부피가 줄어들고 있는 것만 같다는 생각이었다. 체감할 수 있을 만큼 집필 속도가 느려지고 있었다. 그것은 불안과 공포인 동시에 또 다른 끔찍한 고통이었다. 지속적으로 받는 스트레스로 인해, 내 몸이 엉망이 되어 가고 있어.

한편의 시가 완성되고 난 후에나 낭송하던 습관이 사라졌고, 집필하는 틈틈이 시 구절을 낭독하는 습관이 생겼다. 첨삭 도중 자꾸만 소리 내서 읽게 되었다. 전처럼 낭랑하지도 않았다. 목소리를 가다듬어도, 낮고 느리며 약간은 뭉개진 듯 어눌한 발음이 되었다. 혀가 꼬이는지 같은 단어를 반복해서 읊기도 했고, 두통을 참지 못해 낭송 도중 관자놀이를 짚기도 했다. 두 눈을 꾹 감고 인상을 쓰면 통증이 반감되긴 했지만 일시적이었다. 떨쳐 내지 못하는 아픔들은 얼굴을 감싸 쥐고 숨을 골라야, 사그라들었다. 무슨 일이 있어도, 손에 쥔 펜을 놓아선 안 돼. 1분 1초라도 더, 한 글자라도 더, 나는 글을 써야 해. 몸이 망가져 갈수록 더욱, 마음과 정신이 망가져 갈수록 더욱 벽사는 필사적이 되어 갔다. 영혼마저 망가지지 않도록, 벽사는 한 문장이라도 더 적으려 애썼다.

벽사는 시를 적어 내려가다가 멈칫했다. 책장 위에 사용했던 생리대를 올려 두거나 새벽에 빛을 비춰 잠을 깨우고, 집필 도중 고함을 쳐서 흐름을 깨트리는, 번번이 집 밖에서 소란을 피워 정신을 흐트러뜨리는 게, 정말 라수의 짓일까.

그 거슬리는 여자 목소리가 정말 그녀의 것일까. 그렇다면 왜 그런 짓을 하는 걸까. 이해할 수 없는 것이 너무 많았다. 집 안에서 내가 어떤 행동을 하는지, 그녀는 도대체 어떻게 알고 있는 걸까. 이유를 불문하고 도감청은 범죄라는 걸, 그녀는 정녕 모른단 말인가.

*

라수는 모니터에 바싹 다가갔다. 이렇게밖에 가질 수 없는 사람아. 창조자의 이름을 빌어 세상으로부터 숨고, 자신 안에 갇혀 그대를 품은 나까지 영원에 가까운 침묵에 이르게 힌 사람아. 라수는 화면 속의 그를 쓰다듬었다. 빛과 함께 살아가는 나를, 어둠으로 이끈 사람아. 인간의 존엄, 예술가의 긍지 그 모든 것을 포기해 버릴 정도로 소중한.

*

　사람은 사람을 갖지 못한다.

　벽사는 마침표와 함께 만년필을 내려놓았다.
　그는 눈을 감고 낮은 목소리로 천천히 되뇌었다.

　사람은 사람을 갖지 못한다.

*

　도저히 견딜 수가, 참을 수가 없었다. 우리 모두는 태초의 큰 울림에서 거듭난 빛의 파편에 불과했음에도 어째서 서로를 갖지 못하는가. 라수는 마스터키로 그의 현관문을 열었다. 모니터로 미리 확인했었다. 그는 세상모르고 곤히 자고 있었다. 숨소리마저 삼키고서, 침실의 고요에 녹아든 라수는 잠든 그를 말없이 내려다보았다. 다문 입술이나 면도를 하지 않은 턱. 그의 큰 들숨과 날숨에도 귀를 기울여 본다. 라수는 그의 가슴에 뺨을 가져다 대었다.

심장소리가 들려요.

가파르지도 않고,
조급하지도 않은.

라수는 몸을 일으켜 벽사의 이마와 뺨에 입을 맞추고, 조용히 침실 문을 닫았다. 입을 맞추고 싶었지만, 입술에 닿으면 잠든 그가, 동화 속 공주님처럼 일어나 버릴 것만 같아서, 코끝을 살짝 부비는 것으로 마음을 가라앉혔다.

서재에는 그의 영혼이 켜켜이 쌓여 있었다. 문학에 대해 잘 모르는 자신은 그가 쓴 글들이 좋은 것인지 아닌지, 쉬이 판가름할 수가 없어. 라수는 흩어진 종이들을 정리해 책상에 가지런히 올려놓았다. 그중 짤막한 것을 골라 읽어 보았다. 의미와 뜻은 모르겠지만, 낭만적인 내용인 것 같아서 마음에 든다.

*

이른 아침, 침대에서 비틀비틀 걸어 나온 벽사는, 서재에 가지런히 정돈되어 있는 종이들과 책상에 따로 놓여 있는 짤막한 시를 보고 눈물을 흘렸다. 라수인지 아닌지 모르겠으나, 누군가 내 집을 확실히 드나들고 있어. 내 일상을 지켜보며 농락하고 있어. 벽사는 책상에 따로 꺼내져 있는 시의 내용을 확인하고 작게 흐느꼈다. 시의 내용은 실로 끔찍한 내용이었다. 연이은 통증에 고함치고, 비애와 비탄에 잠기는, 그 어떤 희망도 보이지 않아 좌절하는. 모든 것이 나빠지는 듯한 기분에 사로잡혔을 때 즉흥적으로 갈긴 시였다. 마음에 담겼던 감정 그대로, 시에서도 비관적인 태도와 어두운 색채와 을씨년스러운 이미지만 가득했다. 벽사는 명치 부근 옷을 꽉 틀어쥐었다.

아, 나의 모든 것이 황폐해지는 것만 같다.
나의 영혼이 이대로 바스라져 버릴 것만 같다.

벽사는 어기적대며 화장실로 걸음을 옮겼다. 거울 속 자신의 모습은 여간 비루한 것이 아니다. 처참하기까지 하다. 벽사는 생각했다. 이사 갈 새집을 알아보자. 그리고 식사 시간처럼 집필 시간을 따로 정해야겠어. 그렇지 않으면…

몸이 망가질 것 같아.
영영 글을 쓰지 못하게 될 것 같아.

10 銀과 闇

라수의 작품을 인터넷으로 검색해 본 벽사는 길게 한숨을 내쉬었다.

　이런 멋진 작품을 만들어 내는 사람이 대체 내게 왜 이런 끔찍한 짓들을 하는 거야. 그 여자, 머리가 뭐 어느 정도로 잘못되어 버린 거야. 벽사는 먹던 빵 봉지를 쓰레기통에 버렸다. 쓰레기통에 버려진 비닐 봉투는 사회와 시대가 부여한 제 본분을 다했고, 벽사는 자신의 삶 역시 그리되기를 소망했다. 그리고 라수가 스스로 빚어 낸 작품처럼 살아가길 바랐다. 다듬은 보석의 알알들이 유한한 인간의 삶에 스며들어 인류 정신문화의 정수로 거듭나 영원을 살아 내듯, 스스로의 개선 가능성을 저버리지 않길 바랐다. 예술가의 긍지로, 인간이 본디 타고난 선량함의 본질로, 만년을 살아 내길 바랐다. 별빛은 점멸하는 도심의 야경과 아우러져 서툰 위로와 격려를 잊지 않았다. 나의 오늘은 어제보다, 나의 내일은 오늘보다 나을 것이다. 어린 살갗을 찌르는 입안의 오만은 생명의 알알이 되어 초록의 싹으로 거듭나리라.

　라수를 찾아가서 따질까 잠시 고민했다가, 벽사는 흐릿해지는 정신을 가다듬고 책상에 바르게 앉았다. 나의 길을 가자. 1분, 1초라도 글 쓰는 데에 수명을 사용하자.

　라수는 첫 번째 청자였던 연둣빛 자기를 기억헤 냈다. 어린 날을 돌이켜 보자니 웃음도 나고, 울음도 난다. 초경을 시작했던 때의 키는 165㎝ 정도, 지금은 그보다 4㎝ 즈음 더 컸다. 고작 손가락 한마디 정도 더 크는 데 무려 20년 가까이 걸린 자신. 손가락 한마디 따위로 나는 무엇을 더 할 수 있게 된 것일까. 연둣빛 어린 청자를 빚어내던 그날들이 눈앞에 선하다. 라수는 불법 도감청 기기와 음향기기, 무수히 많은 모니터들이 벽면을 가득 채운 방을 둘러보았다. 방 안은 꽉 찬 어둠이다. 번민과 우울이 점철되어, 악행으로 그득한 죄악의 방이다. 주 할아버지와 벽사와 벽사의 그녀는 말했다. 회색에 빛이 어리면 은색이 된다고, 은은 사랑하는 사람들을 능히 지켜 낼 수 있다고, 비록 시간이 지남에 따라 본디 수명대로, 마치 사람처럼 웅숭그레 작아져만 가지만. 별들처럼 우주 속 작은 점으로 소멸해 사라지지만.

라수는 3D프린터로 만든 토기가 마음에 든다던, 옛 친구의 말이 떠올라 마음이 어지러웠다. 한마디 손가락과 붉은 피로, 내가 인류의 개선 가능성을 빚어낼 수 있을까.

벽사는 뻐근한 어깨를 두드렸다. 지금보다 약간의 열의만 더 더해지면, 고단해도 멈추지 않는다면, 켄트지보다 작은 A4 용지에 우주도 담아낼 수 있으리라. 흰 종이 위로 검은 글자가 곱게 새겨진다. 지우고 더하여 다듬고, 떠올리고 읽어 맵시를 냈다. 종이에 담긴 고운 선율, 나의 노래가 울려 퍼진다. 막힌 구석은 안으로 돌려진 칼날로, 흐린 마음은 날에 서린 빛으로 닦아 냈다. 마음을 돌볼수록 흡족한 글이 나왔다.

 누군가 미워질 적엔 그 사람이 되어서 글을 썼다. 그들의 탐욕과 이기를 나의 것으로 돌리고, 내가 가진 좋은 옷은 그들에게 대신 입혔다. 그런 이유로 벽사는 수년간 같은 옷을 입고 다녔다. 가해 자에서 피해자가 된 이들은 크게 기뻐하며 돌아갔다. 벽사는 그저 상대를, 세상을, 용서하고 싶었고 그렇게 평온에 이르길 소망했다. 그렇지 않으면 너무 아팠기 때문에. 과거 모든 것이 화합으로 거듭 나 슬픔의 날들을 떨쳐 내고 마지막 눈물방울을 흘리고 나면, 비로 소 기쁨의 길을 걸을 수 있을 것 같아서. 벽사는 까닭 모를 폭행을 당할 때마다 가해자가 되어 글을 써 내려갔다. 시간이 지날수록 그 들을 닮아 마귀가 되는 것 같았다. 추해지고, 흉해지고, 천해지며, 역해지는. 심한 일을 당할 적마다 심한 짓을 하는 사람의 입장이 되어 글을 써 내려감에, 풀어지지 않는 극심한 스트레스로 두통이 지속되었다. 그래. 머리에 뿔이라도 돋아나는 것 같았지. 벽사는 마음을 가다듬었다. 악인들의 무거운 족쇄를 풀어 주고, 제 옷과 죄수복을 바꿔 입었다. 마음을 바로 하고, 글도 정갈히 했다. 끝까 지 포기하지 않았기에 악귀처럼 돋아난 머리 위의 뿔은 계속 자라 나, 마침내 사슴의 형상이 되었다. 위엄 서린 두 뿔에는 마음의 노 래를 이루는 색색의 음표가 걸려, 걷는 곳곳마다 희망과 긍정의 노 래가 들려왔다. 벽사는 이 노래들을 자신의 것이 아닌 신의 선물이 라 여기며 감사기도를 거듭했다. 살아 있음에 진심으로 감사했다.

라수는 수화기 너머로 들리는 연주음에, 햇살아. 너 지금 어디니. 물어보았다. 햇살이는 밝고 경쾌한 목소리로 대답했다. 나야 항상 생명이 가득한 공원에 있지. 꽃들이 가득해서, 마음까지 향기로워지네. 너도 올래?

주변에 들리는 건 무슨 소리니, 되물었더니 아름다운 여자가 초록 속에서 비파를 연주하고 있어. 나도 실제로 본 건 처음이네. 하고 대답했다. 햇살이는 비파가 배 모양을 닮은 악기라는 것도 알려주었다.

배 모양을 닮은 악기라, 청자 같은 서양의 배를 닮았나. 백자 같은 동양의 배를 닮았나, 알 수가 없어서 가만히 생각에 잠겨 있는데, 햇살이가 웃으며 말을 이었다. 목소리는 밝고 또 맑았다.

"차이나타운에서 어머니와 식사 후에 포춘쿠키를 받았거든. '괜찮아요. 다 잘될 겁니다. 신의 선물이 도착할 거예요.'라고 적혀 있네."

"어머니는 어디 계셔?"
"연주를 듣고 계셔. 마음에 드신 걸까. 미소 짓고 계신 걸 보니…"

햇살이는 이어 말했다.

"어머니 신발이 많이 해지셨어. 아까 식사하러 식당에 들어가기 전에 구두끈이 끊어지고 말았어, 어머니는 여느 때처럼 수선을 하면 된다고 하셨지만 새로 하나 사 드려야 할 것 같아. 지갑 사정이 마땅찮지만…"

"신발은 선물하는 게 아니라고 들었어. 신발을 선물 받으면 그 사람이 떠나게 된대."

"그럼 신발은 사 드리면 안 되겠구나. 어머니를 업고서라도 집에 돌아가야겠다."

"효孝자의 형상이로구나."

"해져서 끈이 떨어지는 신발, 안 신겨 드리는 게 진짜 효 아닌가."

햇살이는 비파 연주를 듣는 듯, 한동안 말이 없다가 중얼거렸다.

"그러고 보니까 배가 신의 선물이라고 했지."

라수와 햇살이는 초록의 노랫소리를 가만히 듣기만 했다. 두 사람은 누가 먼저랄 것도 없이 함께 말했다. 그래, 괜찮을 거야. 다 잘될 거야.

*

상황은 쉽사리 바뀌지 않았다. 이해할 수 없는 일상이 반복되고 스트레스와 고통이 집요히 뒤따랐다. 하지만 벽사는 펜을 놓지 않았다. 더욱더 치열하게 글을 써 내려갔다.

*

벽사가 마음에 안 드는 행동을 할 때만 제재를 가했다. 그는 온전히 나의 것이었으므로 나의 지시를 따르는 것이 마땅했다. 라수는 그가 쓰는 글들이 너무 어려워서, 밖에서 계속해서 그릇 깨는 소리를 내고, 못질하는 소리와 나무 자르는 소리를 냈다. 내가 알아듣게 쓰란 말이야. 문어체보다는 구어체를 더 많이 사용하라고. 라수는 입술을 비죽 내밀었다. 그의 글을 우스꽝스럽게 살짝 고쳐 놓기도 했다. 연이은 소음에 귀마개까지 끼고서 여전히 어려운 글을 물 흐르듯 써 내려가는 벽사를 보고 라수는 냉장고 및 가전제품에 붙여 둔 소음기로 웅웅, 대는 낮은 전동음을 냈다. 마침내 소음을 참지 못한 그가 펜을 내려놓고서, 쓰던 글을 구겨서 쓰레기통에 던져 버렸다.

그가 집을 비우면 저 시를 훔치러 가야지.
그의 집에 있었어도 그가 버린 것이나 다름없으매,
저 글은 내 것이다.
그는 나의 것이므로 그의 정신 역시 내 것이다.

라수는 모니터 화면 속 그의 뺨에 입을 맞췄다.

*

벽사는 하루 종일 잠만 잤다.

잘 수 있을 때에 자야 한다. 단 5분이라도.
소음이 나지 않고, 불빛이 비추지 않는 때에.

*

왜 대낮까지 자고 있어. 심심하니까 일어나서 놀아 줘.

라수는 가전제품에 붙여 둔 소음기를 동시에 틀었다. 집 안의 모든 기기가 동시에 웅웅대며 그를 뒤척이게 만들었다.

당장 일어나라니까. 너는 내 거니까, 앞으로 자고 싶다면 내 허락을 받고 자도록 해.

*

벽사는 귀마개를 한 상태로 베개로 귀를 틀어막다가, 육두문자를 내뱉고 결국 자리에서 일어나고 말았다. 밖에서 여자의 웃음소리가 들린다. 목욕을 하러 들어갔는데, 한 번 더 여자 웃음소리가 들리더니 수돗물이 나오지 않는다. 벽사는 발가벗은 채로 웅크리고 있었다. 서 있을 기력조차 없다. 한참 동안 알몸으로 벌을 서자 차가운 물이 조금씩 나온다. 몸을 씻을 수 있음에 감사하며 졸졸 흐르는 얼음장에 몸을 가져다 대는데, 갑자기 뜨거운 물이 왈칵 쏟아져 나온다. 통증에 신음이 터져 나온다. 벽사는 몸을 씻지 않고, 그 물줄기 아래 아주 오랫동안 앉아 있었다. 밖에서 여자의 웃음소리가 들렸다. 웃음소리가….

*

매일 오후 7시 30분까지 시를 쓰는 그이의 생활 패턴에 맞춰 라수는 매일 7시 31분에 저녁 식사를 했다. 기력이 없는 듯, 그는 시 낭송 후 바로 잠이 들었다. 일어나면 비틀비틀 서재로 향했고, 저녁 7시 30분까지 꼼짝도 하지 않고 글만 썼다. 라수는 오늘은 그이에게서 어떤 시를 듣게 될까, 기대하며 하루를 보냈다. 당연히 가장 좋아하는 시간은 7시 31분이 되었다. 그의 집필 시간이 규칙적으로 바뀌고 나서부터 라수는, 정해진 시간에 작업실로 출근했다. 오전과 오후에 작품 활동을 하고 집에 귀가하면 시간이 딱 맞았다. 이보다 완벽할 수는 없을 것이다. 라수는 벽사의 자작시를 통해 그의 고통과 번민, 꿈과 이상들을 알게 되었다. 벽사의 시를 통해 그의 인생을, 영혼을 함께 들었다. 벽사의 독백은 라수에게 있어서는 대화였고, 하루의 낙이었다. 라수는 매일 그와 함께 저녁을 먹는다고 여겼다. 남편의 시를 듣고 즐거운 마음으로 저녁 식사를 하고, 목욕 후 CCTV를 되감아 그의 하루를 살펴보는 일상이다. 나쁘지 않잖아. 사랑해서 그런 거라고, 사랑하니까 그럴 수 있는 거잖아.

그가 수음을 할 때에 맞춰 함께 움직이기도 했다.

문학에는 큰 관심이 없던 라수였지만 벽사를 알게 된 후로, 관심사가 다양해졌음을 느꼈다. 서툴게나마 글도 써 본다. 하지만 집필보다는 역시 그릇을 빚어내는 것이 즐겁다.

그를 품게 되면서부터 작업실에도 활기가 돌았다. 공예가라는 직업을 갖고 있긴 했지만 문인을 사랑하게 되자 창의성과 예술성이 더욱 발달하고, 삶의 질 역시 높아졌다.

시간이 날 때면 그의 집 앞을 청소했다. 화원에 들러 토양에 양분을 더해 준다는 영양제를 사다가 물에 섞어 놓았다. 그리고 흙만 담겨 있지, 텅 빈 화분에 부어 놓았다. 볕 좋은 날을 골라 꽃도 심어 놓았다. 끊어진 빨랫줄은 새것을 사다가 다시 달았다. 오선지처럼 다섯 개의 줄을 나란히 달아, 빨래집게로 음표를 만들어 놓았다. 집주인이 바꿔 놓은 줄로만 알겠지. 집주인은 당신이 달아 놓은 줄 알 테니 문제될 것은 없다.

음식물 봉투를 치우고, 깨끗하게 물청소를 해 두었다. 길고양이들이 어지럽히지 않도록 물그릇과 사료 그릇은 멀찍이 따로 두었다.

공과금 지로용지는 날짜별로 정리해서 꽂아 두고, 삽과 빗자루의 위치는 남의 눈에 잘 보이지 않는 곳에 숨겨 두었다. 신발장 사물함도 새것으로 사다 놓았다. 빨랫줄처럼 집주인이 바꿔 놓은 줄 알 것이다.

얼마 전, 토기도 모두 완성했다. 마음이 즐거우니 작업에도 거침이 없다. 예전에는 산길을 산책하는 정도의 속도였는데, 어느새 골목을 달리는 자전거 정도가 되었다가 이제는 아우토반을 광속으로 내달리는 멋진 기분이다. 인류의 개선 가능성을 상징하는 나의 토기는 다음 개인전, 가장 좋은 자리에 전시될 것이다. 라수는 미소 지었다.

벽사는,
이사를 가기로 마음먹는다.

*

7시 31분, 라수는 식탁에 앉아 벽사의 시 낭송을 기다렸으나, 아무리 기다려도 그이의 목소리가 들리지 않았다. 이상하게 여겨져 모니터가 있는 방에 들어가서 화면을 살펴보았다. 벽사는 종이를 들고 우두커니 서 있을 뿐 아무 말도 하지 않는다.

　왜 그래요, 무슨 일이야.

　라수는 모든 각도의 CCTV를 전부 켰다. 그리고 그이 표정 변화를 면밀히 살펴보았다. 읽을 수가 없다. 라수는 모든 음향기기를 최대 크기로 맞췄다. 그리고 그이 숨소리에 귀를 기울였다. 불규칙하고 매우 가쁘다. 벽사는 종이를 쥐고서 말없이 서 있을 뿐이다.

　괜찮아요? 한 번 물어보면 아무렇지도 않게 해결될 것 같은데, 그 한 번의 물음조차 자신에게 허락되지 않아. 라수는 불안과 초조로 어찌할 바를 모르다가, 순간 치미는 화를 참지 못하고 기기를 발로 세게 걷어차 버렸다. 쾅, 하는 소리와 함께 방 안의 모든 기기가 꺼져 버렸다. 음향기기 역시 멎어 버린다. 모니터에는 에러 화면이 떴다. 창문을 제외하고 사방에 붙어 있는 모니터들이 일시에 색을 바꾼다.

　푸름에 갇혀,
　푸름에 잠겨,

푸르게 물든 라수는…

치명적인 오류가 발생했습니다.

실행 중인 응용프로그램이
모두 종료됩니다.

실행 중인 프로그램의 저장하지 않은
정보는 손실됩니다.

새파랗게 질린 라수는 한동안 굳어 있다가, 서둘러 그의 집에 달려갔다. 기계는 고치면 되지만 만약 그가 잘못되기라도 했다면. 라수는 현관문에 귀를 대고 그의 목소리가 들리길 기다렸다. 하지만 아무 소리도 들리지 않아. 라수는 숨소리를 낮췄다. 여전히 아무 소리도 들리지 않는다. 라수는 더 이상 안 되겠다는 생각에 결국 그의 문고리를 잡았다.

마스터키로 연 현관문.
그리고 거실 바닥에 쓰러져 있는 벽사.

어지럽게 흩어져 있는 A4 용지들.

그의 시들,
그의 영혼들.

산산이 부서진 형태로 바닥에 쓰러져 있는 나의 그이.

라수는 구급차를 부르고 병원에 따라갔다. 들것에 실린 벽사는 숨만, 말 그대로 숨만 쉬고 있다. 그의 영혼은 깨진 도자기처럼 온통 흩어진 채로 앰뷸런스를 타는 순간까지도 나풀거렸다. 흰 영혼 곳곳에는 검은 피가 홍건했고, 흐느끼는 자신의 품에서도 그이는 숨만 쉴 뿐, 꼼짝도 하지 않았다.

병원에 도착하자 라수는 종이를 한 장 받았다. 입원이라든가, 치료를 하기 위해 필수 구비 서류를 작성하라는 거였다. 라수는 그의 주소와 연락처 등을 꼼꼼히 기입하다가 멈칫했다.

관계란에 뭐라고 적어야 하나.

펜은 허공을 맴돌다가 책상 위에 가지런히 놓이기를 반복했다. 관계라, 벽사와 자신의 관계, 라수는 한참을 머뭇거리다가 다시 펜을 들었다.

이웃이라고 적었다가 지워 버린다.

아내라고 적었다가 다시 지워 버린다.

다시 이웃이라고 적었다가 또 지워 버린다.

라수는 한참을 골몰한 후에 겨우 관계란을 채워 넣었다.

친구.

병원 침대로 돌아오자 누워서 링거를 맞던 벽사가 눈을 깜빡여 알음 체를 했다. 언제 일어난 것일까. 부스스한 머리와 면도를 하지 않은 턱도 멋져 보이긴 했지만. 혈색 잃은 얼굴과 망가진 피부를 보니 심장이 콱 쥐어 왔다. 그의 몸은 전과 달리 짙은 황톳빛으로, 이젠 탄력 있어 보이지도, 윤기 있어 보이지도 않는다. 심지어 병원 침대에 쓰러져 있는 모습이 꼭 빚기 전의 황토 같아. 라수는 그의 팔과 뺨을 어루만졌다.

토기를,
인류의 개선 가능성을 상징하는 토기를 빚어냈던 손으로,
그를 이렇게 만들어 버리다니.

내가 도대체 무슨 짓을 한 걸까.

자신의 얼굴 위로 물방울이 자꾸만 떨어지자, 벽사는 천천히 물

기를 닦아 냈다. 기운이 없어 세안하듯 펴 바르는 꼴이었다. 한참 눈물방울을 맞은 벽사는 정신이 든 건지 전보다 맑은 눈빛이었다. 뭔가 말하려는 듯 벽사가 입을 열자, 감사 인사라도 받게 될까 봐, 라수가 먼저 말을 꺼냈다.

"당신에게 해야 할 말이 있어요."

벽사는 온화한 표정으로 라수의 다음 말을 기다려 주었다. 라수는, 떨림을 억누르며 어렵사리 말을 이었다. 어쩌면 오래전에 했어야 할 말이었다. 라수는 차마 입이 떨어지지 않아 머뭇거렸다. 벽사는 라수의 손등에 자신의 손을 얹고 다음 말을 보챘다. 여전히 온화한 얼굴이었다. 라수는 벽사의 손을 자신의 뺨에 가져다 대었다.

그녀는 말했다. 진심을 다하여.

"당신께 사과할 것이 있어요."

작가의 말

첫 번째 소설집, 《금빛 인영》이 출간되고, 벌써 4년이 지났습니다. 세상이 변한 만큼 서 있는 인생의 계절 역시 달라졌음을 느낍니다. 본격적으로 소설을 쓰기 시작한 지는 13년째입니다만 펜을 내려놓고, 세상을 돌아봤던 시간, 치열해 서툰 나를 잊고 그저 게으르게 지냈던 시간, 그렇게 순진한 아이로 퇴행했던 시간, 다시 예전의 나로 돌아와 본래의 눈빛을 되찾는 데 걸린 시간, 사랑에 몰두했던 시간들이 전부 더해져, 막상 집필에 쏟은 날을 세어 보면 얼마 되지 않습니다. 필력은 모르겠으나, 영혼의 키만큼은 한두 뼘 자랐음을 자신할 수 있습니다.

《늦봄의 낮달》에 수록된 소설들은 작가로서 직업윤리와 초심을 잃지 말자는 뜻에서 집필한 글들로, 헌정 글 모음이었던《금빛 인영》과 달리, 소설가인 제 자신을 위한 내용입니다. 본래 두 번째 단편소설집은 작가로서 방향성과 삶의 화두에 관한 내용으로 채우려 했습니다만, 그에 앞서, 평생 글을 씀에 있어, 걸음이 갈지자로 헝클어지지 않도록, 첫 마음을 바르게 다잡을 필요가 있다고 느꼈습니다. 문창과 재학 시절, 교수님께 제출했던 과제용 소설이 2편이나 포함된 것은 그와 같은 이유입니다. 작가로서 출사표나 다름없는, 정제되지 않은 심적 나체에 가까운 글. 해당 과목의 성적은 좋지 않았기에, 2편의 소설을 세상에 내놓기까지 용기가 필요했습니다. 부끄럽지만 첨삭도 많이 하지 않았습니다.

살아가며 춥고 어둔 밤길을 걷게 되더라도, 마음에 휘영청 뜬 달을 잊지 않으며 그 빛에 의지해서, 끊임없이 나아가고자 합니다. 지금은 춥지도, 어둡지도 않은 따뜻한 늦봄, 그리고 환한 대낮이지만, 혹시 모를 내일을 대비해, 《늦봄의 낮달》을 정성껏 빚어내 봅니다. 한 치 앞이 보이지 않는 절망과 마주해도, 오늘 켠 등불로, 저는 전진할 수 있을 것입니다. 앞으로 몇 권의 책을 더 출판하게 되더라도, 저는 지금의 마음을 잊지 않을 것입니다.

● 참된 사람으로, 상냥한 여성으로, 행복한 작가로 저를 3번이나 낳아 주신, 강인한 어머니께 감사드립니다. 어머니, 영혼의 아

름다움으로, 저는 무궁한 영감과 삶의 지혜를 얻습니다. 고진감래라는 표현이 잘 어울리는, '기쁜 여인'인 당신께, 주어진 위치에서 나의 도리를 다하면서도, 인생을 온전히 즐기는 법을 배웁니다. 건강한 모습으로 제 곁에 오래 계셔 주세요. 마음속 사랑을 모두 말하기에는 아직 시간이 부족해요.

● 테오와 다름없는 하나뿐인 남동생, 너의 응원과 격려가 있어, 누나는 한 글자, 한 문장, 바르게 나아갈 수 있구나. 평생 단 한 작품만을 겨우 판매하고, 숨을 거둔 반고흐처럼, 쏟아 낸 열정만큼, 태워 버린 수명만큼 세상으로부터 많은 인정을 받지 못해도 누나는 언제나 행복한 작가로 살아갈 수 있어. 나의 정신과 영혼을, 작품을 이해해 주는, 이해하려 노력해 주는 네가 있기 때문에… 진심으로 고맙다.

● 좋은 며느리이자 훌륭한 어머니, 그리고 예쁜 올케인 네게도, 언니는 깊이 감사하는 마음이다. 사랑스러운 조카들을 건강하게 낳아서, 살뜰히 양육하는 네 덕분에, 출산은커녕 임신조차 해 보지 못한 언니가, 감히 임신과 출산에 관한 아름다운 작품들을 생각해 볼 수 있는 여유와 계기가 생겼어. 여성으로서 언니보다 훨씬 어른인 네게, 언니는 깊은 존경심을 갖고 있단다. 소중한 나의 가족아. 너의 행복을 지킬 수 있도록 언니가 항상 노력할게.

● 아버지, 제 마음의 가장 여린 부분에 머물며, 마음의 기둥이 되어 주셔서, 저를 안전하게 지켜 주셔서 감사합니다. 하늘에서 우리 다시 만날 수 있는 그날. 웃으며 인사드릴 수 있도록 항상 올곧고 바르게 살아갈게요. 아버지의 딸로 태어나 아버지와 같은 멋진 얼굴로, 개성적인 성격으로, 같은 높이와 방향의 시선으로 세상을 바라보며 살아갈 수 있어서 저는 자랑스럽고 행복합니다. 온 마음을 다해, 존경하고 또 사랑합니다.

…

자세히 기억나지 않지만 어딘가에서 듣기를, 무지개의 끝에는 세상 제일의 보물이 묻혀 있다고 합니다. 그 보물은 사람에 따라서, 저마다 삶의 가치관에 따라서 각기 다른 모습일 것입니다. 제 책을 읽어 주신 감사한 모든 분들께서, 험난한 폭우를 겪지 않고도, 마음의 무지개에 무사히 가닿길 소원합니다. 어떤 바람이든 꼭 품에 안으시기를.

2024년 봄날,
서른여섯의 신지연

늦봄의 낮달

ⓒ 신지연, 2024

초판 1쇄 발행 2024년 4월 5일

지은이   신지연
펴낸이   이기봉
편집   좋은땅 편집팀
펴낸곳   도서출판 좋은땅
주소   서울특별시 마포구 양화로12길 26 지월드빌딩 (서교동 395-7)
전화   02)374-8616~7
팩스   02)374-8614
이메일   gworldbook@naver.com
홈페이지 www.g-world.co.kr

ISBN   979-11-388-2901-4 (03810)